Carsten Schiefer

Skorpion mit Streuseln in
Mexiko und Gratis-Kultur für
Tankwarte in Brasilien

Autor

Carsten Schiefer ist auf dem Lande aufgewachsen, kann aber trotzdem nicht Trecker fahren. Nach der Schulzeit folgten Studienabschlüsse der Betriebswirtschaft in Hachenburg, Kunstgeschichte in Berlin und Kulturwissenschaft in London. Zwischenzeitlich hat er sein Brot als Banker, Unternehmensberater, Galerist und Weihnachtsmannimitat verdient, bis er in die Entwicklungszusammenarbeit geriet. Außerdem wohnte er in Scheeßel, Hamburg, São Paulo, New York und Mexiko-Stadt, wo dieses Buch fertiggestellt wurde. Er isst gerne Vollkornbrot, Schokolade sowie Rosenkohl mit Speck und glaubt weder an Reichsflugscheiben noch an herrschsüchtige Reptiloide noch an das fliegende Spaghettimonster.

Carsten Schiefer

Skorpion mit Streuseln
in Mexiko und Gratis-Kultur
für Tankwarte in Brasilien

Protokolle aus der weiten Welt

Verlag: BoD · Books on Demand GmbH,
In de Tarpen 42, 22848 Norderstedt, bod@bod.de
Druck: Libri Plureos GmbH, Friedensallee 273,
22763 Hamburg
Alle Rechte einschließlich Text und Data Mining gemäß

§ 44b UrhG vorbehalten

ISBN: 978-3-7568-8417-9 (Taschenbuch)
ISBN 9783756826490 (E-Book)
2 3 4 5 – 28 27 26 25

Der Text wurde aus der EB Garamond gesetzt, die Georg
Duffner und Octavio Pardo mit weiteren Kollegen nach dem
historischen Vorbild digital gestaltet und unter der Open Font
License (scripts.sil.org/ofl) zur Verfügung gestellt haben.
Auf Titel und Rücken findet ein durch den Autor bearbeitetes
Foto von Fritz Geller-Grimm Verwendung, das er unter der
Creative-Commons-Lizenz CC BY-SA 3.0 veröffentlicht hat:
creativecommons.org/licenses/by-sa/3.0

Inhalt

Versicherungskonforme Schusswaffen

BAD HONNEF, SÃO PAULO

Es war einmal eine Liste mit Stellenausschreibungen. Tag für Tag, bei Regen und bei Sonnenschein, an dunklen Wintertagen und im lichten Sommer, erreichte eine solche Liste über Jahre zuverlässig mein Postfach. Und die Versuchung war stets groß, mich etwa als wissenschaftlicher Mitarbeiter am Institut für Nutzpflanzenforschung oder als Erzieher in einer Kita des Kita-Eigenbetriebs Nord-Ost von Berlin zu bewerben oder um eine Forschungsstelle zu Struktur-Eigenschafts-Beziehungen metallischer Gläser, doch mannhaft widerstand ich diesen Versuchungen, denn meine Treue zum staatlichen Dienstherrn schien mir unverbrüchlich. Die Vorstellung, mich jemals von den spannenden Aufgaben als Sachbearbeiter einer Behörde trennen, meine Kollegen im Stich lassen und damit die Ordnungsmäßigkeit der deutschen Verwaltung einem Risiko aussetzen zu können, schien doch sehr weit hergeholt – umso mehr, da der oberste Behördenleiter wenige Jahre zuvor meine (!) Unverzichtbarkeit höchstselbst niederschreiben ließ.

Doch es kam ein Tag in einem linden Frühsommer, da mein Auge an einer dieser Stellenanzeigen in jener Liste hängenblieb. Eine parteinahe politische Stiftung rief nach mir, ohne dies zu diesem Zeitpunkt bereits namentlich auszudrücken, damit ich sie bei der Entwicklungszusammenarbeit unterstütze. Um den Umgang mit ihren Finanzen und administrativen Abläufen in Amerika sollte jemand sich kümmern und zu diesem Behufe einen Wohnsitz in São Paulo nehmen – nota bene: Amerika erstreckt sich von Alaska bis Feuerland, und keinesfalls, wie manch einer annimmt, nur von der kanadischen Süd- zur mexikanischen Nordgrenze plus Eisschrank mit Sarah Palin. Was wünschte sich die Stellenausschreibung vom geneigten Bewerber? Spanisch und Englisch. Check! BWL-Studium oder vergleichbar. Check! Beratungserfahrung. Check! Erfahrung im internationalen NGO-Kontext. Ehrenamtlich: Check! Buchhaltungserfahrung. Check! Identifikation mit den allgemeinen Zielen der Stiftung. Die sind weit gefasst, also: Check!

Nach der Überwindung meiner Gewissenskonflikte von wegen meiner o. a. Unverzichtbarkeit habe ich also der Stiftung geschildert, welch ein feiner und allgemeinkompetenter Kerl ich bin, und fand mich prompt zu einem Vorstellungsgespräch eingeladen. Meine Garderobe habe ich einem Foto des Bereichsleiters im jüngsten Jahresbericht der Stiftung angepasst. Vier Kollegen saßen mir gegenüber und haben mir viermal Kaffee angeboten. Jedenfalls fand ich das Gespräch ganz OK und habe mich retrospektiv nicht bei groben Patzern erwischt. Alberne Fragen nach meinen größten Schwächen und der Anzahl der in einen Jumbo-Jet passenden Smarties wurden auch nicht gestellt (die Antworten wären im Grunde einfach gewesen: keine außer zu großer Bescheidenheit und viiiieeele). Vom Ende des Gesprächs bis zur telefonischen Zusage vergingen noch etwa 26 Stunden, und dass ich gerade allein in meinem Behördenbüro war, war recht vorteilhaft. Ich hätte meine Miene nicht ganz unter Kontrolle halten können. Ein Teil meiner Kollegen war dann eher überrascht, nachdem ich meine Verabschiedung angekündigt hatte. In unserem Arbeitsalltag sind weiter gesteckte Ziele als die Beförderung zum OAR (Oberamtsrat) und noch fernere Arbeitsorte als Bonn nicht üblich. Bösartig waren sie aber nicht, ganz im Gegenteil.

Da es sich um Entwicklungszusammenarbeit im Sinne der offiziellen Definition der Bundesrepublik Deutschland handelt, hat die Behörde nach meiner erfolgreichen Bewerbung keine andere Wahl gehabt, als mich für einige Jahre zu beurlauben. Nicht „dürfen", „können", „sollen", sondern „müssen" ist die Aussage der einschlägigen Sonderurlaubsverordnung dazu. Wie alle deutschen Behörden ist auch die meinige eine stets auch zeitlich präzis arbeitende Einrichtung. Sie hat ihrer Pflicht Genüge getan und mir die Beurlaubung zum 1. September pünktlich am späten Nachmittag des 31. August ausgesprochen. Desselben Jahres sogar! Sie arbeitet so präzis, dass sie mir nach über drei Jahren Beurlaubung einen Brief über den Atlantik schickte, um mich von der Änderung meiner hausinternen Telefonnummer zu unterrichten.

Bevor ich mich nun endgültig vorwiegend in Amerika aufhalten sollte, habe ich zunächst ein gutes halbes Jahr damit verbracht, die Stiftung, das Zuwendungsrecht, Praktiken der Entwicklungszusammenarbeit und den Kühlschrank im 4. Stock kennenzulernen. Die Stiftung ist ja im politischen Feld angesiedelt, alle sind ab Unterzeichnung des Arbeitsvertrags per du (nicht perdu, das folgt erst später) und daher ist es ganz klar, dass wir alle immer solidarisch miteinander umgehen und uns total liebhaben. So ist das ja generell in politischen Zusammenhängen, wie aus Presse, Funk und Fernsehen bekannt. Die Komparation Feind, Erzfeind, Parteifreund ist eine böse Unterstellung.

Zur Vorbereitung gehört auch die Möglichkeit, an der Akademie für Internationale Zusammenarbeit (AIZ) Fortbildungen zu besuchen. Das habe ich gemeinsam mit einem Kollegen getan. Diese AIZ lag vor ihrem Umzug an den Stadtrand von Bonn am Ortsrand von Bad Honnef. Der wesentliche Vorteil dieses Standortes war Freiheit von Ablenkung. Weiteres Highlight im Ort ist ein Birkenstock-Outlet. Aber OK, ich bin in einem Ort aufgewachsen, dessen kultureller Höhepunkt das zweijährliche Trachtentanzfestival ist und in dem ein Rücktritt des Vorstands des Heimatvereins zur Schlagzeile auf der Titelseite der Lokalzeitung wird. Also nichts gegen Bad Honnef.

Die AIZ gehört zur Gesellschaft für Internationale Zusammenarbeit (GIZ), die ist der größte Träger von Entwicklungszusammenarbeit in Deutschland und gehört ihrerseits vollständig dem Bund. Die Aufenthalte dort waren interessant – ein Wort mit einem mindestens so breiten Anwendungsspektrum wie Penicillin. Die Seminare waren teilweise nützlich und gut, teilweise heiter und teilweise tragikomisch. Ein allseits beliebter Programmteil war ein Sicherheitstraining. Das war so realistisch angelegt, dass in der Vergangenheit angeblich Passanten schon die Polizei gerufen haben sollen. Ich versichere euch: In Wirklichkeit haben wir gar nicht mit echten Maschinengewehren hantiert, sondern nur mit Imitaten aus Holz, vermutlich aus versicherungstechnischen Gründen. Ein Lowlight war ein Seminar mit dem Titel *Beratungsrollen und Beratungskompetenz.* Da war ein Trainer, der all die Metaplankarten schon fertig beschriftet und aufgeklebt mitgebracht hatte und uns manchmal zur Auflockerung gruppendynamische Spielchen machen ließ, die indirekt zu Erkenntnissen führen sollten. Taten sie aber nicht, und er konnte auf Anfrage auch nicht wirklich darlegen, welche konkreten Erkenntnisse auf welche Weise hätten gewonnen werden sollen. Nun sind Trainer ja auch nur Menschen und gewiss nicht perfekt, und den Anspruch wollen wir nicht erheben. Verwunderlich war es aber doch, dass er es so ganz und gar unangemessen fand, als ein Teilnehmer einen Tag ausfiel, und das nur, weil er zu einem offiziellen Besuch eines Ministers aus dem künftigen Einsatzland in Bonn geladen war. Diese Prioritätensetzung missfiel unserem Trainer doch sehr. OK, kann man alles noch als schrullig abtun. Der Bruch war dann aber die Kennzeichnung einer afrikanischen Ethnie als „die Juden Afrikas", weil bei dieser Ethnie Geld, Gewinn und Reichtum so wichtig fürs Ansehen seien. Die von einigen Teilnehmern vorgebrachten energischen Proteste (warum eigentlich von anderen nicht!?) fand er auch nicht berechtigt. War also insgesamt nicht so super, und die geschlechtsunabhängig verteilten, unerbetenen Nackenmassagen von hinten haben's nicht direkt besser gemacht, sind aber im Vergleich geradezu nebensächlich.

Die meisten Besucher der AIZ gehen für die GIZ ins Ausland. Aber ansonsten gibt es auch eine Reihe anderer Organisationen. Die Kurse sind nämlich für alle die Organisationen kostenlos, die vom Bund für seine Entwicklungszusammenarbeit finanziert werden. Und so trifft man dort halt auch Leute von politischen Stiftungen (beispielsweise mich), der Sparkassenstiftung, dem Goethe-Institut, Brot für die Welt etc. Zu „etc." gehört auch Christliche Fachkräfte International. Das sind die, denen Brot für die Welt zu viel über Rahmenbedingungen nachdenkt und zu wenig Bibeln verteilt, wenn die in diesem Fall nur leichte Pointierung gestattet ist. Auch die kommen natürlich mit besten Absichten. Aus dem Munde eines dieser CFI-ler habe ich das großartigste vergiftete Kompliment seit Langem gehört, aber weder er noch die betroffenen Referentinnen werden es bemerkt haben. Letztere waren auch wirklich keine Fachkräfte für „etwas bemerken". In einer Feedback-Runde lobte der CFI-ler nämlich besonders die Stunde, die sie uns zur innigen, schweigenden Kontaktaufnahme mit der Natur nach draußen geschickt hatten. Als ehrgeiziger Trainer wäre ich schon etwas geknickt, würde man mir mit welchen Worten auch immer sagen: „Am besten war's ohne dich." Diese Referentinnen waren aber schon eigen. Die eine war auch schon im Sicherheitstraining aktiv, zum Glück in einer Parallelgruppe. Da hat sie dann in einer simulierten Gefahrensituation, für die unsere Gruppen zusammengelegt wurden, den guten Rat gegeben: „Ob ihr wegläuft oder bleibt, ist ganz allein eure Entscheidung." Supertipp, dafür besucht man so ein Seminar. Gesichtsausdruck und Intonation waren etwa so, wie man sich jemand vorstellt, die gerade zwischen Räucherstäbchen und bei Vollmond energetisch aufgeladenen Qigongkugeln mittels Telefon-Reiki einen Gummibaum heilen will und währenddessen nur mit Mühe die Ankunft des späten Nachmittags ihres Lebenszyklus verdrängen kann.

In unserem Seminar ging es aber um Stress- und Traumaprävention und -bewältigung. Das wäre für diese eine Trainerin allein zu stressig gewesen. Die zweite war Ex-Polizistin, besaß angeblich außerdem einen Bachelorabschluss in Psychologie und hatte angeblich den gehobenen Polizeidienst deshalb quittiert, weil sie trotz ihres zweiten Abschlusses immer noch nicht befördert worden war. Zum Glück gibt es Ausnahmen von der Regel, dass Leute entweder Psychologie studieren, um ihren eigenen Knacks zu bearbeiten, oder aber im Studium einen erleiden. Diese Trainerin war anscheinend keine Ausnahme. Gewöhnlich stellen sich ja Teilnehmer und Trainer zu Beginn kurz vor. Das tat sie auch und sprudelte quasi in einem Satz „Ich heiße ... Polizei ... Psychologie studiert ... nicht befördert ... freiberuflich ... und außerdem bin ich seit fast einem Jahr mutter und das kam ganz überraschend weil ich habe damals so zugenommen obwohl ich dann auf diät gegangen bin weil als der arzt mir sagte dass ich schwanger bin ich ja schon seit fünf monaten keine beziehung mehr hatte ..." (der Übersichtlichkeit halber mit Leerzeichen, die bei einer ganz originalgetreuen Transkription ausgelassen werden müssten). Ich fand, diese wirklich entscheidende Information kam etwas früh. Also, für uns Seminarteilnehmer. Für sie selbst kam die damals vielleicht eher etwas zu spät. Was hatte sie noch gleich studiert? Könnte man sich Gründe vorstellen, weshalb sie womöglich bei der Polizei nicht befördert worden sein mag?

Nun ist mein Aufenthaltsland Brasilien. Brasilien ist ja allgemein für Samba und Karneval bekannt, auch ein wenig berüchtigt als Gruselkabinett (d. h. Aufenthaltsort von schillernden Gestalten wie Ronald Biggs und – weit schlimmer – Ronald Schill), und unter Eingeweihten mehr als nur ein wenig gefürchtet als eines der bürokratischsten und restriktivsten lateinamerikanischen Länder überhaupt, wenn es um Arbeitserlaubnisse und Einreisegenehmigungen geht. OK, die EU mag das leicht toppen. Jedenfalls wurde in einem November das Migrationsrecht geändert und diese Änderung irgendwann Ende Januar auch auf den einschlägigen öffentlich-rechtlichen Webseiten veröffentlicht. In der Zwischenzeit hatten meine Kolleginnen in São Paulo das Verfahren zur Erlangung meiner Arbeitserlaubnis angestoßen, aber das war dann ja nach den noch nicht aktualisierten Angaben und mit den noch nicht aktualisierten Formularen und musste wiederholt werden. Nach Erteilung der Arbeitserlaubnis erteilt das Arbeitsministerium dem Außenministerium die Erlaubnis, mir ein

Arbeitsvisum auszustellen, das aber auf jeden Fall im Konsulat meines Wohnortes Berlin abzuholen war. Da allerdings war ich schon nicht mehr gemeldet, was ich den brasilianischen Behörden mitzuteilen vergessen hatte. Die Erteilung der Arbeitserlaubnis verlangte ein aktuelles, amtlich beglaubigtes, vereidigt übersetztes Führungszeugnis. Die Ausstellung des Arbeitsvisums verlangte ein aktuelles Führungszeugnis. Das für die Arbeitserlaubnis war natürlich bei der Visabeantragung nicht mehr aktuell im Sinne der Definition des brasilianischen Einwanderungsrechts. Gar nicht so ohne, ohne festen Wohnsitz ein Führungszeugnis zu bekommen. Normalerweise läuft man ja einfach nach Terminvereinbarung mit ein paar Wochen Vorlauf zum zuständigen Meldeamt. Wer nicht gemeldet ist, hat aber kein zuständiges Meldeamt. Da muss man sich dann notariell seine Existenz bestätigen lassen und diese Bestätigung samt Antrag und Zahlungsnachweis oder Scheck dem Bundesverwaltungsamt zur Weiterleitung an das Bundesamt für Justiz zuschicken. In dem schönen Dokument steht tatsächlich „ohne festen Wohnsitz". Diesen Malus haben die brasilianischen Konsulatsmitarbeiter zum Glück übersehen. Das habe ich mir alles nicht ausgedacht, und auch nicht Kafka.

Nachdem ich einigermaßen angekommen war, habe ich aber meinen Wohnsitz legalisiert und mich ganz offiziell in São Paulo gemeldet. Dafür hat eine örtliche Kollegin für mich und jemand anders zeitgleich einen nachmittäglichen Termin gebucht. Ging per Internet, wow! Die Bestätigung sagte, wir sollten um 15:20 Uhr mit einem ganz bestimmten, in der Bestätigung verlinkten, ausgefüllten und ausgedruckten Onlineformular bei der Ausländerregistrierungsabteilung der Bundespolizei aufschlagen. So taten wir es, sogar eine halbe Stunde überpünktlich. Dass man dann gleich ohne jede Wartezeit am Eingang fotografiert wird, gilt nicht etwa dem eigentlichen Prozedere, sondern ausschließlich der Registrierung der Leute, die in das Gebäude strömen und durch diese ausgefeilte Sicherheitsmaßnahme von Amokläufen und Taschendiebstahl abgehalten werden. In der richtigen Etage gibt es einen Schalter, den ein jeder aufzusuchen hat. Der ist überschrieben mit „triagem", aber das hat wohl nicht diese militärmedizinische Bedeutung wie die Triage auf Deutsch. Bei jener Triage wurden wir wieder weggeschickt, denn das für den Termin ausdrücklich geforderte Onlineformular war inzwischen durch ein anderes Onlineformular mit denselben Inhalten, doch einem anderen Layout, ersetzt worden. Ganz zufällig gibt es gegenüber dem Gebäude eine winzige Klitsche, die in etwa folgendes Dienstleistungsangebot hat: Passfotos, Kopien, Raussuchen und Ausfüllen von Internetformularen für die Ausländerregistrierung. Da es nur diesen einen Laden gibt und man sich nur in der Not an ihn wendet, illustriert seine Preisgestaltung recht überzeugend die volkswirtschaftliche Schädlichkeit ertragsorientierter Monopole. Nun haben wir es geschafft, bis zum offiziellen Zeitpunkt mit aktualisiertem Formular wieder bei der Triage aufzuschlagen, bekamen Wartenummern zugeteilt, wie sie auch in deutschen Behörden noch üblich und bei den Supermarktschlachtereien schon längst wieder abgeschafft sind, und warteten. Natürlich waren wir penibel ausgestattet mit dem ganzen Stapel an Dokumenten, der laut Anleitung nötig war. Mein ganz persönlicher Ausländerregistrierungsbundespolizeibeamter kam denn auf den Gedanken, ohne zusätzliche Vorlage eines Ausdrucks meines Visaantrags könnte ich nicht registriert werden. Den hatte ich aber in einem Anfall von Weitblick vorher noch in meinen Rucksack gestopft. Innerlich schleuderte ich ihm ein triumphierendes „Ätsch!" entgegen. Dann wurde ein klassischer Daumenabdruck mit Tinte genommen und eine Weile bis zum nächsten Aufruf in den Identifizierungsraum gewartet. In dem wurden dann alle zehn Fingerabdrücke genommen und die der Daumen noch einmal extra und die der anderen Finger zusammen auch noch einmal extra und ein Foto wurde auch geschossen und dann wurde noch ein Weilchen gewartet und dann wurde an einem vierten Schalter (nach Triage, Registrierungsbearbeitung und Identifikation; nicht mitgerechnet der Empfangstresen, Auskunftsschalter und Klitsche) die Bestätigung der Registrierung überreicht. Insgesamt hatte das so runde zwei Stunden gedauert. Dass das so schnell ging, lag daran, dass von den vormittäglichen Terminen kein Überhang da war. Am Vormittag war nämlich die ganze Ausländerregistrierungs-IT ausgefallen und die Wartenden waren nach Hause geschickt worden.

Jetzt war ich also registriert und irgendwann sollte es noch eine ausweisähnliche Plastikkarte geben. Meiner nichtdeutschen Kollegin ging es schlechter. Ihre Geburtsurkunde weist einen zweiten Vornamen aus, der in keinem weiteren Dokument von ihr auftaucht. Diese Diskrepanz wurde moniert, sodass sie eine konsularische Bescheinigung der Personenidentität der geburtsurkundlichen Antonia Hermine Mittermaier, geb. am 10.05.1970 in Zwolle, mit der Antonia Mittermaier laut Reisepass, geb. am 10.05.1970 in Zwolle, beschaffen musste (Namen, Geburtsort und -datum anonymisiert, Rest leider wahr). Das ging bei ihrem Konsulat flott, und unlängst hat sie nach siebenstündigem zweitem Besuch bei der Ausländerregistrierungsabteilung der Bundespolizei auch ihre Registrierung bekommen. Bei der Visabeantragung und -ausstellung hatte dieses grobe Sicherheitsmanko noch niemanden geschert.

So kam es, dass Brasilien im allerletzten Moment vor dem internationalen Terrorismus gerettet wurde.

Vier Nägel als Wegweiser zur Hölle

Nur mit viel Selbstdisziplin ist es mir gelungen, Weihnachten zu beachten. Auf der Südhalbkugel und sehr in der Nähe des südlichen Wendekreises ist es mit dem weihnachtsverheißenden Wetter nicht so weit her – also keine kalten Graupelschauer, kein beständig bedeckter Himmel bei unangenehmem Wind, keine von Laubmatsch glitschigen Fahrradwege, keine beschlagenen Brillen im Bus, und die Nachrichten spekulieren auch nicht über weiße Weihnacht. Schlimmer indes: In den Supermärkten werden keine Dominosteine, Lebkuchen, Marzipankartoffeln und was sonst noch diese Jahreszeit in Deutschland erträglich macht angeboten. Dafür gibt es mehr Sonnenstunden, viel mehr sogar. Sonne, das ist diese gelbe Scheibe oben, wenn man draußen ist, die im Nordhalbkugelsommer alle Bauern verfluchen, weil sie zu fleißig ist oder nicht fleißig genug, und im Winter alle vermissen (ich abstrahiere da mal aus Erfahrungen des letzten, des vorletzten, des vorvorletzten, des vorvorvorletzten etc. Nordhalbkugelwinters) oder schon fast vergessen haben.

Erstmals seit langen Jahren war ich am 24. Dezember nicht in roter Kutte durch die Gegend getobt, um auf Weisung liebender Eltern kleine Kinder zu belügen. Eigentlich hatte ich ja gar nicht gelogen, sondern war die verkörperte Lüge. Ich weiß nicht, wie es euch ging. Als ich dann mit sechs oder sieben Jahren auf meine insistierende Nachfrage darüber aufgeklärt wurde, dass der W-Mann nicht echt gewesen war, habe ich mich vor allem betrogen gefühlt. Eine Bekannte von mir hat ihre Erfahrungen als langjährige Hebamme niedergeschrieben, eine langjährige Pflegeassistentin aus meinem Freundeskreis schreibt ihre teilweise recht amüsanten diesbezüglichen Erlebnisse nieder und ich freue mich schon auf die Lektüre. Zu gegebener Zeit sollte ich auch mal meine Partikularmemoiren als W-Mann aufzeichnen und der geneigten Öffentlichkeit zur Verfügung stellen. Das wird gewiss recht erheiternd, zumindest für mich, wenn ich die Erinnerungen hervorkrame.

Aber wie bin ich eigentlich nach Amerika gekommen? Klar, mit dem Flugzeug, weil ich auf einer gemütlichen langen Schiffsreise nicht so schön produktiv für meinen Arbeitgeber hätte werden können. Nun gibt es einen eigenen Tarifvertrag für solche Leute wie mich, die für eine politische Stiftung im Ausland arbeiten. Der sieht u. a. vor, dass neben dem normalen Reisegepäck beim Flug noch 50 kg unbegleitetes Fluggepäck mitgenommen werden dürfen, auf dass man bei Ankunft am Zielort nicht nur Socken, sondern auch noch Unterhosen zum Wechseln habe. Lässt man das tatsächlich über eine Spedition machen, kostet das aus mir nicht bekannten Gründen vierstellig, und so haben meine Personalabteilung und ich uns geeinigt, ich nehme einfach entsprechendes Gepäck als Übergepäck mit. Dann war ich mit vier Koffern unterwegs, um via Madrid nach São Paulo zu fliegen. Das Eingeweihten bereits erkennbare Manko lautet hier „via Madrid", in anderen Worten: mit Iberia. Iberia belegt langfristig zuverlässig bei Umfragen einen der untersten Plätze bei der Beliebtheit von Fluglinien, und solche Umfragen sind wohl immer ein bisschen gefaked. Ohne Fake würde Iberia nicht einen der untersten

Plätze belegen, sondern mit großem Abstand den alleruntersten. Um das Positive herauszuheben: In São Paulo musste ich das Gepäck nicht vom Flughafen zum Hotel bringen, sondern darum hat sich Iberia dann gekümmert. Dummerweise leider erst 2½ Tage nach meiner Ankunft. Meine Absicht, zunächst zwei Tage lang vor allem am Hotelpool zu liegen, war damit erfolgreich torpediert. Ärgerlicher aber, dass auch meine Socken und Unterhosen zum Wechseln ... OK, lieber keine Details. Am Tag nach meiner Ankunft erreichte ich tatsächlich mithilfe des Portiers ein Iberia-Callcenter, wo man mir versicherte, die Koffer lägen bereits in São Paulo am Flughafen, aber heute würde man sie nicht mehr zustellen, denn dafür habe man noch einen Tag länger Zeit. Wahrscheinlich steht das auch in irgendwelchen Abkommen, Bedingungen oder Horoskopen tatsächlich so drin. Ich habe das nur als ganz wenig kundenfreundlich empfunden. Dummerweise musste ich am nächsten Tag bereits weiter nach Buenos Aires. Aber ein Teil des Gepäcks stand ja im Zusammenhang mit der Umsiedlung und sollte daher in São Paulo bleiben, sodass ich nicht einfach bei Iberia Bescheid sagen konnte, die sollen den ganzen Ramsch direkt in mein Hotel in Buenos Aires schaffen – hätte vermutlich eh nicht geklappt. Dann musste ich leider meinen Weiterflug erstmal canceln. Immerhin war das so eine Buchung, bei der man tatsächlich bis drei Stunden vor Abflug kostenfrei stornieren konnte. Wenn man denn konnte! Das Ticket war von Qatar Airways, und es war Ostersonntagnachmittag in einem katholisch geprägten Land. Wider Erwarten habe ich es geschafft, das Büro von Qatar Airways in Boston telefonisch zu erreichen und tatsächlich habe ich storniert und tatsächlich, so hörte ich viele Monate später, hat mein Arbeitgeber den Ticketpreis erstattet bekommen. Wow! Nicht viel später kamen dann meine vier Koffer an, und zwei waren auch nicht total kaputt. Die kaputten waren die, die ich sowieso in São Paulo lassen wollte. Und ein One-Way-Ticket ganz kurzfristig buchen, sodass ich brav am Ostermontag (kein Feiertag) in Buenos Aires ins Büro konnte, ist auch nicht direkt spottbillig im Vergleich zu Easyjet Schönefeld–Orly mit vier Monaten Vorlauf. Aber dafür – hurra! – habe ich die Firmenkreditkarte. So hat die Verzögerung mich zwar keinen Euro gekostet, aber meine Nerven kann ich nicht über die Kreditkarte abrechnen. Ist eigentlich jemand über „Qatar Airways" gestolpert bei einem inneramerikanischen Flug? Turkish Airlines bietet das auch an; vom jeweiligen Heimatflughafen geht's über São Paulo nach Buenos Aires, und die in São Paulo leer gewordenen Plätze werden dann auf der inneramerikanischen Strecke aufgefüllt.

Jedenfalls bin ich noch vor Morgengrauen in Buenos Aires eingeschwebt und konnte nach einer eher niedrigen dreistelligen Minutenzahl des Ruhens im Hotel frisch, ausgeschlafen und bestens gelaunt vier Tage lang meinen dienstlichen Tätigkeiten nachgehen.

Freitagmittag sollte ich dann über Paris nach Tel Aviv fliegen, um dort ebenfalls dienstlichen Tätigkeiten nachzugehen. Ich hatte mir da so eine schöne Verbindung rausgesucht mit gutem Anschluss in Paris und Ankunft in Tel Aviv gegen Samstagmittag. Das war just, als von großen Streiks am Flughafen in Paris die Rede war und ich machte mir etwas Sorgen, davon betroffen zu sein. Die Sorgen waren aber unberechtigt, denn wegen irgendwelcher technischen Defekte bin ich gar nicht erst aus Buenos Aires weggekommen, um durch den Pariser Streik direkt behindert zu werden. Das Gepäck war schon im Flugzeug und wurde wieder rausgeräumt. Die Passagiere auch. Der Ausreisestempel im Pass ist mit einem „anulado" entwertet. Wir wurden dann in ein Hotel in der Innenstadt verfrachtet, wo es ab morgens um 7:00 Uhr Frühstück geben sollte. Unser Bus zum Flughafen sollte auch morgens um 7:00 Uhr fahren. Die Frühstückszeit wurde dann großzügig auf 6:45 Uhr vorverlegt. Das war allerdings auch das einzige Großzügige an diesem Frühstück. Beim Ausräumen des Gepäcks hatte es leider gerade in Strömen gegossen. Das subjektive „leider" bezieht sich in diesem Falle nicht vorrangig auf das auch bedauerliche Schicksal der bemitleidenswerten, nass gewordenen Arbeiter, sondern auf die große Menge Wasser, die auch in die Gepäckstücke geflossen ist, jedenfalls in einen meiner Koffer. Und so über Nacht im Hotel ist schlecht trocknen. Nachdem wir also morgens zum Flughafen zurückgebracht wurden, startete spätnachmittags das Flugzeug mit gut 27 Stunden Verspätung. Dann hatte ich zwölf Stunden Aufenthalt in Paris, denn vorher war ja der Streik und hatte für Passagierrückstau gesorgt. Also, jetzt nix mit Eiffelturm, Louvre, Moulin Rouge, sondern am Flughafen. Dort gibt es ein Stundenhotel, das ist aber abgesehen von seiner Preisgestaltung ganz seriös. Air France hat mir gnädig die Kostenübernahme für den Tagesaufenthalt versprochen und später teilweise auch eingehalten. Diese Zimmer könnten eins zu eins in einer Puppenhäuserausstellung gezeigt werden, aber immerhin konnte man darin auch stehen. Davon habe ich aber wenig Gebrauch gemacht, sondern mehr gelegen und gesessen, bis ich endlich spätabends in das Gelobte Land geflogen bin, wo ich mit 1½ Tagen Verspätung ankam.

Jedenfalls bin ich im Morgengrauen in Tel Aviv eingeschwebt und konnte ohne weiteres Ruhen im Hotel frisch, ausgeschlafen und bestens gelaunt meinen dienstlichen Tätigkeiten nachgehen. Immerhin durfte ich im Hotel schon frühstücken, und das war nicht schlecht. Mein Gepäck kam auch nur einen Tag verspätet, da es nur bis Paris eingecheckt worden war. Als ich am ersten Arbeitstag vor Ort aus dem Büro zurückgekommen bin, war es schon da. Ein Koffer war immer noch heil, an einem fehlten zwei seiner Rollen. Nun wird Wasser ja häufig für etwas Reinigendes gehalten. Das Wasser aus Buenos Aires war aber nun gut drei Tage in dem heil gebliebenen Koffer, und meine Klamotten darin rochen wirklich gar nicht sauberer als vor dem Einpacken. Die etwa 150 € für die Reinigung hat Air France sogar ohne Abzüge und ohne Streit übernommen.

Man könnte jetzt meinen, Israel und Palästina liegen nicht direkt in Amerika, was ja mein eigentliches Einsatzgebiet ist. Wer zweifelt, möge mal eine Karte zur Hand nehmen oder sich einen Globus downloaden. Man müsste da schon recht kompliziert argumentieren und sehr weit in die Erdgeschichte zurückgehen oder von einem zweimaligen US-amerikanischen Präsidenten eine alternative Geografie definieren lassen. Aber die israelischen Kollegen hatten Beratungs- und Fortbildungsbedarf angemeldet, während die Stelle, die eigentlich den Nahen Osten mit meinen Aufgaben abdecken sollte, vakant war. Nach der einen Woche im Büro in Tel Aviv mit eintägigem Ausflug ins Büro Ramallah, weil eine Kollegin nicht von dort nach Israel gelassen wurde, habe ich noch eine Woche Urlaub vor Ort gemacht. Arbeits- und Urlaubsaufenthalt waren zumindest interessant. Ich war zwar schon in Syrien, Jordanien und Libanon während Phasen, als dort gerade nicht bombardiert wurde, aber Israel und Palästina kannte ich nicht. Jetzt bin ich da also ein bisschen herumgefahren und habe dies und jenes gesehen, aber vermutlich kenne ich trotzdem beide Länder nicht.

Nun sind explizit religiös motivierte Besucher in Israel und besonders in Jerusalem wahrscheinlich emotional erheblich stärker beteiligt als ich. Dennoch habe ich die eine oder andere christliche Sehenswürdigkeit besucht, deren Zahl nicht niedrig ist in jener Stadt. Besonders beeindruckend fand ich den Besuch in der Grabeskirche. Auf dem Weg dahin bin ich die ganz bestimmt historisch unanfechtbaren Stationen des Kreuzwegs abgelaufen. Eigentlich hatte mein niederer Charakter mich auf das voyeuristische Vergnügen hoffen lassen, eine möglichst große Anzahl verwirrter, in Bettlaken oder sonstige wallende Fantasiegewänder gehüllter Gläubiger (nicht im Sinne von Kreditor) mit irrem Blick und wirrem Haupthaar in permanenter Ekstase oder vielsprachigen Predigtbemühungen – vorzugsweise in gemeinsamer Prozession – betrachten zu können, die sich für Jesus oder zeitgenössische Heilige halten, aber dafür hätte ich wohl zu Ostern kommen müssen. Jerusalemer Psychiater haben mit dem Syndrom recht regelmäßig zu tun. Die meisten dieser Betroffenen sind harmlos. Ich hatte auch gedacht, dass all diese Kreuzwegstationen mehr hochgejazzt wären, aber die fallen eher bescheiden aus.

Jedenfalls kam ich dann an der Grabeskirche an. Schon im Eingangsbereich befindet sich die steinerne Platte, auf der ganz bestimmt historisch unanfechtbar der Leichnam Jesu gesalbt wurde. Die ist total glattpoliert, weil immerzu Menschen Tücher darüber reiben, damit diese auch ein wenig heilig und gesegnet werden und Glück bringen. OK, das bringt die Tücher schon fast in die Nähe des Status einer Tertiärreliquie des Heilands, und Primärreliquien kann es abgesehen von Vorhaut und Blutstropfen nun mal nicht geben, denn ganz bestimmt historisch unanfechtbar ist er ja körperlich unversehrt gen Himmel aufgefahren.

Eine Gläubige war da pragmatischer: Sie hat kein Tuch darübergewischt, sondern ihre Geldbörse. Rechter Hand kann man sehr lange anstehen, um in der Kirche den Fels des Berges Golgatha an eben der Stelle zu berühren, an der ganz bestimmt historisch unanfechtbar das Kreuz gestanden hat, an dem der Heiland mit drei Nägeln festgenagelt (in einem Wort!) wurde. Spanische Theologen haben im 17. Jahrhundert eine umfangreiche gelehrte Ausarbeitung veröffentlicht, die begründet, weshalb es drei und nicht vier Nägel waren und weshalb die Meinung, es wären vier Nägel gewesen oder hätten vier Nägel sein können, zutiefst heidnisch/ketzerisch/häretisch und ergo höllenbedroht ist. Zu meinem Bedauern kann ich mich der Argumentationslinie nicht entsinnen, aber als Zeitgenosse hätte ich sie mir angesichts der seinerzeit vergleichsweise schwach ausgeprägten Toleranz führender Kreise des spanischen Katholizismus bei einer derart fundamentalen Angelegenheit gewiss vollständig zu eigen gemacht. Praktischerweise ist der Heiland dann ganz bestimmt historisch unanfechtbar sehr in der Nähe seines Festnagelns und Ablebens bestattet worden, sodass auch das Grab (darum ja Grabeskirche) in dieselbe Kirche passt. Da kann man auch sehr lange anstehen, um sehr kurz am Grab zu beten.

Oben auf einem Teil der Kirche, die irgendwie schon recht organisch in die Stadt eingebaut ist, befindet sich ein Kloster äthiopischer Mönche, die auch so ein ganz kleines bisschen bei der Grabeskirchenverwaltung mitreden dürfen. Die leben da zumindest in authentischer Umsetzung des Armutsgelübdes. Deren Zellen sind alle einzeln auf das Dach gebaut worden und das eigene Kirchlein ist sehr spärlich ausgestattet.

Auf dem Tempelberg war ich auch. De facto ist das Betreten des Tempelbergs aber spannender als das Verweilen darauf, wenn man als Giaur (Nicht-Muslim, Vokabular aus der Karl-May-Lektüre, bei der ich ehedem die Bände, die im Balkan und im arabischen Raum spielten, viel interessanter fand als seine Indianergeschichten) die Heiligtümer nicht besuchen darf. Immerhin befindet sich darunter der Felsendom. Von den ganz bestimmt historisch unanfechtbaren Geschehnissen auf dem Tempelberg zeugt nicht mehr so dolle viel: Die Bundeslade, die dort einst gelagert wurde, ist immer noch nicht wieder aufgetaucht (wirklich, Indiana Jones ist als historische Quelle nur ganz geringfügig glaubwürdiger und fundierter als Guido Knopp), der zur Opferung Isaaks vorgesehene Felsen ist vom Felsendom überbaut und mir darob nicht zugänglich gewesen, und der Prophet Mohammed ist zwar vom Tempelberg gen Himmel aufgefahren, ist aber seitdem eben auch weg. An der westlichen (vulgo Klage-)Mauer, am Fuße des Tempelbergs, war ein recht eifriger und gleichzeitig etwas hoffnungsarm wirkender, pittoresk bärtiger Jude damit beschäftigt, andere Juden zu finden und für das aktive Judentum zu gewinnen. „Eine jüdische Großmutter reicht", versuchte er mich noch zu locken. Konnte ich aber nicht mit dienen.

Bei der Weiterreise hat der Taxifahrer am Flughafen einen meiner Koffer mit Wucht auf den Boden geschlagen und dabei eine Rolle abgebrochen. In einem fremden Land am Flughafen bei der Abreise Schadenersatzforderungen durchzusetzen, ist verdammt schwierig. Aber ich gehe davon aus, dass er jetzt nicht mehr vom Büro bestellt wird. Diese Vorstellung befriedigt meine Rachsucht zumindest ein bisschen, die nicht primär durch den kaputten Koffer hervorgerufen wurde, sondern durch die schnippische Art des Umgangs mit der Situation. Die Woche drauf meinte meine Chefin, mein Gepäck und ich bräuchten eine

Paartherapie. Vielleicht war das noch optimistisch. Ich fand, in der Gesamtbetrachtung roch das mehr nach Scheidungsanwalt. Seither hat's aber weitgehend geklappt und die nächsten Flüge gingen direkt. Das reduziert die Verlustwahrscheinlichkeit beim Umsteigen. In einem Fall wurde ein Direktflug gecancelt, sodass ich im großen Dreieck fliegen musste. Das Gepäck kam dennoch an – langweilig eigentlich.

Ein Besuch in der Hauptstadt

In der 5. Klasse habe ich bei meiner Erdkundelehrerin Frau Becker eine Eselsbrücke gelernt:

Im Osten geht die Sonne auf
Im Süden nimmt sie ihren Lauf
Im Westen wird sie untergeh'n
Im Norden ist sie nie zu seh'n

Frau Becker hat es nicht in den Parnass der Geografiedidaktik geschafft und ihr Name muss nicht unbedingt memoriert werden. Also, ihr könnt FRAU BECKER jetzt gerne wieder vergessen. Nicht merken: Frau Becker. Die Frau Becker solltet ihr wirklich aus dem Gedächtnis streichen, da die Erinnerung an Frau Becker und ihren Namen euch nicht zu messbar höherer Lebensqualität verhelfen wird.

Im vergangenen Jahrtausend habe ich mich still über eine US-amerikanische Touristin amüsiert, die in Guatemala Punkt mittags bei hellstem Sonnenschein den Süden nicht zu identifizieren vermochte. Vor Kurzem suchte ich mich auch nach der großzügig strahlenden Sonne zu orientieren und dabei meinen eigenen Schatten zu verwenden. War aber Essig, denn die Sonne stand senkrecht über mir. Als ich denn sehr wenige Zentimeter Schatten unter einem Laternenpfahl entdeckte, dachte ich mir, dass diese Orien-

28

tierung einfach nicht sein könnte. Das liegt daran, dass die eurozentristische Frau Becker (der Name ist jetzt aber nicht so wirklich wichtig) uns eine Nordhalbkugeleselsbrücke beigebracht hat. Ich aber war in Brasilia, das ist noch näher am Äquator als São Paulo, Bad Honnef und Mexiko-Stadt, aber auf der Südhalbkugel, und dort nimmt die Sonne im Norden ihren Lauf. Es ist auch noch heißer als São Paulo, Bad Honnef und Mexiko-Stadt.

Brasilia wollte ich schon seit vielen Jahren mal sehen. Allgemeine touristische Ausführungen unterlasse ich hier mal, denn die gibt es reichlich im Internet, das noch mehr Neuland ist als die vorerwähnte Stadt. Anfang 1955 wusste noch niemand, dass es die Stadt mal in der Form an der Stelle geben wird, 1957 wurde der provisorische Präsidentenpalast dort eingeweiht, und 1987 wurde die Gesamtstadt zum Weltkulturerbe erklärt. Das ging mal flott, die Cheops-Pyramide hat gut 4500 Jahre warten müssen und so'n paar maltesische Megalithtempel nochmal rund 1000 Jahre länger. Da hatten der Pharao und die namentlich nicht überlieferten Priester wohl eine schlechte PR-Beratung. Der Impulsgeber für Bau und Umzug der brasilianischen Bundesverwaltung war ein gewisser Juscelino Kubitschek. Es ist ein bisschen ungerecht, dass dieser Name so schwer zu merken ist, wohingegen der Name Frau Beckers, der doch so vergessenswert ist, viel eingängiger klingt. Noch weit ungerechter ist allerdings, dass Kubitschek während und wohl von der faschistischen Militärregierung ermordet wurde und so die Benennung zum Weltkulturerbe nicht mehr miterleben konnte. Es ist eine Brücke nach ihm benannt und der städtische Flughafen, und ihm wird eine museale Gedenkstätte in Brasilia gewidmet, damit er im Gegensatz zu Frau Becker nicht in Vergessenheit gerät. Die Gedenkstätte ist sehr konventionell konzipiert, so mit Ausstellung der Orden, die er im Laufe der Jahrzehnte erhalten hat, und mit s/w-Filmen über schwere Maschinerie, mithilfe derer Brasilia gebaut wird, und mit steil aufwärts weisenden Kurven in Diagrammen zur Veranschaulichung der Entwicklung der Schwerindustrie während seiner Präsidentschaft, und mit seiner Privatbibliothek, und mit Urkunden über seine medizinische Ausbildung. Tatsächlich hat er bei passender Gelegenheit als Präsident bei einer prestigeträchtigen Operation assistiert. Wahrscheinlich war er im OP, hat in Wirklichkeit seine Pfoten brav rausgehalten und sich Gedanken über die beste Pose für die Pressefotografen gemacht, aber als studierter Mediziner hätte er sogar mitschneiden dürfen. Über der Gedenkstätte erhebt sich eine große Stele mit sichelartigem Ende, in das eine Statue von Juscelino Kubitschek gestellt wurde. Hingegen hat der Künstler und Architekt Oscar Niemeyer, obwohl Kommunist, den Hammer vergessen. Dort jedenfalls hängt er nicht. In der Gedenkstätte gibt es auch ein Café. Für etwa einen Euro bekommt man dort frisch gepressten Saft im neusilbernen oder echt versilberten Kännchen serviert. Da ich noch vor einem Botschaftsmittagessen dort war, war ich auch davon angemessen beeindruckt, um hernach mit noch größerer Hochachtung die erste vollständig in Brasilien produzierte Addiermaschine wertschätzen zu können. Sowas zu haben ist nicht schlecht, hat doch in irgendeinem Laden jemand mir 25 R\$ (Reais, damit bezahlt man in Brasilien) berechnet und musste dann mit einem vermutlich importierten Taschenrechner – die erste vollständig in Brasilien produzierte Addiermaschine war ja schon im Museum – das Wechselgeld auf meine 50 R\$ ermitteln.

Nach Brasilia waren mein Kollege von der Stiftung und ich eines Mittags für Schlag 12:00 Uhr zu einem diplomatischen Mittagessen mit Seiner Exzellenz Herrn Botschafter und dessen Vertreter geladen. Die wirtschaftliche und kulturelle Hauptstadt Brasiliens ist wohl São Paulo, die politische hingegen nämliches Brasilia, wenn man Politik vor allem über verfassungsmäßige Institutionen definiert. Die Inhalte des Mittagsgesprächs sollen hier nicht ausgebreitet werden, denn entweder legt mir der Arbeitsvertrag Klappehalten für alle Ewigkeit auf oder sie sind genauso irrelevant wie der Name Frau Beckers (vergesst ihn einfach). Aber zu viert speisen mit Menüplan auf Bütte, mit schwerem silbernem Besteck auf silbernem Unterteller, dies alles drei mit Bundesadler verziert, werde ich nicht so ganz rasch vergessen. Dazu ohne vorheriges Frühstück bei über 30 °C mit Weinen, an denen ich vorsichtshalber fast nur genippt habe, um nicht Gefahr zu laufen, ethanolinspiriert die Herren Diplomaten zum Singen der Internationale animieren zu wollen oder ähnlichen situationsinadäquaten Unfug anzustellen. Architektonisch war die Botschafterresidenz auch spannend, und das allerschwerste: Wir mussten so tun, als ob wir das allenfalls ganz hübsch finden, ohne hingegen merklich beeindruckt zu wirken. Ist ja sonst nicht so meine typische Umgebung.

Nun wird ja nicht jedes Bauwerk oder Ensemble von Bauwerken so ohne Weiteres Weltkulturerbe, vor allem nicht so schnell. Bei dem Flachdacheinfamilienhaus am Ortsrand von Scheeßel, deren stolze Bauherren meine Eltern in den späten 70ern waren, steht die Ernennung noch aus, und die Frist wird wohl eher Cheops-Pyramide als Brasilia. Brasilia ist aber ein herausragendes Gesamtkunstwerk und außerdem größer als das Eigenheim meiner Eltern. Viel, viel größer sogar. Ich hab's zwar nicht nachgeschlagen, aber nach meinem Eindruck ist Brasilia sogar größer als Bad Honnef, in dessen Umgebung übrigens eine Vielzahl von Sehenswürdigkeiten für alle Geschmäcker etwas bietet. In dem vorigen Bericht ist ihm ungerechte Behandlung widerfahren. Ich zitiere mal aus einer Antwort an mich:

„Da ist einer der schönsten Wanderwege Europas, das Schmelzbachtal, das Grab von Adenauer!!!, unweit davon einer der größten Swingerklubs im Lande, direkt gegenüber auf der anderen Rheinseite der Rolandsbogen (für alle unglücklich Verliebten) mit Blick auf Nonnenwerth und dem sagenumwobenen Kloster, und nur wenige Fahrminuten entfernt: der Drachenfels, die Drachenburg, die Nibelungenhalle (mit ihren unerreichten Kunstschätzen), die weltschönste Ruine Kloster Heisterbach, Bad Godesberg – die unglaubliche Metamorphose vom nobelsten Diplomatenviertel zum Neukölln hoch 3, und natürlich: ein paar Minuten mit der Bahn entfernt: die einzig wahre Bundeshauptstadt: Bonn! Etwas weiter südlich die Zentren der rheinischen Weinseligkeit mit der unausweichlichen Option zur chinesisch-japanisch-amerikanischen Kontaktaufnahme." Da ist es schon eine schreiende Ungerechtigkeit, dass Bad Honnef noch nicht Weltkulturerbe ist.

Vielleicht liegt das an der zu konventionellen Innenstadtgestaltung. Bad Honnef hat nämlich mit anderen Metropolen wie etwa Mexiko-Stadt, São Paulo und Scheeßel gemein, dass Verkehrswege der historischen Innenstadt zur Fußgängerzone umgestaltet worden sind. Laaaangweilig! Der wichtigste Verkehrsweg im Zentrum Brasilias heißt zurecht „Monumentalachse" und hat in jede Fahrtrichtung sechs Spuren und zwischen den beiden Richtungen einen Grünstreifen, der breiter ist als die Berliner Karl-Marx-Allee von einer Fassade zur gegenüberliegenden. Kreuzungen wollte man auch vermeiden, um den

Verkehrsfluss nicht zu stören. Daher sind die innerstädtischen Hauptstraßen wie Autobahnen angelegt, samt Autobahnkreuzen statt klassischer Kreuzungen. Das hat gewiss viel Geld gekostet, und um dem damals bestimmt auch schon irgendwie geltenden Wirtschaftlichkeitsgebot Genüge zu tun, sind halt die Ausgaben für Fußgängerampeln und -unterführungen runtergeschraubt worden. Das steht gewiss mit der Industrialisierung in Zusammenhang: Zur Bauzeit wurde nicht nur die nationale Addiermaschinenproduktion initiiert, sondern auch die nationale Autoproduktion. Idealtypische Verkehrsteilnehmer waren mit vier Rädern statt Gliedmaßen auf die Welt gekommen, mit einem Motor anstelle des Herzens, und ihre ersten Laute waren nicht lalalalamamamamababababa, sondern brummbrummbrummbrumm. Bewegung zu Fuß wäre ja angesichts der Entfernung von einer Straßenseite zur gegenüberliegenden auch viel zu langsam gewesen. Zum Glück ist dieser Idealtypus bis heute aber von der Humanevolution verfehlt worden.

Also, in anderen Städten wird man als Passagier im Taxi ja mal misstrauisch, wenn man ein paar Minuten und mindestens einen Kilometer über zwei Aus-/Auffahrten gefahren ist und sich fast an derselben Stelle wiederfindet. In Brasilia ist das Stadtplanung in Folge der Charta von Athen. Entsprechend der Charta sind unterschiedliche Sektoren geplant worden, in denen jeweils eine stadttypische Aktivität stattfinden sollte. Das ist auch weitgehend noch intakt, nur der Sektor für Industrie ist nicht so gut angekommen. Warum sollten auch Industrieunternehmen, die weniger am nationalen Glanz interessiert sind und waren als an hohen schwarzen Zahlen, ihre Rohstoffe und Halbzeuge tausend Kilometer irgendwohin schaffen, dort zusammenschrauben lassen und hernach die fertigen Addiermaschinen wieder tausend Kilometer dahin schaffen, wo Kunden zu finden sind!? Die Charta von Athen ist von 1933 und hat sich mit zukünftigem Städtebau beschäftigt. Von irgendeinem Manifest bis zum intellektuellen Mainstream braucht's natürlich ein paar Jahre, und dann wurde speziell in Europa und Fernost erstmal einige Jahre mehr Energie auf die Schaffung von Voraussetzungen und Bedarf für Städtebau verwendet als auf den Bau selbst. In den 1950ern war das aber außerhalb der sozialistischen Länder auf der Höhe der Zeit. Nach wenigen Jahrzehnten stellte man dann fest, dass das Konzept wohl doch nicht ganz ausgegoren war.

Es gibt auch zwei Metrolinien in Brasilia, die sich entlang einer Hälfte der Stadt schlängeln. Das ist nur ein Bruchteil derer in Mexiko oder in São Paulo und deutlich – in Prozenten gar nicht auszudrücken – mehr als in Bad Honnef und Scheeßel. Und Busse fahren auch. Eine Linie, die mich zum etwas außerhalb liegenden Präsidentenpalast gebracht hätte, fuhr sogar dreimal am Nachmittag, aber der Präsident kann sich bestimmt ein Auto aus nationaler Produktion oder ein Taxi leisten oder wenigstens ein Uber, wenn er sonst über eine Stunde an der Haltestelle warten müsste. Vor diesem Palast spazierten ein paar Nandus. Vor dem Zugangsbereich zum Gelände lungerten ein paar gelangweilte Kameraleute, und als dann mal ein Autokonvoi aus zwei Mittelklassewagen da rausfuhr, wurde fotografiert und gefilmt. Adverbien wie „eifrig" oder „hektisch" wären hier aber unzutreffend. So ganz nah kam man leider an den Palast nicht ran, wenn man nicht Präsident, Nandu oder Inhaber irgendeines ganz exklusiven Ausweises war. Besichtigungen waren bis auf Weiteres eingestellt, und dann blieb mir als Vergnügung, aus der Ferne ein paar Fotos mit der Kombi Präsidentenpalast/Nandus zu machen und auf die Wachablösung zu warten. Bei der Queen gibt's das ja auch, aber mit mehr Soldaten und mehr Zuschauern. Ist man arg prosaisch, heißt Wachablösung ja im Wesentlichen, dass albern verkleidete junge Männer albern rumzappeln und es sich nicht anmerken lassen dürfen, falls sie sich dessen bewusst sind. So war's auch hier, aber mit nur einem einzelnen Wächter, der keine Bärenfellmütze abbekommen hatte. In Deutschland hätte der nicht mal Polizist oder Steward werden dürfen – ein Tattoo am Hals war deutlich sichtbar. Klar gab es noch mehr Wächter, die waren aber funktioneller gekleidet und bewaffnet, dafür jedoch weniger fotogen.

Das aufklärerisch wärmende Licht des historisch-dialektischen Materialismus samt seiner atheistischen Komponente leuchtet in Brasilien noch nicht so hell wie in Hellersdorf, und auch dort ist es an mancher Ecke noch recht schummrig. Unter anderem die Sitzungen beider brasilianischer Parlamentskammern finden unter dem verbindenden Zeichen des Kreuzes statt. Das ist an sich ja ökumenisch einsetzbar – bei der Unzahl einzig wahrer christlicher Religionen ein großer Vorteil. So habe ich es mir als Kunsthistoriker nicht nehmen lassen, mehrere dieser Gotteshäuser aufzusuchen. Meine kirchenkämpferische Haltung, Kirchen überhaupt gar nicht zu betreten, habe ich schon mit Anfang zwanzig lange vor dem kunsthistorischen Studium aufgegeben, ungefähr zeitgleich mit der Totalablehnung von Fastfood aus großen US-amerikanischen Ketten. Letztere aufzugeben, war vielleicht gar nicht so schlau.

Ach ja, Kirchen in Brasilia. Irgendwo hinterm Rand des Zentrums ist ein riesengroßes Militärgebiet und daneben liegt auf der Hauptachse der Stadt die Militärkathedrale. Das fand ich schon doll. Militärkapelle, das kannte ich. Militärkathedrale, das war was Neues für mich. Vor rund zwanzig Jahren hat da Johannes Paul II. mal gepredigt. Das war genug Anlass, dort alsogleich ein Gotteshaus zu bauen und dem Militärbischof zu unterstellen. Seiner gesellschaftlichen und tatsächlichen Umgebung angepasst, hat es die Form eines Armeezelts in groß. Gewidmet ist sie – Vorsicht: Realsatire! – der Friedenskönigin, was eine von unzähligen Anrufungsformen für die jungfräuliche Mutter in ihren unzähligen Erscheinungsformen ist. Es war gerade Gottesdienst, und da wollte ich nicht bis zum Ende warten, um mir den Innenraum in Ruhe anschauen zu können. Die Gläubigen waren aber alle in Zivil. Die Militärkathedrale wird vermutlich keine der Topsehenswürdigkeiten in Brasilia. Dafür gibt es vor Ort herausragendere Kirchen.

Am bekanntesten ist die Kathedrale ohne vorangestelltes „Militär", wie fast alle ganz herausragenden großen Bauten aus der Entstehungszeit der Stadt von Oscar Niemeyer (und keinesfalls von meiner ehemaligen Erdkundelehrerin Frau Becker) entworfen. Viel weißes und blaues Glas zwischen 16 gewölbten Betonpfeilern und damit viel Licht, aber aufklärerisch wärmend ist dieses nicht. In der Stadt war, wie erwähnt, auch ohne Aufklärung schon viel Wärme. Um einzutreten, muss man sich erstmal auf einer Rampe abwärts begeben. Von der Decke hängen drei Engel, damit ist natürlich Barlachs Schwebender für Güstrow quantitativ klar getoppt. Ob er auch qualitativ getoppt ist, will ich nicht beurteilen, aber die Messlatte hängt – oder besser: schwebt – ja recht hoch. Und sage mir niemand, das wäre Zufall. Dafür ist Barlach zu prominent, jedenfalls unter Kirchenrauminneneinrichtern des 20. Jahrhunderts.

Draußen vor der Tür der Kirche stehen die vier Evangelisten in Bronze. Die Anordnung hat mich schon überrascht: nicht etwa symmetrisch, sondern auf der einen Seite die drei Synoptiker und getrennt von ihnen der arme, vereinsamte Johannes, mit seiner Evangeliumseröffnung „Im Anfang war das Wort, und das Wort war bei Gott, und Gott war das Wort" der Oberideologe des philosophischen Idealismus im Allgemeinen und der Apologeten des *linguistic turn* im Besonderen. Im griechischen Original ist das aber nicht einfach Wort, sondern *logos*, und das steht für Wort oder den Geist, also jetzt nicht Gespenst oder Weingeist, sondern mehr so Heiliger Geist. Hannes Wader hat 1979 in seinem auch sonst recht amüsanten Lied *Unterschriftensammlung* im Gespräch mit einem friedensbewegten Geistlichen ein Kompromissangebot gemacht. Er will zugestehen, dass Gott die Welt erschaffen hat, „doch gelenkt, geführt, geleitet wurde er dabei // von Marx, von Engels und von Lenin und von der Partei". Teilt man, dass die Grundfrage der Philosophie die Frage nach Primat der Materie oder des Geistes ist, wird aber bei Johannes in einem Satz explizit und sehr konzentriert die falsche Antwort gegeben. Trotzdem, ich kann mir nicht vorstellen, dass er wegen dieser philosophischen Verirrung so isoliert hingestellt worden ist, denn die ist doch ökumenisch ziemlicher Konsens, wo das aufklärerisch wärmende Licht des historisch-dialektischen Materialismus noch nicht durchgedrungen ist. Und wo es durchgedrungen ist, spricht man nicht von Ökumene. Alle vier werden aber auch gerne von lebendigen Tauben – Zweibeiner mit Flügeln, nicht Zweibeiner ohne Gehör – bekrönt, und dann erinnern sie gemeinsam an Franziskus von Assisi oder an irgendeine beliebige vollgeschissene Statue in irgendeinem beliebigen Stadtpark. Etwas neben der Kathedrale liegt noch ein kreisrundes, fensterloses Ufo. Es gibt aber Leute, die das für das Baptisterium zur Kathedrale halten. Diese ist nämlich im Inneren auf geradezu antibarocke Weise recht leer, und für den Erhalt ihrer architektonischen Wirkung im Innenraum ist das auch ganz gut so. Allerdings gibt es noch einen kleinen Raum im Inneren, der dem Verkauf von heiligen Brasilia-Souvenirs dient. Jesus hat wahrscheinlich die anderen Händler aus dem Tempel vertrieben, um drinnen der Gemeinde das Handelsmonopol zu sichern, und über die Jahre ist bei der Legendentradierung dieses Detail versehentlich verlorengegangen.

Der in Brasilia beliebteste Heilige ist wohl Don Bosco, der zu Lebzeiten bereits die Vision einer neuen brasilianischen Hauptstadt im Landesinnern zwischen dem 15. und 20. südlichen Breitengrad gehabt haben soll. Don Bosco war ein weiser Mann von Herkunft aus einfachen Verhältnissen, der im 19. Jahrhundert erkannt hatte, dass das Angebot zum gemeinsamen Gebet alleine wenig geeignet war, unterprivilegierte Jugendliche an die Mutter Kirche zu binden. Sein von ihm gegründeter Orden hat dann berufliche und theologische Ausbildungsangebote in großem Stil entwickelt, zuerst in Italien und dann auch anderswo in der Welt. In Brasilia haben die einen ganzen großen Gebäudekomplex okkupiert, und dort ist auch eine große Kirche mit Don Bosco als Patron, denn er wurde 1934 heiliggesprochen. Ich habe nie verstanden, dass der irdische Akt der Heiligsprechung konstitutiv für die Heiligkeit sein soll. Gibt man dem Willen des HErrn Vorrang, kann das ja allenfalls eine Dokumentation der Erkenntnis über Heiligkeit sein. Dass der HErr sich von ihm inferioren Herren in Rom diktieren lassen soll, wer aus dem Fegefeuer direkt auf eine Himmelswolke saust, dreht irgendwie die Hierarchie um. Die große Kirche jedenfalls versteht Eindruck zu schinden, was bei Sakralgebäuden traditionell der Festigung der Hierarchie zwischen sterblichen Geistlichen und sterblichen Normalos dient. Sehr groß, sehr blau, denn die großen, hohen Fenster sind ganz überwiegend in verschiedenen Blautönen verglast. Sehr quadratisch. Ein sehr großer Hängeleuchter. Sehr wenig Gottesdienstbesucher. Das mit „blau verglast" ist bestimmt aus Eiermanns Gedächtniskirche in Berlin geklaut. Dort ist das aber auch wirkungsvoll und die Schnittmenge der Besucher beider Kirchen ist klein. Dass bei diesem eckigen Don-Bosco-Betonbau diese blauen Fenster in superneugotische Lanzetten gepresst sind, ist leider ein bisschen kitschig. Ansonsten würde ich die Kritik eher grundsätzlich-institutionell statt architektonisch üben. Man kann sich aber auch mal links und rechts umschauen und wenn keine anderen Verfechter des historisch-dialektischen Materialismus anwesend sind, nicht-urteilend gucken und sich einfach sinnlich beeindrucken lassen.

Am spannendsten fand ich aber den Besuch bei der Legion des Guten Willens. Der derzeitige Oberlegionär hat auch eine Don-Bosco-Einrichtung besucht. Im Gegensatz zu den vorherigen drei Kirchen ist die Legion nicht katholisch, sondern nach Selbstdarstellung christlich-ökumenisch. Nach meiner Wahrnehmung ist sie vor allem ökonomisch, wie wohl ein großer Teil der neueren Kirchen und Esogruppen. Den Tempel des guten Willens als Sehenswürdigkeit habe ich in einem städtischen Touristenbroschürchen gefunden und auf dem Weg zum Flughafen habe ich denn mal einen Zwischenhalt gemacht. Nicht viel Glas, schon gar kein blaues, sondern nach außen recht geschlossen. Dieser Tempel hat sieben Seiten, denn sieben ist die heilige Zahl, wie es seit jeher im Christentum war – die Heilige Siebenfaltigkeit, die sieben Evangelisten (von denen vor der Kathedrale nur vier berücksichtigt sind), die sieben Apostel, die sieben Gebote, die sieben Türme Jerusalems, die sieben Stämme Israels, als hervorragende Identifikationsmomente die sieben Todsünden und die sieben Schmerzen Mariae, Magdalena und die sieben Zwerge, die Siebensachen, die Siebenschläfer, die sieben Brüder. Ach nee, letzteres war ein DDR-Kinderbuch über das brüderlich-solidarische Miteinander der Soldaten aus sieben Armeen der Warschauer Vertragsstaaten während eines gemeinsamen Manövers, also nur in einem ganz extrem gedehnten Verständnis Teil der christlichen Ökumene. Bei den Evangelisten kann man ja noch aus den Apokryphen addieren, ums stimmig zu machen. Am besten gefällt mir das Kindheitsevangelium nach Thomas. Klein-Jesus killt da kraft seines Wortes mal rasch irgendwelche anderen Kids, weil er sich über sie geärgert hat, und erweckt andere wieder zum Leben, um Ärger mit den Nachbarn zu vermeiden. Ich weiß nicht, ob dieses ganze Evangelium sich an Kinder richten sollte, damit die sich auf diese Weise mit Jesus identifizieren wie in der jüngeren Vergangenheit die jungen Leser mit jeweils einem der unerreichbaren Helden bei den drei ??? oder TKKG. In einer Broschüre bezeichnet die Legion ihren Tempel auch als eines der sieben (!) Wunder Brasilias, aber unterlässt die Nennung der anderen sechs. Da wird unserer Fantasie und jener der längst vergessenen Frau Becker viel Raum gelassen.

Auch bei den Maßen und Proportionen des Tempels spielt die Siebenzahl eine Schlüsselrolle. Hier zeigt sich, dass der HErr ein Bonapartist ist. Zum Nutzen des Seelenheils hat man nämlich herausgefunden, dass der HErr ein glattes Vielfaches der Sieben in metrischen Maßen als dem wahren Glauben angemessen befunden hat, nicht etwa in Yards, Feet, Stadien, Plethra, Ruten, Arschin, Werst, Leguas, Spannen, nautischen bzw. sonstigen Meilen, Planck-Größen oder Lichtjahren. Es hätten auch Berner, Braunschweiger, Brabanter, Bamberger, Bremer, alte hallesche,

Ravensburger, Regensburger, rheinische, jeversche, ost-
friesische, Vechtaer, Hannoveraner, Cloppenburger,
Emsteker, Wildeshausener, Dresdner, Kitzinger, Stralsun-
der, Leinen-, Wiener, Wiener Tuch-, Prager, dänische oder
alte Pariser Ellen in Betracht kommen können (ohne Anspruch auf Vollständigkeit). Hätte sich das metrische System nicht durchgesetzt, hätte man womöglich nie die
wahrhaft heiligen Maße ermitteln können, oh Schreck! Da
sind die Legionäre des guten Willens wohl vom HErrn besonders auserwählt, dass ihnen die heilige Validität der SI-
Einheiten offenbart wurde. Aber vielleicht ging es auch
nur darum, für die Zielgruppe, deren durchschnittlicher
IQ wohl nicht wesentlich höher als heilige Siebenundsieb-
zig liegen darf, etwas leicht Nachvollziehbares mit niedri-
gem Abstraktionsbedarf zu erfinden.

Im Tempelkomplex des guten Willens konnte man
keine Bücher mit den drei ??? oder TKKG kaufen, aber
sonst allerlei. Zum Beispiel Schallplatten mit Musik sowie
Bücher und Broschüren mit Texten sowie Poster mit einem Foto, alles jeweils des aktuellen gutwilligsten Oberle-
gionärs. Und allerlei heilige Brasilia-Souvenirs. Und diverse
Malerei, die für mich nicht in erkennbarem Zusammenhang mit Glaubenssätzen stand und deren Preise nicht alle
durch sieben teilbar waren. Es gab aber auch ein Restaurant, damit die Freiwilligen, die für ihren Freiwilligendienst
wahrscheinlich nicht extra zahlen mussten, dort ihr Geld
loswerden konnten. Und als Tagungszentrum fungiert der
Komplex auch, wenn nicht gerade das Weltparlament der
ökumenischen Brüderlichkeit (doch die sieben Brüder?)
dort tagt. In allernächster Zeit möchte ich dort nichts buchen. Vor allem aber konnte man Kristalle kaufen. Schier
unendlich viele Kristalle an einer Reihe von im Komplex
verteilten Kristallverkaufsständen. In der Spitze des Tem-

pels soll sich der heilige Kristall befinden. „Der Kristall symbolisiert in der absoluten Ökumene die vereinigende Kraft Gottes. Nach Meinung von Kennern reinigt er die Umgebung, indem er die Energien katalysiert, die auf die Menschen einwirken, die diesen Ort betreten." So erklärt es eine deutschsprachige Broschüre. Zum Kenner in diesem Sinne bin ich nicht geworden. Eine sehr gute, inzwischen langjährige Freundin von mir mit erheblich stärkeren esoterisch-spirituellen Bezügen als ich (also überhaupt welchen) teilte einst mit mir ihre Vorfreude auf ein Meeting mit irgendwelchen Menschen aus dieser Szene. Sie betonte: „Da kommt auch Ulla. Ulla kann Kristalle reinigen." Ich fragte dann, wie Ulla denn Kristalle reinigen würde, und erwartete eine Ausführung mit in diversem esoterischem Vokabular eingebettetem „Energie". Die Antwort hat mich perplex gemacht: „Sie spült sie unter fließendem Wasser ab."

Zurück nach Brasilia in den Tempelkomplex. Überdies kann man dort eine Gedenkstätte für den historischen Oberlegionär besuchen. Zu den Exponaten gehören, wie dieselbe Broschüre anpreist – das ist wahrlich atemberaubend –, „zwei äußerst seltene japanische Akai-Tonbandmaschinen ..., mit denen historische Predigten des Gründers der LGW ... aufgenommen worden sind." Davon werde ich noch meinen Urgroßnichten und -neffen erzählen, und sie werden auf meinem Schoß sitzen, stündlich um die Geschichte mit der Akai-Tonbandmaschinen-Besichtigung betteln und auch in ihrem hohen Alter mich um mein allein ob dieses Erlebnisses erfülltes Leben beneiden. In den Schulen aller Kontinente werde ich ein gefragter Zeitzeuge sein. Da fällt doch die erste vollständig in Brasilien produzierte Addiermaschine weit ab, und SEINE Sandale ist nichts im Vergleich. Vermutlich habe ich nur knapp eine gutwillige Legionärsprozession verpasst, in der Akai-Tonbandmaschinen an Stöcken durch die Straßen getragen wurden.

Als Marketingmanager eines Unternehmens, das sich an Endverbraucher richtet, fragt man sich natürlich nach der Zielgruppe, deren Geld man einsammeln möchte. Die gutwilligen Legionäre haben das anscheinend mit „Alle" beantwortet und daher beschlossen, auch allen (einschließlich einer idealtypischen Frau Becker gerade in ihrer Vergessenswürdigkeit) etwas zu bieten. In einem der Säle in dem Gebäude findet man neben einem Kristallverkaufsstand ein großes, elegisches Jesus-Porträt, wie man es sich vorstellt, wenn man alle Klischees zusammensammelt und dann beherzt alle Scheu vor Kitsch überwindet. Drumherum sind aber in kleiner noch viele andere musterhafte Personen versammelt. Dazu gehören natürlich der Legionsgründer und der derzeitige Oberlegionär in einem Rahmen mit Apostel Petrus, dann aber neben diversen anderen auch José Saramago und Getúlio Vargas (eigentlich schon böse, die direkt nebeneinander zu stellen), Louis Pasteur, Eva Perón, Juscelino Kubitschek nebst Gattin Sara Kubitschek. Auch im Zusammenhang mit der Stadtgründung stehen Oscar Niemeyer und der Planer Lúcio Costa und werden daher von der Legion vereinnahmt. Leonardo da Vinci, Franz von Assisi, Abraham Lincoln, Konfuzius, Krishna und John Lennon habt ihr in der Aufzählung ja schon vermisst, aber sie sind nicht missachtet worden. Don Bosco, Freud, Gandhi und Buddha fügen sich da nahtlos ein. Jawaharlal Nehru (dort ohne Vornamen, weil wohl zu kompliziert), Desmond Tutu, Erasmus von Rotterdam sind ebenso wie William Booth und Sergej Prokofjew mit den schon Vorgenannten vereint und können sich ebenso wenig wehren wie jene. Da dürfen dann auch Jacques

Cousteau, Charles Darwin und Prinzessin Diana nicht fehlen. Diana und Charles zusammen, das passt ja. Benito Juárez, Goethe, Ayrton Senna (Brasilien eben, und Senna war ja so sehr fromm, dass der HErr ihn schon bald zu sich geholt hat), Sokrates, Hippokrates und Tschaikowski machen den Reigen noch nicht komplett. Auch die sieben großen M der absoluten Ökumene: **M**utter Theresa, Nelson **M**andela, **M**artin Luther, **M**artin Luther King, José **M**artí, die **M**uttergottes, Golda **M**eir, **M**oses und selbstverständlich Karl **M**arx müssen noch Erwähnung finden. Das sind nicht genau sieben!? Du bist ein im Dezimalsystem verhangener Spießer und vor allem für die Zielgruppe der Legion schon zu helle! Ferner sind da noch einige Persönlichkeiten, mit denen ich nichts anfangen kann, weil mir wohl der Lokalbezug fehlt. Also für alle etwas dabei. Karl Marx und christliche Ökumene? Passt schon, denn auch Atheisten können in den Himmel kommen, wie der derzeitige Oberlegionär verbreitet. Das ist für Atheisten eigentlich gar nicht so interessant, wenn sie denn wirklich vom aufklärerisch wärmenden Licht des historisch-dialektischen Materialismus durchdrungen sind, aber falls dieses Licht nicht jedes einzelne Neuron erhellt hat, wenn man insgeheim nicht so ganz sicher ist und auf Nummer sicher gehen will ... Attraktives Angebot, was diese Legion unterbreitet! Wahrscheinlich lässt sich die Zielgruppe etwas genauer beschreiben mit „Alle, die wenigstens perspektivisch irgendwie etwas Geld ranschaffen können oder umsonst für uns arbeiten, mit besonderem Schwerpunkt auf Lateinamerikaner mit IQ ≤ 77".

Eigentlich ist in dieser höchst integrativen Galerie nur Frau Becker, meine ehemalige Erdkundelehrerin und keine Lateinamerikanerin, vergessen worden. Das könnt ihr auch gerne tun. Strengt euch also ordentlich an, Frau Becker zu vergessen.

Gratis-Kultur für Tankwarte

3. PROGRAMM, QUITO, PARANAPIACABA, SÃO PAULO

Anscheinend ist eine Debatte zu führen. Es soll natürlich eine ausgewogene intellektuelle Debatte sein, in der sowohl die Fürs und Widers als auch die Pros und Kontras – nicht zu vergessen die Sowohls und die Als-Auchs – Berücksichtigung finden. Ich stelle mir in etwa das Format einer Fernsehdebatte im Spätabendprogramm des 3. Programms des öffentlich-rechtlichen westdeutschen Fernsehens von 1974 vor. Dabei gestatte ich mir mal, die Rolle des Moderators selbst zu übernehmen. Den Geist der neuen Zeit verkörpere ich, indem ich zum offenen (!) Jackett keine (!) Krawatte trage und aus einer beliebigen Hemd- (so ich denn nicht gar einen Rollkragenpullover wage) oder Jacketttasche (seinerzeit noch: Jackettasche) ein Pfeifenkopf hervorlugt. Die Technik der neuen Zeit heißt Farbfernseher und ich trage daher zwar gedeckte Farben, jedoch nicht nur weiß/grau. Auch das Debattenformat verkörpert den Geist der neuen Zeit, indem nach der Expertendiskussion Studiogäste selbst das Wort ergreifen dürfen. Halt, das geht zu weit. Also besser: indem ich nach der Expertendiskussion Studiogästen das Wort erteile, ohne die Macht aus der Hand zu geben, die sich im mit langem Kabel versehenen Mikrofon materialisiert. Dabei sind die Studiogäste ganz ergriffen davon, *im Fernsehen* zu sein, und die meisten wagen es dann doch nicht, sich zu Wort zu melden, obwohl sie sich zuvor einen langen, klugen, tiefsinnigen Debattenbeitrag – bzw. was der Oberstudienrat von 1974 dafür gehalten haben mag – mit „ganz neuen Perspektiven" oder gar „einem völlig anderen Blickwinkel auf das Thema" sowie mit einigen Fremdwörtern zurechtgelegt haben. Einzelne trauen sich aber doch und am nächsten Tag kommen sie extra früh ins Lehrerzimmer und erheischen die anerkennenden Worte des Kollegiums und noch mehr die anhimmelnden Blicke der jungen Kolleginnen und der Referendarin, weil man ja *im Fernsehen* war und dort auch noch Fremdwörter verwendet hat. Monate später noch werden sie ihre Enttäuschung, dafür nicht gesondert in der Jahreschronik der Schule erwähnt zu werden, mit erzwungenem Lächeln überspielen. Dabei haben sie ihre Wortbeiträge ganz gemessen mit „Ich möchte nicht unerwähnt lassen, dass ...", „Ich möchte in diesem Kontext aber auch zu bedenken geben, dass ..." oder „Ich gestatte mir hier, ergänzend anzumerken, dass ..." eingeleitet (auf jeden Fall aber mit „Ich ...") und eine ganz gewichtig-intellektuelle Miene aufgesetzt.

Die Fernsehzuschauer fühlen sich in ihrer eigenen Intellektualität und ihrer Teilhabe an dem Geist der neuen Zeit durch das Zusehen bestätigt und nicken bedeutsam mit dem Kopf oder schütteln selbigen, um dann den Fernsehzuschauerinnen alles noch einmal genau zu erklären. Damit verschaffen sich die Fernsehzuschauer die Bestätigung ihrer eigenen Intellektualität gleich zum zweiten Mal. Solche Fernsehdebatten lassen sich natürlich um jedes Thema führen. Eine Auswahl von Vorschlägen:

Anschnallpflicht im Kraftfahrzeug – lebensrettende Maßnahme oder verfassungswidrige Gängelung?

Darf eine moderne Ehefrau hinzuverdienen oder geraten ihre Kinder durch die unausweichliche Vernachlässigung in Gefahr, in eine Kommune zu ziehen und sich dort Haschisch zu spritzen?

Ost-West-Annäherung: Aussöhnungsperspektive oder Falle der kommunistischen Bestie?

Anschnallpflicht im Kraftfahrzeug – nur im PKW oder auch im Motorradbeiwagen?

Brunnenbau in der Entwicklungshilfe – besser mittels Schaufelradbagger oder Telekinese?

Eigenständigkeit für Orchideenfächer an Universitäten oder ihre Integration in allgemeine Botanikvorlesungen?

Wir aber, wir müssen aus einem anderen Grund in die Debatte kommen. Hier geht es um die auch 1974 schon schwelende, wenngleich womöglich noch nicht ausgebrochene Honnef-Kontroverse. Als ich sie im vergangenen Nordhalbkugelherbst aufriss, ahnte ich ja nicht um die Brisanz, um das ungeheure Provokationspotenzial, um die freiwerdenden Emotionen. Nachdem ich die Verteidigung Bad Honnefs wiedergegeben hatte, erreichte mich dazu wiederum folgende kritische Positionierung: „Ich finde allerdings, dass Du Dich zu Unrecht von dem berechtigten Bad-Honnef-Bashing hast abbringen lassen! Über diesen Ort gibt es wirklich nichts Gutes zu sagen, das hätte Dir auch Deine alte Erdkundelehrerin (wie hieß sie noch?) bestätigt." Das Thema unserer Ausstrahlung würde daher sinngemäß lauten: „Bad Honnef – zukünftiges Weltkulturerbe an den Ausläufern des Rheinischen Schiefergebirges oder Siedlung gewordene Synthese aus Kloake, Schweinekoben und Eiterbeule?" Da ich gerade kein Fernsehstudio, keine Pfeife und kein Mikrofon mit ganz langem Kabel zur Verfügung habe, müssen wir die Fernsehdebatte etwas verschieben. Ich bin aber gerne bereit, die Diskussion durch Weitergabe eurer Einschätzungen, Erfahrungen und Spekulationen zu, in und um Bad Honnef aufrechtzuerhalten. Dafür nehme ich dann zum Schreiben der E-Mail jeweils die Krawatte ab, streife vielleicht einen Rolli über und lasse mein Jackett geöffnet. Der vorgetäuschten Neutralität halber bleibt auch der rheinische Riesling beiseite, denn der Geist der neuen Zeit atmet besser mit toskanischem Chianti, getrunken mit des Oberstudienrats gewichtig-intellektueller Weinkennermiene. Also teilt mit, was zu Bad Honnef ergänzend angemerkt werden muss, über Bad Honnef nicht unerwähnt bleiben darf und im Kontext der Honnef-Kontroverse zu bedenken ist, und an welche Referendarinnen ich eure Beiträge leaken soll.

Zu meinem Einsatzgebiet gehört auch Quito in Ecuador, das sich von Bad Honnef und der Toskana nicht nur önologisch unterscheidet. Erstmals war ich dort im Frühling (Nordhalbkugeljahreszeitenrechnung) in der Woche, in die auch der 1. Mai fiel. Quito hat diverse Eigenschaften. Zu diesen gehört seine Höhenlage von etwa 2850 Meter über NN. Ich bin an einem Freitagabend dort angekommen und habe dann das Wochenende vorwiegend im Hotel mit Atmen beziehungsweise den Versuchen dazu verbracht. Das ist auf der Höhe gar nicht einfach, wenn man so aus dem flachen Land kommt. Nach meiner Wahrnehmung ist das gegenüber Mexiko-Stadt mit 2300 Metern noch ein merklicher Unterschied. Mein Tarifvertrag sieht auch keinen Zuschuss für portable Sauerstoffgeräte vor. Eine weitere Eigenschaft Quitos ist seine Lage in Äquatornähe. Daher ist das Klima im Jahresverlauf recht konstant.

Im Nachmittagsverlauf können aber auch problemlos dichter Nebel, Hagelschauer, strahlendster Sonnenschein und Regengüsse rasch aufeinander folgen. Vom Hotel und noch mehr vom Büro aus gibt es prächtige Ausblicke auf tropisches Grün, alleweil mal auf bunte Vögel und häufig auf schwere graue Wolkenwände.

Mit einer Telefonnummer ausgestattet, die mir eine ecuadorianische Bekannte aus Berlin mitgegeben hatte, war ich zur Maidemonstration in Quito verabredet. Die sah der in Berlin ziemlich ähnlich, war aber viel größer, obwohl die Stadt viel kleiner ist. Die überraschend unternehmerfreundliche Politik des seinen Vornamen zu Unrecht tragenden Präsidenten Lenín Moreno, unterdes schon längst wieder abgewählt, hatte wohl eine Menge Teilnehmer dorthin getrieben. Nun ist der Stadtkern von Quito koloniales Erbe. Zu seiner Entstehungszeit hat die Stadtplanung Aufzüge mit sechsstelliger Teilnehmerzahl nicht berücksichtigt, sodass endlos durch Straßen gelaufen wurde, die gewiss schmaler waren als meine Wohnstraße in Berlin. Quito ist damit quasi die Kontraposition zu Brasilia. Dass ich am Nachmittag dann roter war als je zuvor, lag aber nicht vor allem an der Maidemonstration an sich, sondern an der anlässlich des besonderen Tages fast ohn' Unterlaß scheinenden Höhensonn'.

Am Ende der Arbeitswoche hatte ich die Gelegenheit, das Wochenende noch vor Ort zu verbringen und dies und das zu besichtigen. Für allgemeines touristisches Interesse sei auf einschlägige Quellen verwiesen. Nicht angemessen gewürdigt wird bisher die *Capilla del Hombre* des Oswaldo Guayasamín. Das ist ein Museum, das der bekannteste ecuadorianische Künstler des letzten Jahrhunderts, gestorben 1999, der Bevölkerung und seinem eigenen Andenken gewidmet hat. Der Taxifahrer kannte es nicht, aber ich konnte ihn lotsen. Diese sehr säkulare, ganz unökumeni-sche „Kapelle" hat er neben seinem Wohnhaus und Atelier errichten lassen und sie beherbergt eine Reihe seiner grooooßformatigen Bilder. Natürlich hat er als lateiname-rikanischer Maler des 20. Jahrhunderts auch Wandbilder gemalt. Fidel Castro erwähnt ihn in seinem biografieähnli-chen Gespräch mit Ignacio Ramonet und ist sogar zur Er-öffnung der Kapelle angereist. Schon im fortgeschrittenen Alter, in den 1980ern, malt Guayasamín Bilder zur Solida-rität mit dem sandinistischen Nicaragua. Diverse Porträts aus seiner Hand zeigen linke Prominenz der Epoche, in der ausgestellten Privatbibliothek stehen Marx und Lenin, aber in der Führung auf Nachfrage zur politischen Hal-tung nur: „Och, der hat sowas gemalt, aber sich nie wirk-lich für Politik interessiert." Auf die Art wird in Deutsch-land versucht, Brecht zu entsorgen, und in Ecuador eben Guayasamín. In einem kurzen Film wird vor allem darauf abgestellt, dass er ein Porträt von Paco de Lucía gemalt hat. Das Wohnhaus neben der Kapelle kann nur mit eiliger Führung besucht werden, und das ist schade, denn es gibt dort viel zu sehen. Angesichts meines leidenden Blicks wurde mir zugestanden, einfach mit der nächsten Führung noch einmal mitzugehen, und dann konnte ich mir die Ausstattung und die Werke aus seiner eigenen Hand und die angesammelten kolonialen Kunstwerke anschauen.

In der Altstadt von Quito, die in ihrer Gesamtheit UNESCO-Welterbe ist, gab es auf dem Platz vor der Kathedrale ein seltsames Schauspiel. Da hielten ecuadoria-nische Neonazis eine Kundgebung ab. So richtig mit An-sprache ihres Führers, mit Hakenkreuzflagge, Military-look, „Ecuador erwache" und Springerstiefeln mit weißen Schnürsenkeln. Das waren bei genauer Zählung fünf Per-sonen mehr, als auf einer Nazikundgebung gerade eben noch akzeptabel wären. Ich war etwas versucht, den sehr indigen und so gar nicht stereotyp nordmitteleuropäisch aussehenden Jungen mit den weißen Schnürsenkeln in seinen frisch gewichsten Stiefeln zu fragen, ob er mit ebenjenen Schnürsenkeln der Überzeugung seiner rassischen Unterlegenheit Ausdruck verleihen wollte. Als ich sozialisiert wurde, waren jedenfalls die weißen Schnürsenkel in Doc-Martens ein Code für das Primat der arischen Rasse und gleichzeitig Erkennungsmerkmal für geistige Primaten dieser vermeintlichen Rasse. Angesichts der Mehrheitsverhältnisse habe ich vorsichtshalber darauf verzichtet – wie gesagt, sie waren zu fünft und ich allein. Hätte ich nur gesagt, ich käme aus Deutschland und fände ihren Auftritt ja interessant, hätten sie mich gewiss gleich ganz freundlich in ihrer Mitte aufgenommen und begonnen, mit mir Bratwurstrezepte auszutauschen und das deutsche Bier und weit ekligeres Deutsches zu loben. So nah mochte ich aber nicht heran. Die erkennbare Aufmerksamkeit war nämlich erfreulicherweise auch ziemlich nahe bei null und ich wollte sie nicht vervielfachen. Darum habe ich auch die Rede nicht verstanden.

Bei meinem ersten Aufenthalt in Mexiko anno 2003 hatte ich so einen Jungen mit T-Shirt mit Hakenkreuzfahne auf der Brust durchs Stadtzentrum laufen sehen. Gleichfalls recht dunkler Phänotyp. Damals war ich schon versucht, dieselbe Frage zu stellen, doch reichte mein Spanisch noch nicht dafür. Im selben Jahr traf ich dort auch auf ein Musikaliengeschäft, das den an Geschmacklosigkeit kaum zu übertreffenden Namen „Holocausto" trug. Als ich es zwei Jahre später nicht mehr wiedergesehen habe, nahm ich an, es sei in der verdienten Versenkung verschwunden, doch später musste ich merken, dass diese Hoffnung trog. Es besteht weiterhin, unterhält eine Website und präsentiert auf dieser stolz eine Urkunde des Gitarrenherstellers Fender mit dem Text „Hiermit stellt Fender Holocaust diese Anerkennung für seinen wertvollen Beitrag zum Erreichen der Ziele 2011 ... aus." Man sollte doch denken, da merkt mal jemand was vorm Unterschreiben! Der damalige US-amerikanische Senior Vice President Andy Rossi von Fender, der das an erster Stelle unterzeichnet hat, stellt sich selbst als "honest, thoughtful leader who consistently utilizes good common-sense judgment" dar. Kann man so sehen und manche sagen so. Kann man aber auch anders sehen und manche sagen so. Vielleicht hat er die Urkunde ja auch nie persönlich gesehen oder nur unter innerem Widerstand auf Weisung des CEO unterzeichnet, und er arbeitet auch nicht mehr bei Fender.

São Paulo ist keine übermäßig schöne Stadt. Um es positiv auszudrücken, hat sie kulturkonservativen Harmonisierungsbestrebungen, Modernisierungsverhinderungen und Verkitschungsbemühungen widerstanden. Aber mit so viel Euphemismus wäre ein Touristenprospekt schon arg unlauter. In Wirklichkeit ist es eine überwiegend hässliche Stadt. Vor einer Weile habe ich auf dem Dach des achtstöckigen Universitätsmuseums für zeitgenössische Kunst gestanden und in jede Richtung war der Horizont von Hochhäusern versperrt. Ich meine nicht, in alle Richtungen sah man auch Hochhäuser. Ich meine, in alle Richtungen endete der Blick an einer Wand von Hochhäusern. Um nicht so eindimensional zu sein: São Paulo ist nicht nur hässlich. Es ist auch teuer, laut und hat schlechte Luft. Da ist es für Lunge und Nervenkostüm nicht schlecht, mal eine andere Umgebung aufzusuchen. Darum habe ich einen gemütlichen Tagesausflug in eine Kleinstadt in der Nähe von São Paulo unternommen. Sie heißt Paranapiacaba, und um den Namen zu lernen, habe ich länger gebraucht als für

Hin- und Rückreise. Was den Namen dieser Ortschaft betrifft, will ich nicht zusichern, ihn noch in hohem Alter, nach durchzechter Nacht um sieben Uhr morgens aus dem Schlaf gerissen, aus dem Effeff zu beherrschen. An den Besuch werde ich mich aber hoffentlich unabhängig vom Namen noch einige Zeit erinnern. Es ist wirklich eine kleine Stadt, auch verglichen mit Bad Honnef. Eigentlich ist es eher ein Dorf, aber das würden die Dörfler ja nicht hören wollen.

Einmal täglich fährt ein Touristenzug, bestehend aus zwei rund 60 Jahre alten Waggons, von São Paulo nach Paranapiacaba und zurück. Das wäre die Direktverbindung. Man kann aber auch mit zweimaligem Umsteigen mit dem ÖPNV ankommen. Von der zweiten Bahnlinie zum Bus muss man dann in Río Grande do Sul ein paar Meter gehen und vor allem wissen, wohin man gehen soll. Und man muss zumindest ungefähr wissen, wie das heißt, wo man hinwill. Ich glaube, bei meiner Nachfrage habe ich ein paar Silben vertauscht, und dennoch wurde mir die richtige Richtung gewiesen. Zumindest sind Bahnhof Río Grande und Bushaltestelle Paranapiacaba Endstationen, und man muss keine Sorge haben, die richtige Haltestelle zu verpassen. Fast direkt neben der Bushaltestelle liegt die Dorfkirche, deren Haupteingang gerade mit Sperrholzplatten verrammelt war. Die Kirche von 1889 liegt, wie es manchmal bei herrschaftlichen Gebäuden vorkommt, hoch droben auf dem Berge, von wegen der Hierarchie zwischen Normalgläubigen und der Institution.

Von hoch droben auf dem Berglein kann man den Rest von Paranapiacaba recht gut überblicken. Wie gesagt, ein überschaubarer Ort. Er ist durch Güterbahnhof und Gleisanlagen klar geteilt zwischen Altstadt und englischer Stadt. Letztere wurde angelegt, weil eine Eisenbahn und eine Seilzugbahn unter englischer Leitung und von Engländern betrieben vor langer Zeit Leben dorthin gebracht haben. Das schließt auch die Siedlung für die Eisenbahner ein, die nach englischem Vorbild angelegt wurde. Eine Grastrasse zwischen den Rückseiten der Häuser war ein eigenes Schild wert als Hinweis darauf, dass dies typisch englisch gewesen sei und so eine Fäkalienentsorgung außerhalb der Straßen ermöglicht wurde. Das war wohl später als Friedrich Engels' *Die Lage der arbeitenden Klasse in England*, wo die Wohnsituation selbiger recht drastisch geschildert wird. Ein Akademiker in Mexiko untersucht vor der Folie dieses Buchs aktuell bestehende Slums in Mexiko, São Paulo und Buenos Aires, und er findet Parallelen. In Paranapiacaba wird er sie freilich nicht finden. Ganz leicht zu finden ist hingegen das Seilzugbahnmuseum. Mein erstes Seilzugbahnmuseum überhaupt, wie aufregend! Ich kann mir ganz gut vorstellen, wie nach Stilllegung der Bahn im Dorfrat die Bärte gestrichen und die Stirnen krausgezogen wurden, bis man zu einer Lösung kam, gewissermaßen zum paranapiacabanischen Ei des Kolumbus: „Nein, wir machen uns keinen Aufwand mit Entsorgung und Abbau der Anlagen, wir lassen einfach alles vor sich hingammeln und generieren daraus auch noch Einnahmen aus Eintrittsgeld!" Und so konnte man in der ehemaligen Maschinen- und Werkhalle eine eklektische Sammlung von Gegenständen bewundern: Viele sehr große Schraubenschlüssel, einige angerostete Faxgeräte aus den 70er-Jahren, Hämmer (ohne Sichel), Werkbänke und sogar etwas, was ich als ganz frühes Netzwerkmodem identifizieren zu können glaubte. Jedenfalls stand irgendwas mit „Cyber" drauf. Mit diesem Museum hatte ich ein Highlight von Paranapiacaba abgehakt.

Ein weiteres Highlight war der Bahnhofsuhrturm, also der Uhrturm am Bahnhof bzw. der Turm mit der Bahnhofsuhr. Selbiger Turm war aber gerade eingerüstet und konnte daher seine Aura nicht angemessen entfalten. Noch ein Highlight war die Villa des Chefingenieurs der Eisenbahn. Die lag, der Hierarchie halber, auch auf einem Hügel, aber auf dem der Kirche gegenüber liegenden, auf der anderen Seite der Gleise in der englischen Stadt. Die Chefingenieursvilla war aber wegen Instandsetzungsarbeiten gerade geschlossen. Jedenfalls war sie geschlossen und dies wurde der Öffentlichkeit gegenüber mit Instandsetzungsarbeiten gerechtfertigt. Nun wird es mit den Highlights schon etwas eng, aber auf der Touristenkarte direkt an der Bushaltestelle war u. a. „Ruinen des Sportklubs" eingezeichnet. Ich kann mir ganz gut vorstellen, wie nach Auflösung des Sportklubs im Dorfrat die Bärte gestrichen und die Stirnen krausgezogen wurden, bis man zu einer Lösung kam, gewissermaßen zum zweiten paranapiacabanischen Ei des Kolumbus: „Nein, wir machen uns keinen Aufwand mit Entsorgung und Abbau des Gebäudes, wir lassen einfach alles vor sich hingammeln. Aber die Dreistigkeit, für den Anblick eines weitestgehend verfallenen und zuwuchernden Hauses mit einem Schild davor auch noch extra Geld zu verlangen, würde sogar unsere hohe Schamschwelle überschreiten." Schräg gegenüber lag ein noch imposanteres Highlight: Der Ort, an dem nicht einmal eine Ruine von einer früheren Großbäckerei übriggeblieben war. Da ich mehr zum Entspannen gekommen war als wegen etwaiger großer Touristenattraktionen, fand ich das eigentlich recht amüsant. Solche Sehenswürdigkeiten sagen mir aber auch, dass die Immobilienspekulation in Paranapiacaba noch keine allzu garstigen Ausmaße angenommen hat.

Es gab auch geführte Touren in die Natur der näheren Umgebung. Da waren zwar kaum übersehbare Wege, aber der Zugang war nur mit zertifiziertem Guide gestattet. Eigentlich hatte ich gehofft, dass der auch etwas über die Natur erzählen würde, die sich rund um uns auftat. Hat er aber nicht, und auch auf Nachfrage nicht wirklich. Seine Auskünfte waren eher so in der Qualität „Hier können Sie schöne Fotos machen." Hernach habe ich mich mit Cambucisaft erfrischt. Es gibt auch Cambucimarmelade, -schnaps, -eiscreme etc. Die Cambuci (C wie K, m nasal, c wie ß, Betonung auf i) ist eine Frucht, die nur in Brasiliens Südosten wächst, und in Paranapiacaba wird sie gehypt. Muss sie auch, denn sonst würde sie wohl wenig verkauft, wenn alternativ Maracuja, Mango und Guave zur Auswahl stehen. Aber jetzt kann ich immerhin zu Cambuci mitreden oder Cambuci bei einer Cocktailparty ins Gespräch werfen („... ja klar, Limette ist der Klassiker, aber mit Cambuci hätte das doch eine noch fruchtigere Note ...", „... halbfingerhoch Cambucisirup dazu und man würde den Gin Tonic kulturhybrid ganz neu erfinden, ohne ihm seine Erhabenheit zu nehmen ..." etc.), und teuer war's auch nicht. Das mit der Cocktailparty könnt ihr jetzt auch, wenn gerade keine Südostbrasilienerfahrenen dabei sind, denn wer sollte eurem Cambuci-Geschmacksurteil schon widersprechen? Oder wie wär's damit: bei einer Weinprobe ein „... unleugbare Cambuci-Note im Abgang ..."? Je nachdem, welchen möglichst authentisch wirkenden Eindruck von Begeisterung bis Abscheu ihr vermitteln wollt: Überzeugender wird es, wenn ihr euch dabei erstklassige Schokolade bzw. – bei gleicher Farbe anderes Ende der Annehmlichkeitenskala – ein Stelldichein mit Beatrix von Storch oder Alexander Gauland vorstellt.

Der Rückweg von Paranapiacaba war dann recht bequem und ein wenig lehrreich. Gelernt habe ich etwas über den ÖPNV von São Paulo und Umgebung. Es gibt hier nämlich ein Schnellbahnnetz mit verschiedenen Trägern und zwischen zweien derer musste ich umsteigen. Geschickt habe ich mir auf dem Hinweg bereits zwei Tickets gekauft, um auf dem Rückweg keine Zeit zu verlieren. Das war aber zu schlau, wie sich auf dem Rückweg erwies. Man kann zwar von einem Träger zum anderen umsteigen, nicht aber mit der Karte des falschen Trägers einsteigen. Muss man halt wissen, dass man sinngemäß mit einem U-Bahn-Ticket zwar von der U- in die S-Bahn umsteigen darf, aber nicht am S-Bahnhof in die S-Bahn einsteigen kann.

Diese Differenzierungen sind wichtig, und sie lassen sich auch noch verfeinern. Das geschieht beispielsweise vor dem Kunstgenuss. Nicht vor jedem zum Glück; ich bin zum Beispiel ganz ohne Kenntnisse des ÖPNV von São Paulo und Umgebung in die Vernissagen im Scheeßeler Meyerhof gekommen, wo die schlimmste Kunstlehrerin aller Zeiten ihre Eröffnungsansprachen kreischte. Sie kreischte vorwiegend, egal in welchem Kontext, außer beim Liebkosen ihres Dackels, also auch in der Schule in- und außerhalb des Unterrichts. Das war kein banaler Stimmdefekt, sondern innere Einstellung. Noch besser finde ich daher retrospektiv, dass ich ohne Kenntnisse des ÖPNV von São Paulo und Umgebung auch wieder aus dem Meyerhof hinausgekommen bin. Wichtig sind diese ÖPNV-Spezialkenntnisse aber für einen Besuch des Museums für moderne Kunst – nicht zu verwechseln mit dem Universitätsmuseum für zeitgenössische Kunst – im Park Ibirapuera in São Paulo. Dort zeigt eine Tafel an, welche Personengruppen freien Eintritt erhalten. Die englische und die portugiesische Variante unterscheiden sich dabei geringfügig. Die Privilegierten sind u. a. Angehörige einer internationalen Kunstkritiker- und einer Museumsvereinigung (für Insider: AICA und ICOM), zusätzlich auch alle Mitarbeiter irgendeines beliebigen Museums, wenn sie denn einen Dienstausweis als Beleg vorzeigen können. Auch Angehörige der zivilen Polizei (aber nicht der Militärpolizei, und das ist praktisch die gesamte Bundespolizei; ein Relikt aus dem Faschismus) genießen freien Eintritt, ebenso wie lizenzierte ambulante Händler im Park. Angesichts ihrer hohen Getränkepreise müssten die sich den Eintritt eigentlich leisten können – bestimmt haben die eine straffe, antimarktwirtschaftliche Kartellvereinbarung untereinander. Vor allem aber ist die Museumsverwaltung dem Personal des lokalen Verkehrs freundlich gesonnen. So können die Angehörigen der verschiedenen Transportgesellschaften auch kostenlos dem Kunstgenuss frönen (vier sind in Form ihrer Abkürzungen aufgeführt), darunter auch die der Metro. Der Unterschied zwischen Portugiesisch und Englisch liegt in eben dieser Metro: Auf Portugiesisch wird noch explizit erwähnt, dass auch die Angehörigen der Linie 4 der Metro freien Eintritt haben. Hinter dieser feinsinnigen Differenzierung verbirgt sich eine ordnungspolitische Düsternis: Diese Linie nämlich wird, im Gegensatz zu den anderen, privat betrieben, sodass die Beschäftigten einen anderen Arbeitgeber haben als die der Linien eins bis drei und fünf bis x und nicht dem öffentlichen Dienst angehören. Anscheinend befand ein weiser Mensch, dass diese Detailregelung zum freien Eintritt nur Menschen betrifft, die des Portugiesischen mächtig sind. Übrigens erhalten auch Busfahrer, Schaffner und Mitarbeiter von Tankstellen – Letzteres ist erwähnenswert, damit niemand auf die Idee komme, diese Eintrittserlassregeln seien von linksgrünversifften Autohassern erfunden worden – Freikarten, darüber hinaus auch Mitglieder des Fördervereins des Museums und Beschäftigte seiner Sponsoren, und sie alle dürfen noch je vier Gäste mitbringen. Trotz dieses breiten Fächers von Personengruppen konnte ich mich darin nicht wiederfinden und habe brav Eintritt bezahlt, nachdem ich einige Stunden vergebens versucht habe, einen in seiner Freizeit durch den Park schlendernden Tankstellenmitarbeiter zu identifizieren, mich mit ihm anzufreunden und ihn zu einem gemeinsamen Museumsbesuch zu überreden. Ob jetzt die Kunst oder dieses draußen prangende Schild über Zugangsbedingungen zu ihr sehenswerter war, habe ich noch nicht entschieden.

Es könnte natürlich auch sein, dass das Schild samt den verkündeten Regeln interaktiv-soziale Konzeptkunst ist, die dem Get-together verschiedener Menschengruppen dient (beispielsweise deutsche Stiftungsangestellte mit örtlichen Tankstellenbeschäftigten).

Kein rheinischer Sauerbraten in Bogotá

Weiterhin nicht im Auftrag des HErrn, sondern der Stiftung unterwegs, führte mich eine Reise auch nach Bogotá. Sei es private Initiative, die Stadtverwaltung oder gar die nationale Regierung – man begegnet hier langfristig dem Klimawandel. Ich habe das ganz zufällig bemerkt, denn mein eher bescheidenes Hotel lag neben einer Seefahrtsschule. Das ist sehr vorausschauend. Bogotá liegt ganz grob 400 km von der Küste auf etwa 2600 Meter über dem aktuellen Meeresspiegel, und bis der auf diese Höhe gestiegen ist, sollten nicht nur die Kurse für Matrosen beendet sein, sondern auch die ersten Absolventen ihr Kapitänspatent haben, sodass sie im noch zu bauenden Überseehafen von Bogotá als Lotsen arbeiten können. Ich wäre gerne mit den Betreibern ins Gespräch gekommen, hätte sie gefragt, ob sie ihre Schule nach Greta Thunberg benennen wollen und ob Filialen in La Paz, Quito und Kathmandu geplant sind.

Am arbeitsfreien Wochenende hatte ich unter anderem Zeit für Museen. Es gibt dort ein Nationalmuseum, deren Exponate in einem ehemaligen Gefängnis eingesperrt sind, aber die Besucher kommen relativ rasch rein und raus. In diesem Nationalmuseum wurde irgendwo auch mal erwähnt, dass bis in die Mitte des letzten Jahrhunderts Indigene noch nicht richtig als Kolumbianer wahrgenommen wurden. Der Platzhirsch unter den Museen in Bogotá ist aber das Goldmuseum, das vor allem goldene Artefakte aus dem präkolumbianischen Kolumbien präsentiert. Das Goldmuseum, ebenso wie das Botero-Museum (bekanntester lebender kolumbianischer Maler) mit seinen Werken und einer beachtlichen Sammlung von ihm zusammengekaufter europäischer Moderne, wie auch die ehemalige Münze werden von der kolumbianischen Nationalbank betrieben. Aus ganz grundsätzlichen Erwägungen möchte ich diese Gelegenheit nutzen, um die allgemeine Ehrwürdigkeit und Achtbarkeit von Banken und ihren Beschäftigten zu unterstreichen. Zurück ins Museum: Man könnte denken, dass es Inländer und Ausländer (Aliens eingeschlossen) gibt und vielleicht auch noch ein paar Staatenlose, und dass danach die Abgrenzung nach Nationalitäten nur noch detailliert, nicht aber erweitert werden könne. Weit gefehlt! Die Besucherstatistik des Goldmuseums kann das. Sie unterscheidet nämlich nach Nationalitäten: Inländer, Ausländer, Indigene. Das war übrigens nicht die Besucherstatistik von Mitte des vergangenen Jahrhunderts oder früher, sondern die von 2018. Vorausgesetzt, man hatte keine hellseherischen Gaben, ist die also in der jüngeren Vergangenheit entstanden. Die weder In- noch Ausländer seienden Indigenen machten aber nur 0,3 % der Besucherzahl aus. An einem der kommenden Wochenenden werde ich das mit der institutionsimpliziten Ehrwürdigkeit und Achtbarkeit noch einmal überdenken.

Wenn man vor der ominösen Besucherstatistik mal die Augen verschließt und sich eher auf die Exponate konzentriert, ist der Museumsbesuch sehr lohnenswert. Außerdem ist das ein geeigneter Ort für ein Remake irgendeines klassischen Einbrecherfilms – soooo viel Gold, aber besser gesichert als gewisse Dresdner Gewölbe!

Eine weitere allgemein als solche anerkannte Sehenswürdigkeit Bogotás ist eine Pilgerstätte hoch droben auf dem Berge Monserrate, der sicherlich vor 500 Jahren auch noch anders hieß. Heiligtümer haben ja eine anstrengende Neigung, sich nach oben zu orientieren. Wie die Heilige Römische Kirche nun mal so ist, verließ sie sich während der Christianisierung Lateinamerikas nicht auf göttliche Automatismen und auch nicht allein auf Waffengewalt. Klar, ein „Wähle selbst, ob dein Leib vom Taufwasser oder dem aus deinem Halse sprudelnden Blut benetzt werden soll" ist eine recht massive Entscheidungshilfe, für welche die Belegung mit dem neumodischen Begriff des Nudging einen euphemistischen Zug trüge (bis in Anlehnung an schwarze Pädagogik auch schwarzes Nudging als Terminus etabliert ist – ich erhebe Urheberrechtsansprüche!). Lange vor Saussure, Peirce und Barthes und avant la lettre hat die Heilige Römische Kirche zusätzlich auch schon auf Kultursemiotik gesetzt. In der Praxis hieß das, sie hat gerne mal ihre Kirchen und Kapellen auf vorherige indigene Heiligtümer gesetzt, in diesem Fall ihre Basilika des HErrn von Monserrate.

Es gibt drei etablierte Wege, um die weiteren ca. 600 Höhenmeter zu überwinden, und der Wasserweg ist trotz der vorerwähnten vorausschauenden Planung noch nicht darunter. Man kann entweder zu Fuß gehen oder mit einer Zahnradbahn (im Gegensatz zu Paranapiacaba in Betrieb und nicht musealisiert) oder einer Seilbahn fahren. Es fiel mir sehr leicht, die erste Option auszuschließen – rund 600 Höhenmeter auf weniger als 2,3 km Strecke von der Ausgangshöhe 2600 Meter über NN muss nicht sein. Nachdem ich messerscharf analysiert habe, dass man auch vom Berg runtergucken kann und dafür keine Seilbahnkabine benötigt, habe ich mich für die Zahnradbahn nach oben entschieden. Die Wahl von Zahnradbahn oder Seilbahn ist optional mit demselben Ticket möglich. Die Preise sind bemerkenswert differenziert. Normalerweise ist der Preis für die einzelne Fahrt 12 000 Pesos. Am Sonntag ist er auf 6500 Pesos reduziert. Unabhängig vom Wochentag bezahlen jedoch Sportler 6000 Pesos. Aber ob das Sportlerdasein anhand eines Ausweises eines Sportvereins oder entsprechender Kleidung oder sogar einfacher Selbstauskunft (wohl eher nicht) erkannt wird, habe ich nicht ermittelt. Mich als Sportler auszugeben, wäre schon rein phänomenologisch einigermaßen aussichtslos, und um mit dem deutschen Steuerrecht zu argumentieren, demzufolge Schach auch als Sport gilt, fehlte mir die Geistesgegenwart. Außerdem bin ich kein Schachspieler, aber wahrscheinlich hätte man nicht erstmal ein paar Partien als Beweis spielen müssen. Hätte mir die Geistesgegenwart nicht gefehlt, hätte sie hoffentlich auch noch ausgereicht, mir die Erfolgsaussicht und den Sinn einer solchen Debatte angesichts einer Ersparnis von 500 Pesos (fast 15 Cent) – ich war am Sonntag dort – vor Augen zu führen.

Hoch droben auf dem Berge an der Zahnrad- und Seilbahnstation konnte man eine staatlich lizenzierte oder gemanagte Toilette benutzen, die etwas günstiger war als die kirchlichen, aber natürlich auch nicht so spirituell. Nach Weihrauch dufteten beide nicht. Die Kirche ist dann kaum zu verfehlen. Der Heilige Römische Souvenirshop auf dem Weg auch nicht. Der beherbergte neben allgemeinen heiligen Souvenirs noch zwei Schalter, die so ähnlich aussahen wie in meiner Jugend Post-, Sparkassen- und Bahnhofsschalter, mit einem besonderen Angebot. Als ich da war, waren die Schalter zwar geschlossen, aber die Preisliste hing noch aus. Bestellen konnte man dort themenbezogene Messen. Auch hier waren die Preise differenziert nach Wochentagen. Die günstigste Kategorie war „irgendwann ohne genaue Datumsbestimmung". Ich meine mich erinnern zu können, dass eine sonntägliche Messe für ca. 86,– € gehandelt wurde.

An der Kirche vorbei führte eine lange Gasse, die eng gesäumt war. Auf dem ersten Abschnitt drängten sich Souvenirstände und auf dem zweiten Garküchen. Dahinter war dann Plateau mit Aussicht auf umliegende Täler und Berge, und an seinem Rand eine gar nicht so sehr katholisch aussehende Bretterbude mit billigem Bier und randständig wirkenden Gestalten davor.

Nicht nur in dieser Kirche, sondern auch davor standen die traditionellen 14 Kreuzwegstationen für die Andacht bereit, allerdings nicht als unscheinbare kleine Bildchen, sondern als modern-kitschige, etwa lebensgroße Bronzeskulpturen. Die elfte ist die Kreuzigung Christi, und dort überfielen mich Schauer des Grauens. Ich musste nämlich feststellen, dass ich mich an einem Sündenpfuhl befand, an einer Brutstätte Satans, einer Hochburg von Ketzerei und Häresie, einem Huldigungsort Lord Voldemorts, einem Walhalla des Namenlosen (ach nee, die letzten beiden sind aus anderen Storys). Nun war Dynamik in dieser Skulptur. Der Heiland schon einigermaßen festgenagelt (ohne Wortspiele über Zusammen- und Getrenntschreibung), aber die römischen Söldner noch dabei, den zweiten, noch freien Fuß zu fixieren. Nicht das traurige Ergebnis, sondern die böse Tat steht künstlerisch im Mittelpunkt. Welch eine böse Tat aber schon die Skulptur an sich, heißt das doch, hier wird eine Kreuzigung im Viernageltypus in Szene gesetzt, den die Heilige Römische Kirche und insbesondere die spanische Inquisition so verdammt hatten! Und schlimmer noch: Es sammelten sich keine Gruppen von Rechtgläubigen, die sich lautstark über diese Verhöhnung des rechten Glaubens beschwerten oder ihr tätlich durch Zerstörung des Götzenbildes abhalfen. Vielleicht waren sie alle schon von dem seichten Jesus-Pop eingelullt oder sediert, der aus am Weg aufgepflanzten Lautsprechern leierte. Die Angehörigen der hochgradig ökumenischen Legion des Guten Willens aus Brasilien hätten gewiss kein Problem damit, denn die besonders orthodoxen Orthodoxen würden auf den Dreinageltypus ähnlich reagieren wie die besonders orthodoxen Katholiken es zeitweise auf den Viernageltypus taten. Vielleicht würden die Legionäre des Guten Willens die beiden Typen auch mit einer Addiermaschine aus nationaler brasilianischer Produktion zu einem Siebennageltypus addieren, denn die Sieben ist ja ihre heilige Zahl.

Mit ein paar Vaterunseravemariavaderetrosatanas auf den Lippen habe ich trotz Viernageltypus mein Seelenheil an dieser Manifestation der Gottlosigkeit vorbeigerettet und traf auf einen verschlossenen Flur. Der war aber nur mit einem Gitter verschlossen, und dahinter konnte man dicht an dicht Votivtäfelchen aus Marmor lesen. Da hat der Heiland aber vielen geholfen.

In der Kirche stellte ich dann fest, dass auch dortselbst der seichte Jesus-Pop wie auf dem Weg gespielt wurde, wenn nicht gerade Gottesdienst war. Und am Ende des Gottesdienstes bis zur Eucharistiefeier auch, die allerdings wenig feierlich vonstattenging. Zum Jesus-Pop wurde rhythmisch geklatscht, und hätten alle Gläubigen Sitzplätze gehabt – wer weiß!? – vielleicht hätte man dazu auch geschunkelt. Trotz des durch Viernageltypus vergifteten Weihwassers, von dem ich auch ein paar Spritzer abbekommen habe, bin ich am Ende nach langem Anstehen mit der Seilbahn wieder heil im Tal angekommen.

Weil so ein Bergplateau doch recht klein ist, begegnete mir ein älteres Paar schon seit der Warteschlange für die Zahnradbahn nach oben immer wieder. Beide wirkten im Gesicht recht zerknittert, und passend zum Antlitz hatte er auch seinen Anzug gewählt. Nun war Sonntag, und er hatte sich für diesen Besuch beim Heiligtum feingemacht. Da fühlte er sich sichtlich gut in seinem vielfaltigen, viel zu großen Anzug und mit seiner knallorangen Schirmmütze auf dem Kopf, die speziell in der Dämmerung positive Auswirkungen auf die Verkehrssicherheit gehabt hätte. Vor langer Zeit zur Einschulung hatte ich sowas bekommen. Beide waren gut gelaunt und freundlich und plauderten ein wenig mit mir. Offensichtlich genossen sie ihren Sonntagsausflug und niemand machte sich anheischig, die unterschiedlichen Vorstellungen von „sich fein machen" nach seiner Lesart und jener leitender Londoner Investmentbanker zu thematisieren.

Später war ich noch in der Kathedrale von Bogotá. Die ist recht schmucklos im Vergleich zu anderen lateinamerikanischen metropolitanen Kathedralen, aber man spielte für lau Beethoven und Händel.

Anderntags war ich in der Altstadt ein wenig spazieren, um die Zeit bis zum Kino zu überbrücken. Es gibt dort auch überall Parkplätze, und einer war gerade nicht als solcher genutzt, sondern für einen wöchentlichen Bikerbedarfsmarkt. Man konnte da diverse Motorradersatzteile kaufen und natürlich auch Motorräder. Wer nicht genug Geld hatte, hätte sich immerhin Spielzeugmodelle zulegen können. Zum Angucken standen da auch zwei schlecht restaurierte Oldtimer, die vermutlich nicht die an anderen Wochentagen aufgerufenen Parkgebühren zu zahlen hatten. Es wären 74 Pesos pro Minute für PKW und 47 Pesos pro Minute für Motorräder gewesen, letztere nicht differenziert zwischen mit und ohne Beiwagen. Auf diesem Markt trieben sich Kuttenträger verschiedener Vereinigungen von Freunden der Kraftradkultur herum, darunter auch der Hells Angels. Aber anscheinend wussten sie nicht, dass sie sich gegenseitig verprügeln oder ganz böse anschauen oder zumindest demonstrativ ignorieren mussten und im Allgemeinen immer grimmig dreinzublicken haben.

Und dann war da noch die junge Frau, die etwas Haut zeigte. Sie warb für ein Tattoo-Studio. Die musste ich unbedingt ansprechen und unbedingt auf Spanisch. Der Hautblitzer weckte in mir dieses übermächtige Verlangen. Dabei kam es mir gar nicht auf ihre Haut an sich an, sondern auf das, was ihr schon unter die Haut gegangen war, nämlich blaue Farbe unter die Haut ihres Oberarms. Sicherlich kommt es gar nicht sehr oft vor, dass irgendwelche spätpubertären Opfer, die vergebens mittels tätowierter chinesischer Schriftzeichen ihre fernöstlich inspirierte Weisheit zu demonstrieren suchen, unwissentlich die Aufschrift „Schweinefleisch süß-sauer" auf Mandarin oder „1000-jährige Krähenfüße" auf Kantonesisch umhertragen. Aber bestimmt gibt es wenigstens so ein paar Einzelfälle. Nun, ich sprach die junge Frau freundlich lächelnd an: „Das sind wohl deutsche Wörter, nicht wahr?" Sie strahlte glücklich zurück und antwortete: „Ja, das ist ein deutsches Sprichwort." Es wäre einfach gemein gewesen, nach der Bedeutung des Sprichworts zu fragen, meine Muttersprache zu nennen oder sonstwie in die Tiefe zu gehen, wo sie sich doch so freute, als polyglott erkannt zu werden. Ganz, ganz doll gemein. Aber die Worte habe ich mir sofort notiert, denn sonst hätte ich womöglich einen Teil ihrer philosophischen Tiefe vergessen. Sie lauteten nicht „Schweinefleisch süß-sauer", auch nicht „Sauerbraten rheinische Art", sondern wörtlich und in tadelloser Orthografie: „ICH WOLLTE MICH AUF ZU FLIEGEN WAS DIE SONNE MICH DECKEN". Sprachkenntnisse auf knapp erreichtem Niveau A 1.1 und ganz frühe Versionen von Google translate können auch wehtun. Bis heute habe ich nicht herausgefunden, was das eigentlich meinen wollte. Ob das was mit Ikarus zu tun hat? Wenn sie sich in ihrem späteren Leben mal irgendwo als Deutsch-Übersetzerin vorstellen möchte, würde ich ihr langärmelige Kleidung empfehlen. In Mexiko verbreitete ein dem äußeren Anschein nach schon deutlich postpubertäres Opfer via unhübsch-kitschig-schnörkeliger Unterarmaufschrift das Motto: *„Never dive up that is the mision"* (sic!). Immerhin camouflieren die Schreibfehler geschickt, dass diese Unweisheit selbst mit g statt d, mit doppel-ss und mit Interpunktion schon peinlich wäre. Das war noch ganz frisch gestochen, und ich wollte mich nicht als Englischkorrektor aufspielen. Die Neigung, den Überbringer der Botschaft für deren Inhalt verantwortlich zu machen, ist doch noch allzu verbreitet. Da gibt's für niemanden was zu gewinnen. In Brasilien ist es für junge Frauen geradezu unfein, untätowiert herumzulaufen. Ich vermute, es kommt der Zeitpunkt, zu dem dort die Enttätowierungslaserstudios ein Vielfaches der Umsätze der Tätowierstuben erzielen.

Am Ende meines kurzen Aufenthalts verabschiedete sich Bogotá freundlich von mir. Am Flughafen konnte ich meine restlichen Pesos in Euro umtauschen. Der Wechselkurs war gar nicht so wahnsinnig räuberisch wie alle sonstigen Preise an einem Flughafen, und es ging auch fast ganz schnell. Der Umtausch wurde nicht einmal mehr mit Stempel in den Pass eingetragen, wie es vor einigen Jahren noch Usus war, und die beiden Belege, die beide während der Transaktion unterschrieben und mit jeweils nur einem einzigen Fingerabdruck versehen wurden, waren nur ca. 40 cm lang. Sogar die eigens auf den ausgezahlten Euro-Scheinen angebrachten kleinen Stempel sind kaum zu sehen, wenn man nur flüchtig hinschaut.

Also alles cool, und weder Geldwechsler noch Grenzer zeigten alberne Tattoos.

Umsonst vs. „umsonst"

SÃO PAULO, NEW YORK, ATLANTA

Erwähnte ich bereits, dass in einem großen Teil Brasiliens ein gewisser Merkreim sich als unwahr erwies und dass sich die Erlangung der Aufenthaltserlaubnis für Brasilien etwas bürokratisch gestaltete? Am Ende habe ich mich ja offiziell registrieren können. Dafür habe ich aber zunächst nur einen vorläufigen Ausdruck auf einem Blatt Papier bekommen. Es fehlte noch der richtige Ausweis, der neuerdings wie deutsche Personalausweise im Scheckkartenformat ausgestellt wird. Aber das war ja nun schon im Verwaltungsprozess und bedurfte keiner weiteren Schritte, außer zu gegebener Zeit mal wieder bei der Bundespolizei aufzulaufen und ihn abzuholen. Nun muss man konzedieren, dass in Brasilien die Digitalisierung der Verwaltung erheblich weiter fortgeschritten ist als in Deutschland. Unter anderem kann man auf einer Website der Bundespolizei prüfen, ob der eigene Ausländerausweis bereits fertig ist. Das nennt man mal bürgernahe Verwaltung! Nachdem meine Kollegin das auf der einschlägigen Website positiv festgestellt hatte, sind wir also wieder zu diesem Bundespolizeigebäude mit der Ausländerregistrierung gefahren. Hinter dem zuständigen Schalter, wo wir ohne lange Wartezeit bedient wurden, schaute ein sehr freundlich dreinblickender Ausländerregistrierungsbundespolizeignom in seinen Computer (oder simulierte dies überzeugend) und verkündete, dass der Ausweis tatsächlich fertig wäre. Er wäre aber noch nicht von der Druckerei in Brasilia bis zum Ausländerregistrierungsgebäude der Bundespolizei in São Paulo expediert worden. Doch fertig, ja, das wäre der Ausweis schon, die Website hätte eine ganz richtige Auskunft erteilt.

Wir folgten also seinem Rat, einige Wochen später wiederzukommen. Am selben Schalter guckte uns derselbe Gnom sehr freundlich an und schaute in seinen Computer (oder simulierte dies überzeugend). Dann – oha! – lief er in irgendeinen Raum außerhalb des sichtbaren Bereichs und verkündete bei Rückkehr höchst erfreut, dass der Ausweis jetzt tatsächlich angekommen wäre. Er befände sich in Kasten 89, aber leider sei man beim Auspacken erst bis zum Kasten 79 gekommen. Daher könnte ich den Ausweis jetzt noch nicht mitnehmen. Das ging wiederum ganz schnell bis zum Erlangen dieser Information. Was dann lange dauerte, war die Verlängerung dieser vorläufigen Bescheinigung auf einem Blatt Papier. Ich bin sehr glücklich, dass ich meine Kollegin an meiner Seite hatte. Nur wenige Wochen später hatte ich allerdings den Ausweis in der Hand. Der Gedanke an eine anstehende Verlängerung trägt nicht zur Verbesserung meiner Laune bei. Sicher ist das alles kein böser Wille. Ich vermute, das liegt nur daran, dass die Episode von Asterix und dem Passierschein A38 irrtümlich für ein Lehrvideo für Verwaltungsorganisation gehalten wurde. Außerdem betrifft mich bürgerfreundliche Verwaltung nicht, denn ich bin ja kein brasilianischer Bürger. Dennoch steht in kleinen Lettern auf dem Ausweis geschrieben, dass ich nun alle öffentlichen Dienstleistungen nutzen könne, insbesondere im Bildungswesen, der Gesundheitsversorgung und -vorsorge sowie der Sozialleistungen. Auch wird mir großzügigerweise das Recht gewährt, ein Bankkonto zu eröffnen.

Bei jedem dieser Besuche gab es wieder die Registrierung samt Fotografieren am Eingang, um die Sicherheit im Gebäude zu gewährleisten. Im Übrigen könnte man meinen, die Bundespolizei habe keine hohe Meinung von sich selbst: Wir befinden uns in einem Polizeigebäude, und die Polizei lässt in ihrem eigenen Gebäude die Ordnung von einem privaten Sicherheitsdienst gewährleisten!

Nun kam dieser Ausweis in nigelnagelneuem Scheckkartenformat und Design. Das ist praktischer als die frühere Version, denn jetzt passt er besser in die Brieftasche. Neues kann aber auch seine Tücken haben. Als ich aus New York wieder nach São Paulo zurückfliegen und mich dafür online einchecken wollte, funktionierte das nicht. Als ich mich am Flughafen JFK an einem Computerterminal einchecken wollte, funktionierte das nicht. Stattdessen kam eine Assistentin angelaufen. Das lag daran, dass ich kein Ticket für die Wiederausreise aus Brasilien hatte, schließlich war das mein Wohnort. Und ohne Ausreiseticket kann man halt nicht so ohne Weiteres aus den USA nach Brasilien fliegen. Nun war diese Person ja dazu da, auch in Sonderfällen weiterzuhelfen, und ein Deutscher, der mit Wohnsitz in Brasilien aus den USA nach São Paulo fliegen wollte, war offensichtlich ein Sonderfall. Sie warf also einen Blick auf meinen so hart erkämpften Ausweis und rotzte mich dann an: „Das ist kein brasilianischer Ausländerausweis, das habe ich noch nie gesehen!" Diese US-untypisch unfreundliche Nicht-Spezialistin für brasilianische Ausländerausweise verwies mich dann direkt an den Check-in-Schalter und eilte hinfort; von ihr verblieb nur ein Hauch schlechter Laune in der Luft. Am Check-in-Schalter waren die Vibes gleich viel besser. Heißt: man verpackte das „Das ist kein brasilianischer Ausländerausweis, das habe ich noch nie gesehen!" in liebenswürdiges Lächeln, nachdem irgendwelche Ordner und Bilddatenbanken mit Mustern von Ausländerausweisen durchgesehen wurden. Reiner Zufall, dass ich dieses vorläufige Blatt Papier noch dabeihatte, das anstelle des tatsächlich gültigen Dokuments dann als Nachweis meiner Aufenthaltserlaubnis in Brasilien anerkannt wurde, weil rein zufällig eine portugiesischkundige Kollegin am Nachbarcounter war. Und nicht mal ein Upgrade in die Business Class als Ausgleich für das Anrotzen und den Stress war drin!

In Atlanta am Flughafen habe ich beim Umsteigen Schokolade in Verpackung mit Donald-Trump-Foto gesehen. Womöglich waren die ganzen Hinweise auf angeblich nicht korrekte Ausländerausweise rein philanthropisch motivierte Vorwände mit dem Ziel, mich von der Reise abzuhalten und dadurch vor diesem weit einschneidenderen Trauma zu bewahren.

Ich bin also aus New York doch noch weggekommen. In einer Schlange stehend, konnte ich mich mit einer Mitwartenden ganz schnell einigen, dass die Organisation der Sicherheitskontrollen ein höchst geeignetes Beispiel wäre, wenn das Wort „dysfunctional" anhand eines Beispiels erläutert werden sollte. Da half auch ein Service nichts, der kurz vorher angeboten wurde und den ich woanders weder zuvor noch hernach bewusst gesehen hatte: Für 3 $ konnte man maschinell per Ultraschall seine Brille reinigen lassen. Vor allem für Inländer eigentlich kein schlechtes Angebot, sorgt doch das US-Bildungssystem für eher wenig Durchblick.

In der Schule bin ich nach meiner Erinnerung erstmals in der 8. Klasse bewusst mit New York in Berührung gekommen; das war im Englischunterricht einer vergessenswürdigen Englischlehrerin. Immerhin haben wir bei ihr auch den sprachlichen Unterschied zwischen einer mittelalterlichen Dame und einer Dame mittleren Alters auf Deutsch und Englisch gelernt. Die Berührung erfolgte in Form eines schmalen, sicherlich didaktisch wie pädagogisch als hochwertig empfundenen Jugendkrimis mit dem Titel *Escape in New York*. New York, auch bezeichnet als „Big Apple", das war quasi Insiderwissen aus der großen, weiten Welt für uns Achtklässler in der Provinz! Über die Story weiß ich nur noch, dass sie irgendwie an den Niagara-Fällen begann und später in New York ihren Lauf nahm, und dass der Bösewicht ein „kahlköpfiger Schwarzer" war, der zuerst an den Niagara-Fällen und dann zufällig auch wieder in New York auftauchte. Für den jugendlichen Helden war New York dann also allein schon wegen der Verwicklung in den Kriminalfall spannend und natürlich sowieso, weil der Zielort einen so schillernd-fantasievollen Beinamen wie Großer Apfel (wow!) trug.

Ansonsten kann man diese Stadt schon recht spannend finden, aber sie ist eben auch teuer und vollgebaut. Mit ausreichend Geld kann man sich natürlich eine Wohnung irgendwo auf Long Island leisten, aber dann ist der Weg zur Arbeit schon sehr lang. Andererseits habe ich im Vorbeigehen ein Mietangebot in einer nicht so schlechten Wohnlage in Manhattan in der Größenordnung 400 bis 500 $ monatlich gesehen. Da war aber ein nicht ganz wegzudiskutierender Haken bei: Es handelte sich nicht um eine Wohnung im herkömmlichen Sinne, sondern nur um einen PKW-Stellplatz, dessen Wohnqualität auch an der fehlenden Überdachung litt.

Obwohl New York ein einigermaßen funktionierendes ÖPNV-System unterhält, sind das eigene Auto und daher mangels öffentlicher Stellfläche auch der Abstellplatz doch für viele New Yorker und Pendler recht wichtig. Der Zustand der Straßen spiegelt das nicht unbedingt wider. Darunter verläuft gerne mal die Kanalisation, und die dampft auch gerne mal vor sich hin. Kann man halt nichts machen. Zum Schutz des Verkehrs werden dann übermannshohe Pylonen aufgestellt, durch die der Dampf dann wenigstens nach oben abzieht, ohne die Sicht zu behindern. Dann steht aber mitten auf der viel befahrenen Kreuzung mal halbwegs dauerhaft ein Hindernis und vor der Kreuzung der Verkehr. Wo das Auto nicht dauerhaft stehen darf, wird mit langweiligen Parkverbotsschildern gekennzeichnet. Die sind deshalb langweilig, weil noch Anfang des Jahrtausends die Stadtverwaltung zu diesem Behufe in großer Zahl höchst offizielle, viel spannender als die heutigen formulierte Schilder aufgestellt hatte, deren Aufschrift lautete "Don't even think of parking here". Das fand ich seinerzeit bemerkenswert und weiß, dass ich damit nicht allein war.

Mir fiel im Vorbeigehen auch ein anderes Schild auf, ein kleines Firmenschild, das in einer schon nicht mehr so gehobenen Wohngegend auf ein im Souterrain angesiedeltes Unternehmen hinwies. Dessen Name ist mir entfallen, doch ich erinnere mich an den Geschäftsgegenstand. Das war "ultra luxury brand marketing". Jetzt muss man hoffen, dass die potenziellen Kunden und deren potenzielle Kunden das Unternehmensdomizil nicht aufsuchen oder aber, dass sie den Geschäftsgegenstand sowieso nicht ernst nehmen. Ohne wirklich Marketingspezialist zu sein, nicht einmal für "average luxury brand marketing", dünkt mich, als gebe es ein Spannungsverhältnis zwischen der Erwartungshaltung an "ultra luxury brand" und der Realität „Kellerklitsche in leicht schäbiger Umgebung". Nein, da war nix mit shabby chic, echt nicht.

Manchmal gibt es in New York auch was umsonst. Bei einer so teuren Stadt in den USA mag man das kaum glauben, doch vermutlich ist sie der Ort mit dem höchsten Zivilisationsniveau im ganzen Land. Bei einem Ausflug habe ich beispielsweise unabsichtlich ein paar Dollar für den Bus gespart, weil auf meiner New York Transit Card nicht mehr genug Guthaben war und der nette Expressbusfahrer offensichtlich trotzdem der Ansicht war, dass er sein Gehalt für das Transportieren von Passagieren und nicht für deren Rausschmiss aus dem Bus bezog. Wie ich zurückgekommen bin, weiß ich schon nicht mehr.

Umsonst war auch eine Reihe von Swing-Konzerten auf einem großen Platz. Dafür musste man nur in Kauf nehmen, dass Name und Logo der sponsernden Versicherung sehr präsent waren. Für eine Tanzfläche nah an der Bühne hätte man extra Eintritt zahlen müssen, aber ich bin mir sicher, dass in dem großen Gratisbereich die Stimmung viel besser und das Spektrum der Besucher viel breiter und interessanter war und die Laune mindestens so gut. Man hätte auch vorher basale Swingtanzkurse besuchen können.

Umsonst sind auch diverse Konzerte im Central Park ohne Wettergarantie gewesen. Ich meine, ohne Garantie für ein bestimmtes Wetter. Wetter an sich war schon sicher vorhanden.

Viele Museen bieten auch freien Eintritt, leider nur zu sehr beschränkten Zeiten, so in der Art „jeden Donnerstag von 17 bis 19 Uhr" oder „am Unabhängigkeitstag von 17 bis 19 Uhr, wenn an dem Tag Vollmond ist und man eine von einer südsudanesischen Notarin beglaubigte, apostillierte Bescheinigung über seit 20 Jahren ausnahmslos vegane Ernährung bei sich trägt". Hat man genug Zeit (in anderen Worten: nach Eintritt der Rente) und ist einigermaßen gut organisiert, ist das ganz nützlich und man kann seine Gratis-Museumsbesuche mit Voraussicht planen.

Das Metropolitan Museum hat bis vor kurzem einen Eintritt von 25 $ empfohlen, aber die tatsächliche Höhe den Besuchern überlassen. Wegen des sozialen Drucks war das schon lange nicht umsonst, sondern lediglich „umsonst". Anscheinend gab es doch immer wieder Menschen, die dem sozialen Druck widerstanden, denn inzwischen gilt die Empfehlung nur noch für New Yorker, und für Auswärtige ist der Eintritt weder umsonst noch „umsonst", sondern kostet 30 $. Weder umsonst noch „umsonst" war auch die Gepäckaufbewahrung im Hotel am Abreisetag. Aber an diesem Tag hat mich diese Aufbewahrungsgebühr weniger gestört als die schändliche Unkenntnis gewisser Fluglinienmitarbeiterinnen über brasilianische Ausländerausweise.

Nie umsonst, sondern allenfalls „umsonst" sind diverse Kneipenkonzerte. Wer da nichts für die Künstler in die Dose wirft, ist ein böser Mensch. Das gilt auch, wenn man in Taxis und Restaurants jeder Klasse kein Trinkgeld gibt. Noch böser ist man vielleicht, wenn man das Trinkgeld auf deutschem Niveau gibt. Ich glaube, das ist dermaßen internalisiert, dass man vor schlechtem Gewissen das Ausgehen gar nicht genießen könnte, wenn man das Trinkgeld weglässt oder zu knapp bemisst. Und mit seinem Date hätte man's auch verschissen.

„Umsonst" ist auch der Eintritt ins Dyckman Farmhouse. Ein netter Unterschied: Eintritt ist "donation based", aber der Zutritt zum Garten "always free". Das Dyckman Farmhouse ist so eine Art Heimathaus mit Ausstellungen lokaler Künstler und liegt am Broadway. Der allerdings ist sehr lang, und besteht nicht nur aus Theatermeile. Er besteht vorwiegend aus Nicht-Theatermeilen auf seinen etwa 25 km Strecke in New York und noch mal so viel unter gleichem Namen nördlich der Stadt. „Ach, du wohnst auch am Broadway! Da sind wir ja fast Nachbarn!", funktioniert nicht in jedem Fall. In der Nähe des Dyckman Farmhouse (Hausnummer 4881 von 6697) war das Preisniveau schon deutlich niedriger und eine Steuerkanzlei machte nicht etwa durch ein Understatement-Schild auf sich aufmerksam wie die Anbieter von "ultra luxury brand marketing", sondern durch ein Schaufenster mit bunter Neonreklame. Da habe ich mich aber nicht lange aufgehalten, denn ich war nicht auf der Suche nach New Yorker Steuerberatung (wäre gewiss auch nicht "donation based" gewesen), sondern nach New Yorker Geschichte. Besagtes Farmhouse wurde etwa 1784 auf dem Familiengut gebaut und war, nun ja, ein Bauernhof. Das Stadtleben war weit weg. Dass es überlebt hat, ist ein großes Wunder der Stadtgeschichte. Jetzt ist das Stadtleben nicht mehr weit weg, sondern umgibt das sehr geschrumpfte Anwesen in Form von Hochhäusern, einer breiten Straße (Broadway, nomen est omen) und eines zum Besuchszeitpunkt defekten, sprudelnden Hydranten, sodass das Ambiente gar nicht ländlich wirkt. Atmosphärisch ist das schon eine Beeinträchtigung. Ich finde dennoch, die private Initiative, die das Haus unterhält, verdient dafür großen Respekt, obwohl das Grundstück nach Jahrhunderten in der Hand der Familie Dyckman einschließlich anno 1788 abgeblasener Versteigerung längst der Stadt gehört. Die Aktivisten wären vielleicht ein bisschen frustriert oder neidisch, wenn sie ein ganz durchschnittliches Heimathaus eines beliebigen Kleinstädtchens in Deutschland sehen würden. Für Scheeßel und auch seine Kreisstadt Rotenburg/Wümme (und das ist eine Kleinstadt, deren selbst erwähltes Maskottchen eine Kartoffel mit Ärmchen, Augen, Nase, Hut und Spazierstock namens „Knolli" ist, die in Bronze gegossen in der Innenstadt aufgestellt wurde und jetzt unter „Kultur" auf der Stadtwebsite beworben wird, aua!) habe ich da einen guten Vergleich, und für Bad Honnef unterstelle ich das einfach mal. Anders als beim Heimatverein in Scheeßel wird wohl ein Wechsel im Vorstand des Trägervereins Farmhouse Alliance auch keine Titelschlagzeile der Lokalzeitung, i. e. der *New York Times*. Die ist bestimmt die größte Lokalzeitung der Welt, gewissermaßen der Big Apple unter den Lokalzeitungen.

Die New Yorker Presselandschaft hinkt der Scheeßeler hinterher, was wirklich wichtige Nachrichten angeht.

Altreifenstreber

Die Pandemie brachte aus nachvollziehbaren Gründen eine gewisse Phase der Entschleunigung und Entschlackung, was meine Reisetätigkeit angeht. Zum Glück habe ich mich kurz vor dem weitestgehenden Stillstand des internationalen Flugverkehrs mit der zeitweilig pleitebedrohten Copa per One-Way-Ticket aus São Paulo nach Mexiko-Stadt abgesetzt, wo ich mich der Telearbeit widme. Das tue ich selbstverständlich mit voller Hingabe, jedoch nicht 24/7. Abgesehen von der Arbeit verbringe ich die Zeit hier auch mit Schlafen, Ernähren, Wohnen, Lesen und solcherlei unspektakulären Aktivitäten. Hingegen mussten Restaurantbesuche, Museumsausstellungen, Konzerte, Massenkundgebungen und Kinovorstellungen zunächst ruhen. Das hat mit meinen individuellen Präferenzen weit weniger zu tun als mit der allgemeinen Entschleunigung. Hier wurde nicht ganz so schleunig entschleunigt wie in weiten Teilen Deutschlands. Als dort Ansammlungen von mehr als zwei Personen untersagt wurden, betraf das hier Ansammlungen von mehr als 50 Personen. Als dort Restaurants und Kinos geschlossen wurden, wurde hier ein Sicherheitsabstand empfohlen. Als in Deutschland die Zahl der Neuinfektionen zunächst sehr zurückging, starben hier die Menschen weiterhin ganz unentschleunigt.

Hier lebe ich in einem bestimmten Stadtbezirk, der so wie die Berliner und Hamburger Bezirke auch über einen gewählten Boss, einen gewissen eigenen Etat und eine begrenzte Selbstverwaltung verfügt, aber auch nicht über eine eigene Rechtspersönlichkeit oder Legislativbefugnis. Aus persönlichen Gründen habe ich in die und aus dieser Bezirksverwaltung einen ganz heißen, direkten Draht und möchte ihn daher konspirativ nicht beim Namen nennen. Soll er also hier einfach heißen „der BEZIRK". Von allen Bezirken in Mexiko-Stadt steht der BEZIRK an letzter Stelle beim Durchschnittseinkommen, erreicht aber in wenigstens zwei Kategorien einen Platz in der Spitzengruppe. Eine war topaktuell die Corona-Infektionsquote, bei der die beiden Stadtviertel mit den Spitzenwerten von Mexiko-Stadt im BEZIRK lagen. Die zweite ist mit einer gewissen Kontinuität die Kriminalitätsrate, und dieser Sachverhalt findet in den Selbstdarstellungen des BEZIRKS nicht prominent Erwähnung. Als vor wenigen Jahren auch deutsche Medien davon berichteten, dass in Mexiko ein siebenjähriges Mädchen entführt, vergewaltigt, gefoltert, ermordet und in einem Müllbeutel weggeworfen wurde, berichteten sie hier aus dem BEZIRK. Naming of names: Sie war bitte nicht „das Müllbeutelmädchen", sondern sie hieß Fátima. Das wenig später verübte Attentat auf den Polizeichef bzw. Sicherheitsminister von Mexiko-Stadt war allerdings nicht hier; die Gegend würde er auch kaum betreten. Das war auf der Hauptpracht- und -einkaufsstraße der Stadt, so wie die Kö in Düsseldorf oder die Oxford Street in London, und daher auch symbolisch eine massive Kriegserklärung der organisierten Kriminalität.

Die Amtsbezeichnung des gewählten Bosses des BEZIRKS lautet Alcalde. Ich finde, das klingt viel erhabener als Bezirksbürgermeister. Bezirksbürgermeister hört sich nach Parkraumbewirtschaftung in Nebenstraßen an und nach 57 Jahre alten Holzschreibtischen mit Stempelkarussell, dessen über die Weltkriege gerettete Stempel langsam Schimmel ansetzen, während sie noch immer unermüdlich treue Dienste leisten und damit auch die einzigen Unermüdlichen im Rathaus sind. Ein Amtsinhaber, bei dem jeder Cent oder jeder Rappen an Ausgaben eine Träne aus den Winkeln der glanzlosen, entzündeten Augen fließen lässt – sogar wenn man mittags bei der Mahlzeit am Resopaltisch, der als modern empfunden wird, bei schaler Apfelschorle und überwiegend aus alten Brötchenkrümeln bestehenden Frikadellen mit welkem Kohl in der Kantine daran denkt. Alcalde hingegen klingt nach hispanisch-kolonialer Grandezza, goldbetresst-schneidiger Uniform und allmorgendlichem Galopp zum Dienst auf elegant geschmücktem Schimmel oder feurigem Rappen, nachdem man sich mit gegenseitigen Schwüren unvergänglicher Liebe von der nicht minder feurigen Carmen verabschiedet hat, die während der hingebungsvollen Arbeit des Alcalden für den BEZIRK das Hauspersonal dirigiert, auf dass er sich nach dem späten Feierabend als Ausgleich für die alltäglichen Bürden des Amtes bei scheinbar spontanen Mariachi-Konzerten und frischem Ferkel am Spieß erholen kann, das mit reichlich rubinrotem, sinnlich funkelndem Wein nachgespült wird, bevor man in Carmens nicht minder sinnlich funkelnden Blicken versinkt.

In Wirklichkeit wäre ich allerdings, hätte ich denn die Wahl, lieber Bezirksbürgermeister von Neukölln statt Alcalde des BEZIRKS. Das offizielle Einkommen ist höher und die Erschießungsgefahr niedriger, und Reiten und Rotwein sind eh nicht so meins. Außerdem ist die Kantine im Neuköllner Rathaus in Wirklichkeit trotz der Resopaltische zwar nicht luxuriös, aber auch nicht soooo mies.

Die BEZIRKSverwaltung hat eine soziale Ader. In der Vorweihnachtszeit zum Beispiel wurden ein paar Busse gechartert, um Kinder samt einem Elternteil gratis aus dem BEZIRK ins Zentrum zu fahren, wo ein großes Kinderfest stattfand. Doof nur, dass man beim Eintreffen feststellte, dass der BEZIRK mal besser hätte fragen sollen, wann das Fest denn nachmittags schließt. Jedenfalls wusste man unmittelbar nach der Ankunft: Es schloss vor der Ankunft. Nun sind es vom BEZIRK ins Zentrum rund 20 km, und die ununterbrochene Dauer-Rushhour in Mexiko-Stadt sorgt etwa von 6:00 Uhr morgens bis 22:00 Uhr abends durchgängig für sehr entschleunigten Verkehr. Entschleunigt, nicht stressfrei. Also mindestens eine gute Stunde hin mit Familien voller Vorfreude und mindestens eine gute Stunde zurück mit Familien voller bitterlich enttäuschter Vorfreude, nicht gerechnet die fruchtlosen Ausgaben für drei Busse und BEZIRKliches Begleitpersonal. Die Kinder wurden dann ersatzweise zu einer kleinen kostenlosen Eisbahn auf dem BEZIRKlichen Weihnachtsmarkt gekarrt, die mit 1½ Busladungen von Kindern aber ziemlich überfüllt war. Dieser Weihnachtsmarkt fiel gegenüber diversen Weihnachtsmärkten in Deutschland gestalterisch etwas ab, und die sind schon nicht mein bevorzugter Aufenthaltsort. Hier waren's halt ähnliche Buden mit weniger Dekoration um einen ziemlich großen leeren Platz. Der BEZIRK in seiner unendlichen Güte hat gratis in nicht so großer Menge eine Art Kinderpunsch verteilt. An der Abfüllung durfte ich mich auch beteiligen, da ich zusammen mit einer mir sehr gut bekannten BEZIRKlichen Referatsleiterin vor Ort war und die Beschäftigten des BEZIRKS vom Alcalden gerne für einfach alle anfallenden Arbeiten abgestellt werden. Das liegt daran, dass es eine Gruppe von Beschäftigten gibt, für die keinerlei Arbeitnehmerrechte gelten wie

Arbeitszeitbegrenzung, Beschränkung auf arbeitsvertraglich vereinbarte Aufgaben und vor allem Kündigungsschutz, welch letzterer Aspekt eine formale Arbeitszeitbegrenzung und Beschränkung auf arbeitsvertraglich vereinbarte Aufgaben materiell sowieso aufheben würde. Der Alcalde möchte also gerne, dass bei möglichst vielen Gelegenheiten Beschäftigte in Westen mit Aufschrift der BEZIRKSverwaltung im öffentlichen Raum sichtbar sind, auf dass bei den nächsten Wahlen zum Alcalden niemand anders Alcalde werde anstelle des Alcalden. Wegen meiner besonderen Nähe zu der Referatsleiterin habe ich auch Kinderpunsch eingegossen und verteilt, immer eine Zimtstange und eine halbe Birne pro Becher. Auf dem Weihnachtsmarkt gab es auch kitschige Plastikweihnachtsmänner, die mit Schwachstrom von innen beleuchtet wurden. Der Trafo wurde aber an normalen Netzstrom angeschlossen und das mangels passender Stecker per blankem Kabel. Ich malte also der gerade nicht Kinderpunsch ausschenkenden, sondern nur in einer Weste mit Aufschrift der BEZIRKSverwaltung über den Markt patrouillierenden Referatsleiterin aus, wie attraktiv für ein kleines, krabbelnd seine Umgebung erforschendes Menschlein die sinnlichhaptische Untersuchung speziell des glänzenden Stücks Kabel sein muss, und dass das ganz schnell neben gebratenen Mandeln, Fleischspießen und Bananen auch zu angebratenem Kleinkind führen könnte. Das nahm sie auch durchaus ernst, blieb damit aber leider allein, obwohl so ein BEZIRKliches Kleinkindschmoren gar kein positiver Beitrag zur Wiederwahl des Alcalden gewesen wäre. Es ist alles gut gegangen mit den Kleinkindern und später mit der Wiederwahl.

Der Weihnachtsmarkt war neu. Im Vorjahr gab es so eine Art öffentliches Märchentheater in den Stadtteilen –

insgesamt zehn Vorführungen desselben Stücks von derselben Theatertruppe, das als zu zotig für Kinder kritisiert wurde. Die Referatsleiterin durfte außerhalb ihrer eigentlichen Arbeitszeit, die sowieso nicht definiert ist, Kinderpunsch und Süßigkeiten verteilen, Stühle aufstellen, Stühle wieder einklappen und das natürlich bekleidet mit einer Weste mit Aufschrift der BEZIRKSverwaltung. Nur ganz böse Lästermäuler würden behaupten, dass 10 % des aus dem BEZIRKlichen Etat bezahlten Honorars für die Theatertruppe sowie der Miete für Bestuhlung, Bühne und Soundtechnik unversteuert und bar in die Tasche des Alcalden fließen. Nach der widerwilligen Aufhebung aller öffentlichen Veranstaltungen wegen COVID-19-Bekämpfung auf gesamtstädtische Anweisung – wir erinnern uns, der BEZIRK hat keine eigene Rechtsperson – kam der Alcalde plötzlich auf die Idee, Altreifen würden das Stadtbild im BEZIRK verschandeln und jeder nicht arbeitsrechtlich geschützte Beschäftigte möge sich itzo auf Altreifensuche begeben und sie an einer Stelle zusammensammeln. Die Mindestanforderung war fünf Stück pro Person, aber ein besonders vorbildlicher Mitarbeiter hat's auf 150 gebracht. Nur ganz besonders böse Schandmäuler würden behaupten, dass der Alcalde sie dann auf eigene Rechnung als Recyclingmaterial verkauft hat, um den Ausfall seiner o. a. steuerfreien Kommission zu kompensieren. Das wäre dieselbe Art Schandmäuler, die unterstellt, der 150-Altreifen-Streber hätte selbst welche zusammengekauft, um sich beim Alcalden einzuschleimen.

Nun beschränkt die soziale Ader des BEZIRKS sich nicht auf Weihnachtsbespaßung. Die COVID-19-Maßnahmen haben hier viele Menschen wirtschaftlich getroffen, die weder über ein Polster aus Ersparnissen noch andere soziale Sicherung verfügen. Das ist angesichts eines schwach ausgeprägten Sozialsystems und eines riesengroßen informellen Beschäftigungssektors ziemlich dramatisch. Da greift der BEZIRK unterstützend ein. Er hat also Einkaufsgutscheine an Bedürftige verteilt, die bei zuvor registrierten Läden im BEZIRK eingelöst werden konnten. Registrieren lassen konnten sich sympathischerweise nur Tante-Juana-Läden, aber keine Supermarktketten, was wettbewerbsrechtlich natürlich ein großer Skandal ist, dessen sich jeder künftige FDP-Außenminister bei einem Staatsbesuch in Mexiko persönlich annehmen sollte. Im Gegensatz zu Deutschland stellt das preislich aber keinen großen Nachteil dar. Als bedürftig galten kurzerhand all jene, die bereits unabhängig von Corona zwecks kostenloser staatlicher Milchabgabe als bedürftig registriert waren. Die Gutscheine wurden an den bekannten Milchausgabestellen ausgeteilt, und das sogar zweimal. Damit konnte dann jeweils eine Familie für etwa 14,– € einkaufen gehen. Außerdem gab es noch Lebensmittelpakete. Dafür qualifizierte man sich durch Wohnsitz in bestimmten Stadtteilen. Wer nicht bitterarm ist, wohnt dort nicht. Wer dort wohnt, ist bitterarm, kein weiterer Nachweis erforderlich. Das ist sozialpolitisch zwar ein Hohn, aber aus ganz unmittelbarem Erleben der Betroffenen besser als gar nichts, und die mit Ausgabe von Gutscheinen und Paketen befasste BEZIRKliche Referatsleiterin berichtet von ganz überwiegend freundlich-dankbaren Reaktionen. Dummerweise war mit diesen Gutscheinen und Paketen aber auch Mitte Juni der BEZIRKliche Sozialetat für ein ganzes Haushaltsjahr erschöpft, d. h. die Gar-nichts-Phase hatte begonnen.

Neben der sozialen Ader engagiert der BEZIRK sich auch in Gesundheitserhaltung. Seit Monaten geht es um Corona-Prävention. So haben inzwischen fast alle kleinen Läden in der näheren Umgebung entschieden, dass keine

Kunden ohne Gesichtsmaske bedient werden. Präziser wäre es zu sagen, dass fast alle kleinen Läden in der näheren Umgebung einen helltürkisblauen Aufkleber ungefähr im Format DIN A3 quer an ihre Außenwand geklebt haben, wo draufsteht, dass keine Kunden ohne Gesichtsmaske bedient werden. Ein noch höheres Maß an Präzision erreichte man, indem man sagt, dass Beschäftigte des BEZIRKS diese Aufkleber ungebeten dahingeklebt haben, weil die Ladeninhaber selbst es nicht getan hätten, nur weil ein Beschäftigter des BEZIRKS ihnen einen aushändigt und das Festkleben anordnet. Eine wirklich ganz präzise Darstellung verlangt auch die Klarstellung, dass sich in der Mehrzahl weder die Kunden noch die Ladeninhaber um diese Aufkleber irgendwie scheren.

Wie gut, dass der BEZIRK auch anderweitig im Sinne von Prävention tätig wird. Unter den rechtlosen Beschäftigten des BEZIRKS, die im Gegensatz zu der Mehrheit der Kollegen auch derzeit weiterhin zur Arbeit gezwungen sind, wurde zunächst eine Transparenzoffensive gestartet. Das geschah, indem der BEZIRK für sie Gesichtsmasken beschaffte, die so dünn waren, dass man hindurchsehen konnte. Mehr Transparenz gab es seitens der BEZIRKSverwaltung noch nie. Diesen Qualitätsmangel machte eine anonyme Facebook-Seite alsogleich transparent und außerdem sich darüber lustig. Kurz darauf gab es dann neue, etwas dickere Masken. Um auch mal das Gute herauszustellen: Diese ganz transparente Version erschwerte die Atmung kaum merklich, und wer zufällig gerade eine Kerze auszupusten hatte – das kommt im Alltag ja immer wieder mal ganz unerwartet vor –, wurde durch diese Maske vorm Mund auch nicht daran gehindert. Experimentell durch die Tochter der BEZIRKlichen Referatsleiterin nachgewiesen und demonstriert!

Transparenz über die Krankheit wird auch durch Aufklärung unter der Bevölkerung im BEZIRK hergestellt. Für die Aufklärung unter der Bevölkerung wurden die Straßen aus BEZIRKlichen Autos mit Lautsprecherdurchsagen vom Band beschallt, die unter anderem dazu aufriefen, zu Hause zu bleiben und außer Haus Abstand zu halten. In einem Fall war das der einer mittelhohen Chefin persönlich zugewiesene Dienstwagen. Den persönlich zugewiesenen, wahrlich nicht pompösen Dienstwagen wollte sie natürlich nicht aus der Hand geben. Da eine mittelhohe Chefin aber nicht selbst hinter dem Lenkrad Platz nimmt, ließ sie sich samt Beschallungsanlage auf dem Autodach von einem Fahrer durch die Straßen des BEZIRKS chauffieren. Stunde um Stunde im direkten Kontakt mit einem so inferioren Halbwesen wie einem Fahrer, aus ihrer Sicht wahrscheinlich in etwa auf einem Niveau mit Amöben, ist einer mittelhohen Chefin nicht wirklich zuzumuten. Also musste als Bindeglied eine mir gut bekannte BEZIRKliche Referatsleiterin mitfahren. Nun haben wir einen fahrenden Fahrer, eine auf ihr Auto aufpassende mittelhohe Chefin sowie eine Referatsleiterin in der Doppelfunktion des sozialen Bindeglieds und der Chefin-Bespaßerin, aber damit ist noch kein Ton vom Band (das in Wirklichkeit eine Datei ist) via Bluetooth zum Lautsprecher auf dem Autodach und vom Lautsprecher in die Straßen und in die Ohren der BEZIRKSbevölkerung gelangt. Dafür bedurfte es noch eines Technikers. Ich bewundere die metaphysische Zahlenharmonie – vier Reifen, vier Insassen. Gleichermaßen bewundere ich die Verwaltungseffizienz. Noch mehr bewundere ich, wie hier durch überzeugendes Vorbildverhalten die aus den Lautsprechern schallende Botschaft „zu Hause bleiben, Abstand halten!" verstärkt wurde.

Diese Verwaltungseffizienz kommt auch in der BE-ZIRKlichen Kommunikation innerhalb der Verwaltung zum Tragen. Allwöchentlich wird sich in großer Runde in unterer dreistelliger Zahl zum Briefing versammelt. Unter Einsatz moderner Technologien verwendet man dafür Zoom. Nun möchte der Alcalde gerne, dass die rechtlosen Beschäftigten des BEZIRKS auch richtig arbeiten, und seiner Ansicht nach geht das nur im Büro. Daher hat er angeordnet, dass die Beschäftigten sich für diese Konferenzen ins Büro begeben, statt zu Hause zu sein, und dass die Videoübertragung aktiviert bleibt – es ist der eigentliche Sinn von Konferenzsoftware, dass man für ihre Nutzung im selben Gebäude zusammenkommt, nicht wahr? Wenn man in großen historischen Zusammenhängen denkt, ist es nur ein winzig kleines, gänzlich unwichtiges Detail, dass die Bürocomputer nicht mit Kameras ausgestattet sind. Und noch nebensächlicher ist natürlich, dass der Internetzugang sehr eng beschränkt ist und bspw. keinen Zugang zu Zoom erlaubt, hat doch heute jeder ein privates Smartphone mit Kamera und privat gekauftem Datenvolumen. Die Konferenzen sind regelmäßig für 20:00 Uhr angesetzt, beginnen nie vor 21:00 Uhr und enden selten am selben Tag. Als loyale Mitarbeiterin des BEZIRKS ist die Referatsleiterin selbstverständlich allwöchentlich besonders beglückt.

Nicht nur durch Lautsprecherbeschallung wird Aufklärung betrieben. Es werden auch die Beschäftigten des BEZIRKS losgeschickt, um Hausbesuche zu machen, bei denen sie Aufklärungsflugblätter verteilen und nach Infektionsfällen im Haus fragen sollen. Nun ist es allgemein in Mexiko-Stadt nicht so üblich, die stählerne Tür zum Grundstück Fremden zu öffnen, und noch weniger im BEZIRK mit seinem kontinuierlichen Spitzenplatz. Als solche Leute auch hier klopften, fand ich es daher eher ungeschickt, dass sie es verabsäumten, sich vorzustellen oder wenigstens zu erwähnen, dass sie vom BEZIRK kommen. Der erste Aufklärungsflyer sagte all das, was alle Medien in aller Welt über viele Wochen hin wiederholt haben. Später wurde die Maßnahme mit neuem Flyer wiederholt, und der Flyerinhalt waren sehr umfangreiche zehn Gebote des Staatspräsidenten Andrés Manuel López Obrador, kurz AMLO, um „sich der neuen Realität zu stellen." „Nimm Abstand von der Konsumkultur" ist staatstragender als soziale Forderungen aufzustellen, aber im ärmsten Bezirk der Stadt auch irgendwie zynisch, jedenfalls wenn von Mexiko-Stadt die Rede ist und nicht von Bad Homburg v. d. H. „Iss Mais, Bohnen und selbst im Hof gezüchtetes Fleisch" ist ja auch billiger, als ohne 14-€-Gutscheine im Laden einkaufen zu gehen. Zu „Suche einen spirituellen Weg und liebe deine Lieben, deinen Nächsten, die Natur und das Vaterland" fällt mir auch nichts mehr ein. AMLO war mal als linker Hoffnungsträger angetreten und gewählt worden. Mir scheinen seine zehn Gebote weniger Gesundheits- als Ordnungspolitik oder zumindest ein verzweifelter Versuch dazu. Das ergibt Sinn: Vor dem einzigen Supermarkt in der näheren Umgebung der Referatsleiterin-Behausung standen über Monate hohe Stapel Holzpaletten, die ganz schnell vor die Türen geschoben werden können, sollten sich auch hier Plünderungen ankündigen, wie sie woanders schon stattgefunden hatten. In den Supermarkt kommt man tatsächlich nur mit Gesichtsmaske und nach kontaktloser Fiebermessung rein; das müssten die potenziellen Plünderer einplanen.

Zwecks Krankheits- und Inhaftierungsprävention möchte ich auch euch aufrufen, vor euren Supermarktplünderungen in Pandemiezeiten unbedingt eine Maske aufzusetzen. Ich wünsche dabei gute Gesundheit, also bitte vorzugsweise Biomärkte plündern!

Zukunftsprojekt ästhetische Eugenik

Mexiko-Stadt ist eine sehr große Stadt und eine sehr alte Stadt und eine sehr vielfältige Stadt und deshalb auch eine an Kultur sehr reiche Stadt. Und ich meine jetzt nicht nur den entgrenzten Kulturbegriff der sogenannten Kulturwissenschaft, sondern das, was herkömmlich darunter verstanden wird. Dennoch möchte ich mir nicht die Beschreibung eines ehemaligen, allgemein als durchgeknallt anerkannten Lateinlehrers (ich hatte drei, und sie waren alle in unterschiedlichen Ausdrucksformen *perpetui deliri*) zu eigen machen. Der argumentierte etymologisch, dass *cultus* ein Partizip von *colere* wäre. Das wäre Lateinisch für beackern, und daher definierte er: „Kultur ist, was den Geist beackert." Er selbst fand sich sehr kultiviert, war aber vor allem ein Coleriker. OK, stopp, das unterbietet jetzt sogar ihn, und als Pädagoge würde er sofort gänzlich ironiefrei etymologisch wie orthografisch korrigierend eingreifen und meinen kläglichst unbeackerten Geist bloßstellen.

In Mexiko-Stadt aber hätte selbst dieser Lehrer einiges zu sehen bekommen, bietet sich hier doch ein reiches Füllhorn vorkolonialer, kolonialer, moderner und zeitgenössischer Bauten und Artefakte. Im gleichnamigen Land gibt es noch viel mehr. Und nochmals mehr sind es, wenn man all die ins Ausland verschleppten Objekte hinzurechnet. Inhaltlich kann ich da gar nicht angemessen drauf eingehen. Für umfassendere Darstellungen lest doch einfach die paar zig Milliarden dafür zusammensortierten Buchstaben durch. Einmal war ich in der Position, „die mexikanische Kunst" in einem einstündigen Vortrag auf einem Freizeitevent einer konservativen wohltätigen Stiftung darzustellen, ein dem Grunde nach ablehnungswürdiges Ansinnen. Man stelle sich „Die deutsche Kunst" in 60 Minuten vor. Doch was macht man nicht alles, wenn im zwischenzeitlichen Leben in prekärer Kleinselbstständigkeit ein Vortragshonorar in Aussicht steht und der Kontakt überdies vom mexikanischen Kulturattaché hergestellt wurde!

Für die umfangreiche hochkarätige Museumslandschaft möge jeder einen Reiseführer zur Hand nehmen, um einen allgemeinen Überblick zu gewinnen, und sodann herreisen. Einige Kulturorte verdienen jedoch besondere Aufmerksamkeit, darunter auch welche im BEZIRK ohne Berücksichtigung in Reiseführern. Er hat nämlich nicht nur eine soziale Ader, sondern sich auch der Volksbildung verschrieben. Vor nicht so langer Zeit wurde, wesentlich vom Alcalden befördert, der Bau eines „Hauses der Technik" beschlossen. Gemeint war sinngemäß etwas wie das Münchner Deutsche Museum im Maßstab H0. Damit sollte die BEZIRKliche Bewohnerschaft unter besonderer Berücksichtigung deren minderjährigen Anteils an die Geheimnisse der Technik herangeführt und ihr Bildungsniveau erhöht werden. Die Erhöhung kam auch praktisch zum Ausdruck, indem das eigens zu diesem Zweck entworfene Gebäude auf einer Felskuppe errichtet wurde. Eine steile Treppe führt halb spiralförmig um diesen selbst für Verhältnisse des BEZIRKS entlegenen Berg und erlaubt der BEZIRKlichen Bewohnerschaft – zumindest der Projektierung nach – den Zugang zur technologischen Bildung. Ausgeschlossen ist allerdings ihr mobilitätseingeschränkter Anteil, findet sich kein guter Geist, der ihn hochträgt. Im Moment ist das aber gar kein akutes Problem. Das Museum ist geschlossen. Das Museum ist überhaupt noch gar nicht geöffnet gewesen, nicht einen einzigen Tag lang. Sparsam, wie der Alcalde veranlagt ist und wie es der BEZIRKliche Haushalt auch gar nicht anders ermöglicht, wurden Projektierung und Leitung des Museumsbaus nicht outgesourct, sondern dem BEZIRKlichen Chefarchitekten übertragen. Der hat aber nicht so gut rechnen können. Das Museumsbaubudget war deshalb schneller erledigt als der Museumsbau. Jetzt gibt es keine Wasserversorgung. Womöglich ist die Planung auch technisch nicht so ganz perfekt gewesen, aber woher soll so ein Architekt auch wissen, dass eine rundum umfriedete Terrasse einen Abfluss benötigt? Es hat auch nichts geholfen, dass der Alcalde bei Ruchbarwerden der Fehlplanung den Architekten in großer Versammlung ausgeschimpft hat; das führte auch nicht zur Fertigstellung. Der Architekt arbeitet immer noch in der BEZIRKSverwaltung, aber wurde degradiert. Seine gestalterischen Qualitäten sind auch eher zweifelhaft. Auch bei aller Vorsicht vor geschmäcklerischen Urteilen sind Formen des Brutalismus der 1970er-Jahre mit einigen Fassadenornamentierungen im Stil der frühen 1990er nicht auf der Höhe der Zeit. Auch ein Versuch, sich die Gestaltung als bewusst eklektizistisch-postmoderne Zitatvielfalt schönzureden, verlangt eine kräftige Dosis psychedelischer Drogen, die dann immerhin kulturhistorisch (im entgrenzten Verständnis von Kultur) zur Zeit des Brutalismus passen würden. Diese äußerlich weitgehend fertiggestellte Bauruine thront jetzt als Pendant zur mittelalterlichen Burgruine auf jenem Felsen, umgeben von Gestrüpp und einer halbspiraligen Treppe, ohne Wasserzufuhr, ohne Entwässerung, aber mit einer schmutziggelben Plane, welche die Verwandlung der drainagefreien Terrasse in einen trüben Pool verhindert. Diese weithin sichtbare Verunstaltung seines Lieblingskindes betrübt den Alcalden zusätzlich. Ein kleines Manko ist übrigens auch noch das Fehlen von Exponaten. Es hat noch für Stacheldraht gereicht, um den steilen Felsen abzusperren.

Bis dato kann das Museum sich also nur selbst ausstellen. Sollte diese Möglichkeit genutzt, zum Konzept erklärt und beworben werden? Zu Zeiten, als Postmoderne in breiten Kreisen der sogenannten Kulturwissenschaft noch nicht als Schimpfwort galt, sondern irrtümlich ernst genommen wurde, hätte Selbstreferenzialität wunderbar in den Mainstream gepasst, in dessen Mitte die postmodernen Schwafelschlawiner quicklebendig trieben und gleichzeitig silberzüngig sich davon subversiv abzusetzen behaupteten. Die blöderen von ihnen haben es vermutlich sogar geglaubt. Es gibt einen akademischen Sumpfblüterich, der ernsthaft über eine hypothetische Maschine philosophierte (welch Beleidigung für die Mutter aller Wissenschaften, dieses Wort hier zu bemühen!), deren einzige Funktion es wäre, sich ein- und ausschalten zu lassen. Während meines Studiums in London hatte ich als Studierendenvertreter mit ihm zu tun, weil er eine Studentin mit seiner inklusiven Fantasie über ihn, sie, Sex und Särge belästigt hatte. Dort schied er aus und jetzt lehrt er an einer Berliner Hochschule. Ein realisiertes selbstreferenzielles ganzes Museum würde selbstverständlich eine imaginierte selbstreferenzielle Maschine weit in den Schatten stellen. Dennoch möchte ich den vorerwähnten personifizierten Unfall des globalen Hochschulwesens dort nicht als Kurator sehen und auch nicht woanders. Es wäre wohl auch egal, mit wie viel Wortgeklingel das Konzept vorgestellt würde; im BEZIRK würde das kaum auf Verständnis stoßen. Hoffen wir also, dass künftige BEZIRKliche Etats Mittel für Fertigstellung und Ausstattung auf konventionelle Weise bereitstellen.

Doch auch hergebrachte Kultur wird im BEZIRK geehrt. Frustriert, dass das Technikmuseum nicht zugänglich ist, könnte man sich im archäologischen Museum des BEZIRKS früheren Epochen zuwenden. Es liegt auf einem großzügigen Gelände in nicht allzu großer Entfernung von dem selbstreferenziellen Nicht-Museum. In mehrerlei Hinsicht hebt es sich aber von jenem ab: A) sind Exponate vorhanden, B) liegt es auf flachem Gelände statt einer Felskuppe, C) gibt es gelegentlich mal fließendes Wasser, D) hat es schon mal Besucher empfangen. Man sieht, der Charakter ist ein ganz anderer. Dort wird man entweder die Gelegenheit zur ruhigen Kontemplation oder sich von Kindergeschrei umgeben finden. Dieses Museum wird nicht in Reiseführern behandelt und es ist auch nicht herausragend. Die wesentliche Zielgruppe sind Schulklassen aus dem BEZIRK und damit hat es eine sinnvolle Funktion. Folgt die Zielgruppe dem Ruf, führt das zu Lärm. Tut sie das nicht, kann man ungestört einherwandeln und findet einen der stillsten Orte der ganzen riesigen Stadt. Das ist mit dem Berliner Kunstgewerbemuseum an einem sonnigen Sommernachmittag unter der Woche vergleichbar. Könnt ihr nicht aus eigener Erfahrung vergleichen? Eben! Touristen kommen nicht in dieses BEZIRKliche Museum, sondern besuchen das riesengroße ethnologische Nationalmuseum in der Prachtmeile der Stadt. Das ist eine internationale Spitzeneinrichtung mit großem Prestige, gewissermaßen der ethnologische Louvre Mexikos. Deshalb wohl fühlte sich dort ein deutschsprachiger Besucher zum sublimen Urteil inspiriert: „Ich finde den Louvre voll schön." Als dieses Nationalmuseum gebaut wurde, hielten die Ausstatter es für eine gute Idee, für die Inneneinrichtung jede Menge Wandbilder zeitgenössischer mexikanischer Künstler in Auftrag zu geben. Alleine das Abschreiben der Beschilderungen dieser Wandbilder hat einen ganzen Tag in Anspruch genommen, bevor ich am nächsten Schließtag mit einer Supersonderspezialgenehmigung selbige Wandbilder fotografisch festhalten durfte.

Die bildungshungrigen Schüler aus dem BEZIRK und ihre Eltern könnten ja wenigstens in Bibliotheken gehen, um dort das mangelnde Technikmuseum zu kompensieren. Da lädt ein schön geschwungener Bogen mit Aufschrift des Namens der Bibliothek in einen BEZIRKlichen Park ein. Oh, der schön geschwungene Bogen ist das Einzige, was von der Bibliothek übergeblieben ist? So ein Mist! Also gut, es gibt ja Alternativen. Stattdessen habe ich in einem staatlichen Onlinebüchereiverzeichnis die Adresse der Stadtteilbücherei unseres Viertels gefunden. Sich in einer Stadtteilbücherei als Leser registrieren zu lassen, wäre ein beachtlicher Schritt auf dem Wege zur Verwurzelung an einem neuen Wohnort, dachte ich mir so, und fand die Adresse nicht nur online, sondern auch ganz real bei uns im Viertel. Dort musste ich aber feststellen, dass sich an dem Ort die ausgeprägtstmögliche Anti-Bibliothek befand. Was ist das? Eine geschlossene Bibliothek? Eine nominelle Bibliothek mit winzigem, nicht katalogisiertem, veraltetem Bestand und ganz engen Öffnungszeiten? Das gibt es andernorts durchaus. Die Gemeindebücherei in Scheeßel, dem Dorf mit dem internationalen Trachtentanzfestival als Höhepunkt des örtlichen Kulturlebens, war Ende der 1970er-Jahre eine (in Zahlen: 1) Stunde wöchentlich geöffnet. Aber hier traf das nicht zu. Traf ich auf ein Gebäude, das früher mal eine Bibliothek beherbergte? Auch das wäre noch mehr gewesen als das Vorgefundene. Dieses bestand in einer Baugrube. Eine Baugrube ist wohl die kaum zu übertreffende Gegenposition zu einem signifikanten Gebäude. Das trifft sicher nicht nur auf Bibliotheken zu, sondern auf alle Funktionsgebäude von Bordellen über Ministerien bis zu Kathedralen in ihrem Verhältnis zu Löchern im Boden. Die Baugrube könnte in ihrer Anti-Eigenschaft hypothetisch gerade noch von Antimaterie oder einem Hochreinvakuum übertroffen werden, doch diese Varianten konfrontieren die Planer mit großen Herausforderungen hinsichtlich der praktischen Umsetzbarkeit. Ob dort ein Bibliotheksneubau entsteht oder etwas anderes oder bis auf Weiteres gar nichts, werde ich in den nächsten Jahren ermitteln. Wenn sich das in viel kürzerer Zeit zeigt, war es kein öffentliches Gebäude und damit kein Büchertempel.

Auch wenn dort also bis auf Weiteres ein Nichts zu finden ist, stehen doch viele Bauten verschiedenster Art und Alters im BEZIRK. Das Highlight der modernen, wenngleich nicht mehr gerade zeitgenössischen Architektur darunter ist das Restaurant *Los Manantiales* des wenigstens nicht ganz unbedeutenden Architekten Félix Candela. Der war vor allem dafür berühmt, gerne Gebäude aus dünnen Betonschalen in paraboloiden Formen zu entwerfen. Zur Erinnerung: Parabeln sind die Kurven, die entstehen, wenn man Funktionen mit x^2 drin zeichnet außer bei Multiplikationen des x^2 mit null, oder wenn man – Luftströmungen und -reibung mal vernachlässigt – Steine oder Bierflaschen schmeißt außer bei ganz exakt senkrechten Würfen und Windstille. Vorwiegend auf ausländische Touristen zielend, die sich in der Nähe des Restaurants auf bunte Boote begeben, um sich durch die Kanäle des BEZIRKS staken zu lassen, wurde die sehr gehobene, selbst für Verhältnisse des BEZIRKS entlegene Gaststätte 1958 eröffnet. Auf dem Rückweg vom Park ohne Bibliothek und dem nicht so spektakulären Archäologiemuseum kann man da doch mal anhalten und einen Blick drauf werfen. Aber ach!, so leicht gestaltet sich das nicht. Das Gebäude soll renoviert werden. Das sollte es auch schon vor einigen Jahren. Der Fortschritt gegenüber vor einigen Jahren besteht in einem Zaun rund um das Grundstück, sodass man zum Betrachten durch eine Lücke linsen muss. Die geschwungene Eleganz der Bögen tritt schon sehr in den Hintergrund, ist der ganze Rest samt gestalteter Umgebung beseitigt und nur noch die Hülle übrig, umgeben von Baumaterial und Gerümpel. Achten wir Félix Candela nicht nur als Parabelarchitekten, sondern auch als republikanischen Offizier im spanischen Bürgerkrieg, der nach der Niederlage nach Mexiko ins Exil ging.

Es müssen ja nicht immer Museen, Büchereien oder Architektur sein. Schließlich gibt es einen breiten Fächer kultureller Ausdrucksformen selbst im engeren Verständnis von Kultur, darunter beispielsweise die allerorten beliebten Trachtentanzfestivals. Stolz ist der BEZIRK auf die Ausrichtung des Festivals *La flor más bella del ejido*, auf Deutsch *Die Schönste Blume der Allmende*. Praktisch ist das ein stadtweites Trachtentanzfestival (pah! stadtweit, das ist natürlich nichts im Vergleich zu Scheeßel mit internationalem Trachtentanzfestival, pah!) mit einer Art Wahl zur Miss Mestizin und natürlich ganz vielen Schnickschnack-Verkaufsbuden. Dabei tut der BEZIRK gerne so, als gebe es das seit 1785. Tatsächlich gab es damals irgendein Fest, und 1921 hat eine große Zeitung auch ein Fest ausgerichtet. Anno 1936 hat der damalige Präsident Lázaro Cárdenas in einem ländlichen, durch Allmenden geprägten Bereich von Mexiko-Stadt – entgegen allen Vorurteilen existierten und existieren solche – diese Misswahl initiiert. Dummerweise sind ländliche Gebiete nicht so sehr bevölkert und zu dem Fest im Ländlichen verirrten sich nicht so viele Besucher, sodass es wiederholt verlegt wurde. Was der BEZIRK erst im Kleingedruckten mitteilt, ist das Jahr, seit welchem dieses Festival im BEZIRK ausgerichtet wird. Das ist erst seit 1955 der Fall, mithin 170 Jahre weniger Tradition als in den großen Ankündigungen behauptet. Weil so viele Menschen in Mexiko wohnen, wird nicht nur eine einzige Miss gewählt, sondern gleich drei schönste mestizische Blumen der Allmende. Sollte dem gender- und rassismussensiblen Teil der Leserschaft gerade das Blut kochen, so ist das schon begründet.

Es ist kein Zufall, dass Allmende und Mestizentum 1936 in einer gemeinsamen Veranstaltung in den Fokus gerückt wurden, sondern das war gezielte Propaganda. Die Allmenden, auf die hier Bezug genommen wird, sind keine unmittelbare Tradition des vorkolonialen Mexiko, sondern eine Erfindung der mexikanischen Moderne. Nach einem großen, militanten Umschwung in Mexiko, der mit zehn Jahren Bürgerkrieg einherging und gleichermaßen stolz wie unzutreffend als Revolution bezeichnet wird, sollte ab Wiederherstellung des Friedens 1921 das Land demokratisiert werden. Dazu dachten Politiker sich aus, dass eine Agrarreform nötig wäre, nahmen das Erfordernis in die Verfassung auf und taten konsequenterweise erstmal ungefähr nichts. 1934 hat ein Präsident gegen Ende seiner Amtszeit tatsächlich Ausführungsvorschriften dekretiert und weiterhin im Wesentlichen nichts tun lassen. Noch im selben Jahr wurde aber für sechs Jahre ein neuer Präsident gewählt, nämlich vorerwähnter Lázaro Cárdenas. Der zeichnete sich gegenüber seinen Vorgängern und Nachfolgern durch eine Vielzahl von Maßnahmen aus. So nationalisierte er die Erdölvorkommen und das Eisenbahnnetz, gewährte antifaschistischen Flüchtlingen besonders aus Spanien – Félix Candela war da nur einer unter vielen – und Deutschland großzügig Asyl, ließ auch Leo Trotzki im Land unterschlüpfen und erweiterte den Handlungsspielraum der Gewerkschaften ganz erheblich. Und er gab der zuvor höchstens homöopathisch betriebenen Agrarreform neuen Drive. Da gelangten in die Hände zuvor Landloser rund 180 000 km² urbare Fläche, die teilweise den Großgrundbesitzern entrissen wurde. Dieses Land wurde zur individuellen Bearbeitung zugewiesenes Gemeinschaftseigentum, auch Allmende genannt. Die Agrarreform war ungemein populär. Noch heute sind Straßen, Stadtviertel, Parks, Friedhöfe und gar eine ganze Ortschaft nach ihr benannt. 1991 wurden die Allmenden in der Phase tiefster privatisierungswahngetriebener ordnungspolitischer Finsternis wieder aufgelöst. Wer zuletzt das Stück Land bebaute, wurde zum Eigentümer. Die Maßnahme wurde mit der geringen Effizienz des Kleinbauerntums begründet. Es gibt nur keinen vernünftigen Grund, weshalb Kleinbauern auf eigener Scholle effizienter wirtschaften sollten als Kleinbauern auf gemeinschaftlicher Scholle. Diese Begründung impliziert deshalb auch, dass der Bankrott eines großen Teils der Kleinbauern und die lokale Monopolisierung schon mitgedacht waren, aber das war nicht Gegenstand der offiziellen Verlautbarungen. Diese Konterreform stand nicht Patin für Straßen, Parks und Stadtviertel; nicht einmal Friedhöfe wurden nach ihr bezeichnet, obwohl das symbolisch stimmig wäre. Der hier schuldige Präsident, dessen Namen aufzuführen zu viel der Ehre wäre, gehörte übrigens derselben Partei mit dem oxymoronisch anmutenden Namen *Partei der Institutionalisierten Revolution* an wie Lázaro Cárdenas und ausnahmslos alle Präsidenten zwischen ihnen.

Der ideelle Gesamtmestize war 1936 bereits als Sinnbild des mexikanischen Volks definiert und propagiert. Politisch war das ungemein praktisch, war doch die übergroße Mehrheit der Mexikaner schon lange weder rein spanischer noch rein indigener Herkunft und fiel die schwarze und asiatische Bevölkerung quantitativ kaum ins Gewicht. Fast alle waren Mestizen. Die rein indigene Bevölkerung lebte überwiegend auf dem Land und bekam von einem gesamtmexikanischen Staat nicht unbedingt viel mit. Die reinblütig europäischstämmige Bevölkerung war zum größten Teil privilegiert und scherte sich darob ohnehin nicht um die eigene Propaganda. Das ist immer noch so. Ganz am Anfang der nachgeholten Nationalbewusstseinsbildung für die Massen und für diesen Zweck malte Diego Rivera sein erstes Wandbild noch mit abgebildeten indigenen Typen verschiedener mexikanischer Ethnien, aber das war zu kompliziert und wurde rasch fallengelassen. Spanier plus Indianer gleich Mestizen, basta, das versteht jeder! Spanier sind blauäugig und äquivalent zu Europäern; genau wie bei den mexikanischen Ethnien braucht es keine regionale Haarspalterei. Mit der mestizischen schönsten Blume der Allmende ließ der Präsident sich also selbst feiern.

Nur für den Fall, dass das rassismussensible Blut noch nicht genug siedet, legen wir im Folgenden ein bisschen nach. Dafür ist zunächst mit einigen vielleicht noch vorhandenen Unkenntnissen und falschen Vorstellungen über Ethnien und Entwicklung aufzuräumen. Darum ein paar Klarstellungen. Die Erde wird von vier Rassen bevölkert: von der roten, der gelben, der weißen und der schwarzen. Die Erstgenannten, auch als Indianer bezeichnet, sind die degenerierten Nachkommen der einstigen Bewohner von Atlantis. Die Geschichte lässt sich in drei Zeitalter einteilen: das materielle (vorindustrielle), das intellektuelle (industrielle) und das ästhetische (kommt noch). Das ästhetische Zeitalter wird die Entstehung der kosmischen Rasse mit sich bringen, der fünften Rasse, die als Hybride aus den vier dann für sich untergehenden entstehen wird. Und infolge der ästhetischen Eugenik wird die kosmische Rasse nur die besten Elemente der vorherigen vier vereinigen. Aber es dauert noch einige Dekaden, bis es so weit ist. Wir können uns sowieso erst materiell befreien, wenn wir uns zuvor auch spirituell befreit haben. Außerdem hat Napoleon Schuld, dass der amerikanische Doppelkontinent angelsächsisch statt iberisch dominiert ist.

„Ja natürlich", werdet ihr jetzt sagen, „das habe ich doch schon immer tief in mir gefühlt. Ich konnte es nur nicht so präzis formulieren. Endlich sagt's jemand!" Es war der ehemalige mexikanische Erziehungsminister Vasconcelos (1921–1924), der diese Erkenntnisse 1925 in *Die kosmische Rasse* kurz nach seinem Rücktritt vom Amt zu Papier gebracht hat. Der meinte das wirklich ernst. Wie kann es sein, dass jemand, der ernsthaft eine derartige gequirlte Kacke verbreitet, so großartige Dinge initiiert wie das ganze mexikanische Wandmalereiprogramm zu seinen besten Zeiten sowie die flächendeckende Versorgung eines Entwicklungslandes mit massenhaft öffentlichen Bibliotheken und Grundschulen!? Hoffentlich hat er nicht die Details des Lehrplans ausgearbeitet. Später wurde er zum offenen Parteigänger Hitlers; offenbar haben nach seiner Einschätzung nicht alle vier von ihm identifizierten Rassen zu gleichen Teilen zur kosmischen beitragen können. Vor der Ernennung zum Minister war er kurzzeitig Rektor der größten Universität Mexikos. Während seiner kurzen Amtszeit ließ er das immer noch genutzte Universitätslogo gestalten. Das enthält prominent ein Wappen mit den Umrissen Lateinamerikas von Mexiko bis Feuerland, umgeben vom immer noch gültigen Universitätsmotto: „Für meine Rasse wird der Geist sprechen". Da lugt wieder die Verherrlichung des Mestizen hervor, die jetzt nicht nur Mexiko, sondern ungefragt ganz Lateinamerika übergeholfen wird. Bei offiziellen Akten muss dieses Motto verlesen werden und ein physiognomisch unglaublich unmestizisch-deutscher Freund, der dort forscht und lehrt, sagte es zwangsweise lange Zeit bei jeder Abnahme von Prüfungen her. Inzwischen weigert er sich aber erfolgreich, ohne dass das mexikanische Hochschulwesen zusammengebrochen wäre. Dessen ungeachtet genießt die Uni weltweit einen guten Ruf und ist unangefochten die renommierteste Alma Mater Lateinamerikas.

Breitenkultur und höhere Bildung haben viele Facetten in diesem Land.

Kniekehlenvermessung

Inzwischen bin ich dauerhaft in Mexiko ansässig und musste darum meine brasilianische Aufenthaltserlaubnis nicht verlängern. Vielleicht ist es schade um die Erlebnisse, die damit verknüpft und zu erzählen gewesen wären.

Nun ist es natürlich auch in Mexiko nicht so, dass man einfach anklopft und sagt „Hier bin ich!", wenn man seinen Aufenthalt mit dem mexikanischen Einwanderungsrecht in Einklang zu bringen wünscht. Vielmehr bedarf es einer Aufenthaltsgenehmigung. Die kann man aber nicht in Mexiko selbst beantragen, sondern nur in einem mexikanischen Konsulat im Ausland – steht ausdrücklich so im Einwanderungsgesetz. Das ist übrigens auch so, wenn ein Mexikaner sich in Deutschland ansiedeln möchte. Und dummerweise half gegen die faktische Macht des Normativen nicht einmal die langjährige politische Freundschaft zwischen der BEZIRKlichen Referatsleiterin und einem hohen Tier in der Einwanderungsbehörde, sondern die Norm ist faktisch. Jetzt könnte man natürlich sagen „Au, fein, dieses Land ist nicht korrupt", aber ich hätte so eine kleine Privilegierung nicht direkt zurückgewiesen. Immerhin hat die Konsulatswebsite in Berlin annähernd präzise Auskünfte über die Beantragung des Visums zur Verfügung gestellt, die nur ganz wenig widersprüchlich waren. Zu den Auskünften gehörten auch solche zu den erforderlichen Dokumenten, die vorab per E-Mail einzureichen waren. Erst nach Prüfung dieser Unterlagen bekommt man einen Termin vom Konsulat zugeteilt. Diese Unterlagen waren aber gar nicht so viele, sondern nichts weiter als:

- Die letzten sechs Einkommensnachweise *oder* ein Vermögensnachweis
- Nachweise über die Qualifikation, d. h.
  o Hochschulzeugnisse
  o Beruflicher Lebenslauf
- Ein Entsendungsschreiben einer deutschen Stelle mit dem Konsulat im Anschriftenfeld
- Eine Kopie eines Identitätsnachweises der Person, die dieses Entsendungsschreiben unterschreibt
- Ein Einladungsschreiben einer mexikanischen Stelle mit dem Konsulat im Anschriftenfeld
- Eine Kopie eines Identitätsnachweises der Person, die dieses Einladungsschreiben unterschreibt
- Ein ausgefüllter vierseitiger Visumsantrag
- Eine Kopie des Reisepasses
- Ein Nachweis über die Zahlung der Visagebühr

Die Originale sind dann samt Kopien zu dem Termin mitzubringen. Positiv fiel mir auf, dass auf die entsprechenden E-Mails rasch und persönlich reagiert wurde und am Empfang in der Botschaft zum zugeteilten Termin mir jemand sofort sagen konnte, wo ich hingehen sollte. Es gefiel mir auch, dass da kein extra steif-autoritärer Habitus gepflegt wurde, sondern ein korrekter, aber entspannter. Noch positiver fiel mir auf, dass ich das Visum dann sofort in den Pass geklebt bekommen habe. Der Konsularbeamte konnte sich eine Bemerkung über das aufwändigere entsprechende Prozedere für Mexikaner im deutschen Konsulat nicht ganz verkneifen, und ich zweifele nicht, dass er da einen Punkt hat. Außerdem informierte er mich, dass ich dieselben Unterlagen bei der Einwanderungsbehörde zu präsentieren haben würde. Schade nur, dass ich dem Konsulat dreimal (3x) erfolglos mitgeteilt hatte, wann eigentlich ein besonders guter Termin gewesen wäre, nämlich zeitlich ganz nah an einer sowieso anliegenden Dienstreise nach Berlin. Das eifrige Konsulat hat mir stattdessen einen früheren gegeben, sodass ich gezwungen war, etwas länger in Berlin zu sein. Ooooch!

Das war aber jetzt nur das Visum, aufgrund dessen die Einwanderungsbehörde mir eine Aufenthaltserlaubnis erteilen durfte. Das Visum war für einen Aufenthalt von 30 Tagen ab Einreise gültig und hätte bei Ausreise vor Erteilung der Aufenthaltserlaubnis seine Gültigkeit verloren. Zum Vergleich: Ohne Visum können deutsche Staatsangehörige sich üblicherweise bis zu großzügigen 180 Tagen am Stück hier aufhalten und für die Erneuerung der Frist reicht auch ein Nachmittagsausflug ins benachbarte Ausland. Mexikaner dürfen sich maximal 90 Tage pro Jahr ohne Visum im Schengen-Raum aufhalten. Die beflissene Grenzerin ließ sich dann das Einladungsschreiben aus Mexiko, das dem Konsulat per E-Mail einzureichen sowie in Original und Kopie vorzuzeigen bereits Voraussetzung für die Visaerteilung war, erneut vorzeigen.

So war ich also im Land, aber nun musste ich mir diese Aufenthaltserlaubnis noch ausstellen lassen, um hier auch legal bleiben zu dürfen. Und hier kommt doch die Trumpfkarte ins Spiel, nämlich die langjährige politische Freundschaft zwischen BEZIRKlicher Referatsleiterin und hohem Tier. Die führte keineswegs dazu, dass mir irgendwelche Auflagen und Gebühren erlassen oder Ermessensspielräume missbraucht wurden. Die faktische Kraft des Normativen blieb bei der Erteilung der Aufenthaltserlaubnis unangetastet. Sie führte aber dazu, dass ich nicht zu dem Gebäude ging, wo immer alle Ausländer mit Aufenthaltserlaubnisansinnen hingehen müssen, sondern dass ich einen Termin in der Verwaltungszentrale der Migrationsbehörde hatte und zunächst bei einer persönlichen Mitarbeiterin des hohen Tiers vorstellig wurde. Die war natürlich nicht ganz so weit oben, sondern nur in der 18. von 20 Etagen, aber immerhin! Sie empfing mich nach wenigen Minuten des vermutlich Status betonenden Wartenlassens und begleitete mich 15 Etagen weiter nach unten zu einer bereits vorab informierten Abteilungsleiterin, die sich dann persönlich meiner annahm, indem sie mich ihrer persönlichen, bereits vorab informierten Mitarbeiterin übergab. Die wiederum übergab mir nach kurzer Unterhaltung, denn ein Interview ist wohl Teil des vorgeschriebenen Prozederes, ein vorausgefülltes Formular, mit dem ich bei jeder beliebigen Bank die Gebühren einzahlen könnte. Von Gebühren war zwar vorab nicht die Rede gewesen, aber irgendwas hatte ich erwartet und deshalb Geld mitgebracht. Allerdings hatten die Banken coronabedingt (eine Ausrede, um bei weniger Kundenandrang weniger Personal zu bezahlen) ihre Öffnungszeiten eingeschränkt und öffneten alle erst zur nächsten vollen Stunde. Bei einer der drei Banken in der Nähe stellte ich mich also vor die Tür. Als eine freundliche Bankerin vor der Öffnungszeit zur Arbeit kam und mich da mit dem Formular in der Hand stehen sah, machte sie mich aber darauf aufmerksam, dass ihre Bank diese Einzahlungen nicht annehme. Bei der nächsten Bank stand ich dann zur Toresöffnung tatsächlich ganz vorne in der Schlange und wurde an den richtigen Schalter verwiesen, der diese Einzahlungen grundsätzlich annimmt, wenn, wie jetzt leider gerade nicht, das entsprechende Computersystem funktioniert. Bei der dritten Bank in der näheren Umgebung war ich halt nicht mehr ganz vorne in der Schlange, und bei meiner glücklichen Rückkehr von der Stadtteil-Banken-Odyssee mit Quittung vermeinte ich einen eher vorwurfsvollen als mitleidigen Unterton in der Stimme der Abteilungsleiterin zu vernehmen, als sie mir sagte, sie hätte sich schon Sorgen gemacht. Dann wurden in Antizipation meines künftigen Verbrechertums Fotos von mir gemacht (Profil links, Profil rechts, frontal) und auch ein paar Fingerabdrücke genommen, aber viel weniger als ehedem in São Paulo. Und – schwupps! – schon bekam ich meinen mexikanischen Ausländerausweis, der fast ein Jahr gültig ist und u. a. meine deutsche Staatsangehörigkeit festhält. Die Abteilungsleiterin hat ihn nochmal fotografiert, um dem hohen Tier alsogleich nachzuweisen, dass seiner Anweisung gefolgt worden war. Nachdem das dank VIP-Behandlung nur drei Stunden vor Ort gekostet hat – plus An- und Abreise von jeweils knapp 30 innerstädtischen Kilometern plus Zeitpuffer – habe ich die große Hoffnung, bei der Verlängerung im kommenden Jahr nicht auf das normale Prozedere angewiesen zu sein. Die Kollegen ohne fast direkte Verbindung zu hohen Tieren lassen sich bei diesen Verwaltungsvorgängen von einer Anwältin begleiten. Nach irgendwelchen Unterlagen außer dem Reisepass wurde ich nicht gefragt.

Nun ist Mexiko-Stadt recht groß, und auch die rund 30 innerstädtischen Kilometer lassen sich noch überbieten. Und außerhalb des Metro-Systems ist der ÖPNV nicht so sehr effektiv und auch nicht so sehr übersichtlich. Da ist ein eigenes Auto schon praktisch, denn im eigenen Auto sitzend steht es sich viel bequemer im Stau, als wenn man in einem klapprigen Bus stehend im selben Stau festsitzt (es funktioniert also doch semantisch korrekt und widerspruchsfrei: „... drinnen saßen stehend Leute ...“). So verfügt die BEZIRKliche Referatsleiterin über ein eigenes Auto, dessen Wert ganz erheblichen Schwankungen unterliegt, nämlich synchron mit den Schwankungen der Tankanzeigernadel. Es hat eine Weile gedauert, bis ich mich getraut habe, selbst in dieser Stadt zu fahren, und anfangs nur mit BEZIRKlicher Kopilotin, aber nun wage ich's. Die Kfz-Haftpflicht mit einer verbindlichen Deckungssumme von mindestens etwa € 30 000,– wird nicht so durchgesetzt wie in Deutschland mit der verbindlichen Deckungssumme von mindestens € 7 500 000,–, und so fand ich es eine gute Idee, mit dem unversicherten Auto wenigstens nicht ohne Führerschein zu fahren. Mit meinem neuen Aufenthaltsstatus brauchte ich also eine neue, nationale Fahrerlaubnis, nachdem ich vorher eigentlich wohl einen internationalen Führerschein benötigt hätte. Aber das Auto fuhr auch ohne Versicherung, Führerschein und neuerdings rechten Blinker. Das mit dem Blinker ist nicht so schlimm, denn etwa 99 % der Zeit tut der das, was er soll, nämlich nicht blinken, wenn man nicht rechts abbiegt. Verkehrstechnisch bin ich schon auf dem Wege der Assimilation. Leider umfasst mein lokales Netzwerk keine fast direkte Verbindung zu einem hohen Tier in der Verkehrsbehörde, also musste ich den üblichen Weg gehen. Normalerweise führt der zu einer Niederlassung der Verkehrsbehörde, z. B. im Zentrum des BEZIRKS, aber in Coronazeiten galt „normalerweise" nicht. Stattdessen musste man sich in ein Servicezentrum des Finanzministeriums begeben. Das fasst den Kern der Führerscheinvergabe auch schon zusammen – nämlich die Gebührenzahlung.

Also, das geht so: Man macht online einen Termin. Das geht mit erheblich weniger Vorlauf als bei Berliner Bürgerämtern. Dann klickt man sich weiter durch die Website, bis man zu der Seite mit den Zahlungsmöglichkeiten kommt.

Dann zahlt man z. B. via Kreditkarte die Gebühr und fertig. Ach nee, stimmt nicht ganz. In Wirklichkeit versucht man dann, via Kreditkarte die Gebühr zu zahlen und stellt fest, dass die gewerkschaftlich organisierte öffentlich-rechtliche Website Zahlungen nur tagsüber entgegennimmt. Am nächsten Vormittag versucht man erneut, via Kreditkarte zu zahlen und die Kreditkarte wird nicht akzeptiert. Das wiederholt man mehrfach und mit verschiedenen Kreditkarten, bis man ganz sicher ist, sich nicht vertippt zu haben. Es kommt in Mexiko allenthalben vor, dass ausländische Kreditkarten nicht akzeptiert werden, nationale Beschränkung war wohl die Ursprungsidee von Kreditkarten. Dann freut man sich, dass auch mit der Kontokarte genau einer einzelnen mexikanischen Bank gezahlt werden kann, die Referatsleiterin zufällig bei just dieser Bank ihr Konto unterhält und über eine Kontokarte verfügt. Dann gibt man diese Daten ein und wird auf eine Website dieser Bank weitergeleitet, die ihren Kunden freudig mitteilt, dass elektronische Zahlungen jetzt noch einfacher geworden seien und man in einer Filiale eine schriftliche Vereinbarung über nicht-schriftliche elektronische Zahlungen abschließen solle. Nach einigen Minuten Erholung auf nervlich weniger fordernden anderen Webseiten mit putzigen Katzenvideos (Am entspannendsten sind die mit ganz jungen Kätzchen, die sind ja sooo niiiiieeeedlich! Und erst, wenn die mit flauschigen Welpen spielen, man, ist das süüüüüß!) lädt man sich das Zahlungsformular herunter, mit dem man in fast allen Banken und auch bei einer Reihe Laden- und Apothekenketten an der Kasse Zahlungen leisten kann. Dann geht man zu einem Supermarkt und stellt fest, dass man bei dieser Kette zwar Stromrechnungen bezahlen und Handyguthaben aufladen, jedoch keine Zahlungen an die Finanzbehörden leisten kann. Dann geht man zu dem anderen Supermarkt in Fußentfernung und kann es gar nicht fassen, dass dort die Zahlung a) akzeptiert wird und b) noch nicht einmal Gebühren kostet. Nachdem man sich zwei- bis dreimal in den Arm gekniffen und von diesem doppelten krassen Bruch mit der Erwartungshaltung erholt hat, wankt man nach Hause und prüft online, ob die Zahlung im System der Finanzbehörden registriert ist, um bass erstaunt festzustellen, dass dem so ist.

Man bewaffnet sich dann mit all den Unterlagen (Original und Kopie), die für die Führerscheinausstellung erforderlich sind. Das sind viel weniger als für das Visum:

- Reisepass und Ausländerausweis
- Nachweis der Adresse in Mexiko (alternativ Strom-/ Wasserrechnung, Festnetz-Telefonrechnung oder Grundsteuerbescheid, nicht aber Kontoauszug auf den eigenen Namen)
- Nachweis der Gebührenzahlung

Von den über die große Stadt verteilten zehn dieser Servicezentren findet man eines im Nachbarbezirk, das sich in einem großen Einkaufszentrum befindet. Um in das Servicezentrum hineinzukommen, muss man erstmal durch einen großen Supermarkt, was mir an Stelle der Supermarktbetreiber sehr gut gefallen würde. Wegen aller befürchteten, aber nicht eingetretenen Unwägbarkeiten trifft man sehr frühzeitig dort ein und darf sich trotzdem bereits in die kurze Schlange zum Informationsschalter einreihen. Dort werden die Unterlagen geprüft und man wird nicht wirklich barsch, aber doch sehr streng darauf hingewiesen, dass die Ausländerausweiskopie nicht gut genug lesbar war. Ebenso streng wird man darauf aufmerksam gemacht, dass als weitere Voraussetzung für den Führerschein perfekte Lese- und Schreibfertigkeiten des Spanischen erforderlich wären. Dass auf der Stromrechnung nicht der Name des Antragstellers stand, war aber völlig in Ordnung. In diesem Einkaufszentrumsalptraum gab es auch eine Möglichkeit zum Kopieren und diese neue Kopie genügte bei erneuter Prüfung den Ansprüchen, sodass man sich in die kurze Schlange für Sachbearbeitungen aller Art einreihen durfte. Ein durchaus freundlicher Sachbearbeiter hat erneut Kopien und Originale gesichtet und ebenfalls für gut befunden und ein Antragsformular überreicht, dass zwar nur zwei Seiten umfasste, aber sieben (nicht eine, nicht zwei, nicht drei, nicht vier, nicht fünf, nicht sechs, nicht acht, nicht neun, nicht zehn, sondern heilige sieben) Unterschriften des Antragstellers erforderte. Hat womöglich die brasilianische Legion des Guten Willens schon den mexikanischen Staat infiltriert?

Außerdem musste man einen Absatz laut vorlesen. Dass man dabei war, einen Eid auf die Verkehrsregeln zu leisten, bemerkte man erst im Laufe des Lesens. Ob Eide immer laut vorgetragen werden müssen oder ob das die Probe auf perfekte Lesefähigkeit des Spanischen war, ist noch herauszufinden. Jedenfalls wurde kein Diktat als Nachweis für die Schreibkunde auferlegt. Nicht mal für die Aufenthaltserlaubnis habe ich irgendetwas beeidet, oder ich habe es nicht bemerkt.

Hernach wurde man von dem freundlichen Sachbearbeiter zu einem Führerscheinaussteller an einem anderen Schalter geführt, an dem man noch fotografiert wurde (nur von vorne) und viermal ein Abdruck des linken sowie zweimal ein Abdruck des rechten Zeigefingers digital abzunehmen und ferner ein physischer Abdruck des rechten Daumens mit Tinte auf dem Antrag aufzubringen war. Hier stehen überall in Behörden und Läden Flaschen mit Desinfektionsgel rum, und dort war sie richtig nützlich, denn mit dem enthaltenen Alkohol kann man die Tinte gut wieder vom Daumen entfernen. Noch bevor überhaupt die Uhrzeit des vereinbarten Termins erreicht war, konnte man diesen Alptraum von weiß gekacheltem Großraumbüro ohne natürliches Licht wieder verlassen und besitzt jetzt einen drei Jahre gültigen mexikanischen Führerschein für PKW und Motorräder. Da stehen sogar des Antragstellers Blutgruppe (0-) und etwas weniger präzis als auf dem Ausländerausweis seine Staatsangehörigkeit drauf: „ausländisch".

Was übrigens niemand sehen wollte, waren Reisepass und deutscher Führerschein. Im Zentrum der Führerscheinausstellung steht die Gebührenzahlung. Es gibt keine Fahrprüfung in diesem Land. Die ist auch gar nicht nötig, denn den Führerschein bekommt ja nur, wer beeidet, sich mit den Verkehrsregeln und dem Verkehr in Mexiko-Stadt auszukennen, und wer würde da schon einen Meineid leisten!? Ob der Führerscheinausteller in der Mittagspause seinen Kollegen erzählt „Heute habe ich mal was Neues ausprobiert: Viermal links und zweimal rechts, und der hat alles brav mitgemacht, muahahahahaha, morgen versuche ich es mal mit Zehenabdrücken und übermorgen mit Kniekehlenvermessung ..."?

Es ist nicht nur der Straßenverkehr an sich manchmal etwas rau und für an deutsche Regeltreue Gewöhnte gewöhnungsbedürftig, sondern auch gewisse Begleitumstände mögen mit zentraleuropäischer Sozialisation befremdlich erscheinen. So las ich kürzlich in einer Zeitung, in der vermutlich selbst Kai Diekmann, Attila Hildmann und Julian Reichelt wegen ihrer zu ausgeprägten Seriosität nicht publizieren dürften, einen durchaus glaubwürdigen Bericht über einen Kleinbus im Vorortverkehr irgendwo aus dem Umland (Speckgürtel passt im hiesigen Kontext so gar nicht) in die Hauptstadt hinein. Der Bus war voll besetzt, sodass eine Reihe Passagiere stehen musste. An geeigneter Stelle zückten zwei Passagiere ihre Revolver – das passt gut in den reißerischen Bericht des Revolverblatts – und begannen, die anderen Passagiere auszurauben. Ein etwa 60-Jähriger habe sich widersetzt und wurde mit einer Kugel in den Kopf erschossen. Dazu muss man sagen, dass Überfälle auf Verkehrsmittel und Gewaltkriminalität ganz zu Recht trotz ihrer Häufigkeit den Tätern keine Sympathiepunkte bringen, sondern selbst dann nicht allgemeingesellschaftlich akzeptiert sind, wenn gerade niemand dabei erschossen wird. Nun hätte der Überfall alleine nicht für eine Pressenotiz ausgereicht; das wäre eher so die Qualität von „Hund beißt Mann", aber dann kehrte sich die Situation auf etwas unklare Weise zu „Mann beißt Hund" um. Jedenfalls wurden die Räuber von anderen Passagieren überwältigt und aus dem Bus geworfen. Ohne Anspruch auf Augenzeugenschaft oder Nahkampffachkunde stelle ich mir vor, dass Schusswaffen Distanzwaffen sind und in einem voll besetzten Kleinbus mit Gedränge im Gang die Distanz kaum zu wahren ist. Und wenn jemand direkt vor der eigenen Nase erschossen wird, macht das schon echt schlechte Laune. Falls dann irgendein wirklich verärgerter Leichtsinniger oder irgendeine echt schlecht gelaunte Wagemutige rasch und mit festem Griff überraschend so einen revolverhaltigen Räuberarm nach oben drückt, ist das wohl eine Initialzündung und findet rasch Nachahmer – Schluss mit Überfall. Die Details sind aber mangels Zeugen aus dem voll besetzten Bus schwer ermittelbar. Der Fahrer hielt dann an der nächsten Mautstation, ließ Notarzt und Polizei rufen und die kamen auch. Ersterer stellte fest, dass der Erschossene tot war und Letztere nahm die Aussage des Fahrers auf, aber eben auch nur die seinige. Vom Fahrersitz sieht man natürlich nicht so genau, was da in der Passagier-kabine hinter einem vor sich geht. An den Ort des Gesche-hens erinnerte er sich jedenfalls richtig, denn dort fand man die Räuberleichen am Straßenrand. Genauere Zeu-genaussagen waren nicht zu bekommen, denn die nicht to-ten Passagiere waren schon alle in der Landschaft ver-schwunden, bevor die Polizei ankam. Hatten es wohl eilig, pünktlich zur Arbeit oder zur Opernpremiere in die Stadt zu gelangen und wollten sich nicht von den Formalitäten aufhalten lassen. Dass aber auch niemand ein Handy dabei-hatte, um schon von unterwegs Alarm zu schlagen!

Bei schwacher und korrupter Polizei sowie schwacher und korrupter Justiz ist Selbstjustiz gesellschaftlich hier weit akzeptiert. In verschiedenen Stadtvierteln gibt es Nachbarschaftsgruppen (vulgo Bürgerwehren), die für Si-cherheit zu sorgen vorgeben und dafür gelegentlich Trink-geld erbitten. Ob das eher Trink- oder eher Schutzgeld ist, weiß ich nicht. In unserem Viertel sorgt so eine Gruppe, indem sie ihr Kommen lange im Voraus durch gellendes Pfeifen ankündigt, vor allem für die Sicherheit der nächtli-chen Einbrecher. In anderen Vierteln hängen große Trans-parente, die den Bösewichten drakonische Maßnahmen androhen und mit Bildern illustrieren, die ganz gut Stills aus einem Splatter-Movie sein könnten. Vielleicht sind sie's.

Dieser Busfahrer musste aber eine andere Art Führer-schein haben als ich, denn auch hier gibt es eine gesonderte Führerscheinklasse für kommerziellen Personentransport und LKW. Ich darf aufgrund meines Eides nur PKW und Motorräder jeder Größe für rein private Zwecke fahren. Die Scheuer'sche Erleichterung, mit nur vier Theorie- und fünf Praxisstunden ohne Prüfung den PKW-Führerschein auch auf 125cm³-Motorräder erweitern zu dürfen, finde ich jetzt im Vergleich nicht mehr so recht beeindruckend.

Ist nun die Gefahr durch Raubüberfälle oder durch ungeübte Verkehrsteilnehmer größer?

Das Deutschtum im Ausland

MEXIKO-STADT, PUEBLA, YUCATÁN, RIO DE JANEIRO

Resümieren wir doch einmal, wie in aller Welt und auch in Lateinamerika das deutsche Wesen zur Genesung beigetragen hat und immer noch beiträgt.

Es ist ein wahrhaft klangvoller Name, ein Name, der nach Klotzen statt Kleckern klingt, insbesondere nach Klotzköpfen: *Verein für das Deutschtum im Ausland*. Gegründet im vorvorigen Jahrhundert unter Beteiligung von Heinrich „die-Juden-sind-unser-Unglück-große-Männer-machen-die-Geschichte" von Treitschke, nahm er 1908 den klangvollen Namen an und hieß seit 1933 *Volksbund für das Deutschtum im Ausland*. Nach dem Faschismus von den Alliierten als NS-Organisation aufgelöst, gründete er sich 1955 unter demselben Namen wie 1908 neu – mit derselben blauen Kornblume als Logo und wohl auch mit demselben Mindset. 2019 war er endlich, dann unter dem Namen *Verein für deutsche Kulturbeziehungen im Ausland* (nota bene: *im* Ausland, nicht *mit dem* Ausland) und weiterhin mit blauer Kornblume, insolvent und ist jetzt inaktiv oder gar inexistent, nachdem er schon zwanzig Jahre ohne öffentliche Mittel hatte auskommen müssen, mit denen er vorher Schmu gemacht hatte. Es waren nicht nur weit Rechte darin aktiv, sondern auch ganz weit Rechte. Trotz des Namens ist es arg unfair, ihn mit dem Goethe-Institut gleichzusetzen. Ich stelle mir lebhaft vor, mit welch beispielhaften Künstlerpersönlichkeiten er sein selbsterteiltes Kulturvermittlungsmandat umgesetzt haben mag: deutsche Dichtkunst (Agnes Miegel), Langerzählung (Ernst Jünger), Schauspielkunst (mit dem besonders urdeutschen Traumpaar Johannes Heesters und Marika Rökk), Gesang (Zarah Leander), Singspiel (Richard Wagner), Malerei (Adolf Ziegler), Bildhauerei (Arno Breker), Baukunst und Stadtplanung (Albert Speer), Lichtbildnerei (Heinrich Hoffmann), bewegtes Bild (Leni Riefenstahl) und Körperkultur (exemplifiziert durch die ledern-kruppstählerne Windhundphysis Hermann Görings), deren Kenntnis durch den Verein in klangvoll wortklingelnden Schriften und mit Lichtbildvorträgen befördert wurden.

Die blaue Kornblume des Vereins war nicht nur irgendwie hübsch, sondern die Blaue Blume der Romantik, wenngleich 1955 das Hakenkreuz nicht wieder in das Logo aufgenommen wurde. Sicherlich war der '68er-Slogan „Schlagt die Germanistik tot, färbt die blauen Blumen rot" bzw. nach anderer Überlieferung und nur geringfügig feinsinniger „Schlagt die blauen Blumen tot, macht die Germanistik rot" unter inhaltlichen wie unter semantischen Aspekten weder der wirksamste noch der intellektuell geschliffenste Beitrag zur Demokratisierung der Geisteswissenschaften. Es ist aber ganz gewiss kein Zufall, dass so ein, euphemistisch formuliert, rückwärtsgewandter Kulturverein sich just durch das Symbol der seit dem 19. Jahrhundert regressiv verklärten Romantik repräsentiert sah.

Dass dem undeutschen Unwesen in der internationalen Kultur Einhalt geboten wurde, war teilweise auch ein Verdienst des deutschen Diplomaten Heinrich Rüdt von Collenberg, Spross eines seit über 800 Jahren nachweisbaren Adelsgeschlechts, Burgherren unter anderem in dem gleichnamigen Ort, dessen kulturelles Highlight ein öffentlicher Bücherschrank ist (es geht also doch schlimmer als Scheeßel und Bad Honnef). Selbiger Heinrich Rüdt von Collenberg war 1938 Botschafter des Deutschen Reichs in Mexiko, und da kam ihm Entsetzliches, Ruchloses zu Ohren, kolportiert wahrscheinlich von Lufthansa-Mitarbeitern in Mexiko: Es soll sein Führer beleidigt, in einem Wandbild abwertend dargestellt worden sein. Das stimmte auch, und es geschah mit voller und selbstverständlich löblicher Absicht. In einem Wandbild am Flughafen, soeben von Juan O'Gorman fertiggestellt, einem der besten Wandmaler der zweiten Generation der modernen mexikanischen Wandmalerei, krochen zwei Schlangen aus einem Vulkan, welche die Köpfe von Mussolini und Hitler trugen. Der führertreue Botschafter eilte höchstselbst zum Flughafen, inspizierte diese Infamie und forderte die mexikanische Regierung zur Beseitigung auf. Nun trug dieses Wandbild den Titel *Geschichte der Luftfahrt in Mexiko*, war aber tatsächlich eine Eloge auf die einige Monate zuvor erfolgte Nationalisierung der Erdölvorkommen. Infolge dieser Nationalisierung hatten vor allem die USA, Großbritannien und Frankreich zeitweise auf weiten Teilen der internationalen Märkte erfolgreich einen Boykott mexikanischen Erdöls durchgesetzt, und die Regierung musste ausgerechnet an die Achsenmächte verkaufen. Also befand sie Deviseneinnahmen für wichtiger als ein Fresko eines erstklassigen, aber zweitrangigen Malers am Flughafen und zeigte sich gegenüber dem Collenberg'schen Ansinnen sehr offen, zumal er es mit der Androhung des Stopps von Erdölimporten aus Mexiko unterlegte. Fast hätte also die Regierung dieses Fresko wirklich zerstört. Sie tat es nur deshalb nicht, weil deutsche Lufthansabeschäftigte aus eigener Initiative schneller waren. Es war ein Triptychon, und nur die äußeren Flügel waren als Fresko ausgeführt. Der größere Mittelteil ist nach einiger Odyssee wieder am Flughafen zu sehen und ich widme ihm fast jedes Mal einige Minuten, wenn ich von Mexiko-Stadt fliege.

Wer beschreibt mein Erstaunen, als Heinrich Rüdt von Collenberg mir in der Autobiografie *Sonjas Rapport*, in der Ruth Werner aus ihrem furiosen Leben berichtet, erneut begegnete? Hat er doch in Mexiko nur konsequent fortgesetzt, was er als Generalkonsul der Weimarer Republik bereits in den frühen 1930er-Jahren in Shanghai tat! Dort bekämpfte er undeutsche Kultur, indem er gegen die Aufführung von Zuckmayers despektierlichem *Hauptmann von Köpenick* vorging. Er wäre ein mustergültiges Mitglied des Vereins für das Deutschtum im Ausland gewesen, oder er war es.

Jedenfalls war er nicht Mitglied des jetzt existierenden Club Alemán in Mexiko-Stadt, denn der wurde erst nach seinem Tod gegründet. Über Vorgängerinstitutionen ist mir nichts bekannt. Dieser Club ist wohl so eine Synthese aus Rotary-Club, Fitnessstudio, Freimaurerloge, Sportverein und deutschem Herrenklub. Gegründet 1958, kaufte er rund 50 000 m² Fläche im Süden der Stadt. Wer wissen will, was eine Parallelwelt ist, möge nicht in Berlin-Neukölln oder Duisburg-Marxloh suchen, sondern im Club Alemán de México. Erfreulicherweise hat der Club ein Restaurant – auf der Karte nicht nur Bratwurst und Eisbein mit viel zu mildem Sauerkraut –, das auch dem Pöbel zugänglich ist, und es ist weder ganz besonders teuer noch ganz besonders gut. Dort kann man, hat man denn einen Tisch auf der Terrasse ergattert, einen Blick auf die halbwegs Reichen und nicht immer Schönen aus dem Süden von Mexiko-Stadt werfen, die im und rund ums größte der clubeigenen Schwimmbecken herumwuseln. Die wichtigen Funktionen der Anwesenheit im Club sind Sehen und

Gesehenwerden und sich qua Anwesenheit selbst und wechselseitig der eigenen Höherwertigkeit zu versichern. Außerdem gibt es Dutzende Tennis- und andere Sportplätze, Muckibude etc. All diese Einrichtungen kann man aber nur als *socio* nutzen, das ist ein Sammelbegriff für Mitglied, Kompagnon, Geschäftspartner, Aktionär, Teilhaber. Um *socio* zu werden, muss man eine Aktie des Clubs erwerben oder mieten. Wie das im Detail geht und zu welchen Kosten, wollte ich gar nicht so genau wissen. Ich denke, dieser Club ist vor allem für die Betrachtung durch eine zeitgenössisch-ethnologische Brille interessant. Besonders klischeehaft deutsch sehen übrigens die sehenden und gesehen werdenden Mitglieder und die in Öl Porträtierten in der Vorsitzendengalerie im Foyer nicht aus. Und die Website ist ausschließlich Spanisch, ebenso wie die Speisekarte des Restaurants.

Vor Jahr und Tag war mir eine deutsche Buchhandlung aufgefallen, auch in dieser Stadt, aber weit entfernt vom Club Alemán. Betrieben wurde sie von einem deutschen Migranten, einem sehr deutschen sogar. Als ich mich ein wenig mit ihm unterhalten hatte, sprach er von „Dummheiten", die er in Deutschland gemacht hätte, und auch von den Hells Angels war die Rede. Durchdrungen von Vorurteilen, hatte ich vorher gar nicht den Eindruck, dass deren Vereinsheime ausgeprägt literaturaffine Soziotope wären, aber man kann sich ja täuschen und dann hinzulernen. Bei meinem nächsten Aufenthalt in Deutschland besuche ich mal spontan das örtliche Chapter und tausche mich mit den anwesenden Herren über deutsche Literatur aus. Wenn wir nicht sofort eine gemeinsame Gesprächsebene etwa zu den unterschiedlichen dramatischen Konzepten von Hacks und Brecht finden, kann ich's ja mal mit der Rolle der Krad-Melder in den letzten Jahrgängen der

Landser-Romanhefte probieren. Zu den „Dummheiten"
wollten ich und gewiss auch der Buchhändler nicht richtig
tief ins Detail gehen. Die Buchhandlung existiert jetzt anscheinend nicht mehr. Vielleicht ist der Eigentümer nach
Verjährung seiner nicht im Detail erörterten Dummheiten
nach Deutschland zurückgereist und hat seine große Bun-
desdienstflagge aus dem Laden mitgenommen. Oder er hat
in Mexiko auch Dummheiten gemacht, wurde dafür be-
langt und wird gerade am Zurückreisen und Bücherver-
kaufen gehindert.

Manchmal fällt an Kiosken und bei fliegenden Anti-
quaren eine Übersetzung eines zu seinen Lebzeiten deutschen Bestsellerurhebers auf. Das ist natürlich nicht von
Bingen, von der Vogelweide oder von Wolkenstein. Auch
auf Gryphius, Grimmels- und Münchhausen ist mein
Blick nicht gefallen. Die Rede ist nicht einmal von Goethe,
Schiller, Lessing, Hölderlin oder Heine. Keiner der Manns
(einschließlich Haupt-) ist gemeint und nicht Zuckmayer,
Brecht, Zweig, Feuchtwanger. So ohne Weiteres findet
man nicht Borchert, Böll, Grass und schon gar nicht
Hacks, H. Kant, Seghers, Uhse, Kisch, obwohl doch die
letzteren drei als politische Flüchtlinge in Mexiko lebten
und arbeiteten. Wenigstens kann man froh sein, auch nicht
über den angeschwollenen Strauß, über den getürmten
Tellkamp, über die Copycat Hegemann zu stolpern, obwohl doch deren Erstlingsplagiat mit dem Axolotl ein ab-
sonderliches Tierchen im Titel führt, das in freier Wildbahn ausschließlich im BEZIRK heimisch ist. Nein, dies alles nicht, sondern leicht zu bekommen ist stattdessen die
spanische Übersetzung von *Mein Kampf*. An einem Bü-
cherstand auf einem Flohmarkt hat es die darunter liegende
Ausgabe des *Tagebuchs der Anne Frank* halb verdeckt, das

ist Widerwärtigkeit gepaart mit Treffsicherheit bis ins Detail.

Auch ansonsten ist es nicht die deutsche Hochkultur, mit der hier vor allem das deutsche Wesen assoziiert wird, sondern es sind 1) Bier, 2) Lebensmittel, vor allem Wurst, und 3) Zuverlässigkeit, diese besonders in den Ausprägungen 3a) Pünktlichkeit, 3b) gute Technik und 3c) gute Bildung. Die Kultur wird untergeordnet. Der deutsche Wurstbezug nimmt hier unterschiedliche Erscheinungsformen an, so hörte ich privatissime einst eine sehr anzügliche Bemerkung über „deutsche Wurst" und betone, dass die mir seinerzeit noch gar nicht bekannte BEZIRKliche Referatsleiterin daran nicht beteiligt war. Vor manchen Jahren wurde ein Flyer zu einer deutschen Filmwoche gedruckt, dessen Hauptmotiv eine Bratwurst war, die aus einem Filmstreifen gebildet wurde. Im Supermarkt werden dubiose wurstförmige Industrieprodukte als Rinderwurst „nach deutscher Art" (wahrscheinlich glatt gelogen) und Frankfurter angeboten. Ich gehe davon aus, dass beides noch ekligere zusammengeklebte Fleischabfälle sind als in Deutschland Knackwurst aus Dosen und Brotbelag mit Gesicht, den man Menschen im zweistelligen Lebensalter gar nicht zumuten möchte. Klar, das lässt sich mit Bier hervorragend kombinieren und im Notfall auch kompensieren, und so eröffnete an einer der ganz großen innerstädtischen Straßen das *Bierhaus Frankfurt*, von dessen Besuch ich bis auf Weiteres abzusehen gedenke. In Brasilien ist das mit dem Deutschen beim Bier auch präsent. Die verbreitetste Marke heißt *Eisenbahn*, also wirklich *Eisenbahn*, nicht etwa *estrada-de-ferro* oder *ferrovia*. So wird man, zumindest falls des Deutschen mächtig, gleich qua Etikett darauf hingewiesen, dass man bitte nach reichlichem Konsum von *Eisenbahn* lieber dieselbige nehme statt mit dem

Auto weiterzufahren. In anderen Worten: Man sollte seinen *Volkswagen. Das WeltAuto* stehenlassen. Eigentümer von PKW dieser Marke und auch anderer verzieren gerne ihre Nummernschilder oder überhaupt ihr Blech mit Aufklebern in Schwarz-Rot-Gold und/oder Bundesadler. Angedockt an eine BMW-Motorrad-Niederlassung lädt dem B angemessen ein *Biergarten FÜSSEN*, in anderer Schreibweise dortselbst auch *FUSSEN*, zum Verweilen ein. Biergarten und Motorradfahren, das gehört assoziativ genauso zusammen wie Faust und Auge. Anlässlich des Oktoberfests gibt es nicht nur teure deutsche Biere aus Privatbrauereien für bis zu 7 € für einen halben Liter im Supermarkt. Anlässlich des Oktoberfests wird dort auch Liebfrauenmilch herausgestellt, die ich im Schaufenster eines Spirituosenfachgeschäfts schon vor Jahren als „echter deutscher Wein" herausgehoben präsentiert fand. Brrr!

Nicht bei allen Verkehrsmitteln ist man so konsequent. Zu einer klassischen Reise in die Traumstadt Rio de Janeiro, Ziel millionenfacher Urlaubssehnsucht, gehört die Erfüllung mindestens eines Klischees, nämlich der Besuch des Zuckerhuts. Vorab: Es lohnt sich nicht. Der Zuckerhut ist reizvoller, wenn man ihn von unten betrachtet, als wenn man sich darauf herumlümmelt. Der Zeitaufwand ist immens, wenn man erst sehr lange für das Ticket und dann sehr lange bis zur Abfahrt der Seilbahn ansteht. Für den Ticketverkauf hat man sich in internationalem Tourismus versucht und tut so, als würde man den Zeit sparenden Onlinekauf auf einer mehrsprachigen Website ermöglichen. Zumindest auf dem Handy kommt nur der relevante Kaufbutton nie ins Display. Vor allem zeigt die App aber auch, welch ein Verlust es ist, dass der deutschtümliche Verein die deutsche Sprachkultur nicht mehr befördern kann. Die App wird mehrsprachig angeboten, und klickt man auf die schwarz-rot-gelbe Flagge, erscheint das ganze Angebot in mehr oder weniger – das entzieht sich meinem Beurteilungsvermögen – fehlerfreiem Holländisch. Klar, *Dutch* und *deutsch*, das klingt so ähnlich, da muss es doch einen Zusammenhang geben! Schon wieder potenzielle Leser des Ratgeberbuchs *Scheitern als Chance*.

Für Freunde konventioneller Süßwaren gibt es in Mexiko zwar nicht so viele hochqualitative Angebote zu ähnlichen Preisen wie in Deutschland, doch auch sie werden fündig. So kann man in den nusscremegefüllten Schokoriegel *MILCH* beißen oder sich einbilden, mit dem obstcremegefüllten Schokoriegel *BREMEN* ein gesünderes Leben zu führen. „Obstcremegefüllt" will sagen, dass die süße, klebrige Creme bunter ist als bei *MILCH* und Früchte auf der Verpackung abgebildet sind statt Nüsse. Wirklich vegetarisch kann man in Mérida im *Blattsalat Haus* essen. Weniger gesund und dennoch den Bratwursthorizont überschreitend lädt in selbiger Stadt, die ansonsten ganz hübsch ist, das *PizzaHaus Delikatessen* zur Einkehr ein. In der Region gibt es auch *Willys bara bara* mit schwarz-rot-goldener Fassadendekoration und ohne weitere Bezüge zu Willy Brandt. Das ist eine Kette von kleineren Supermärkten. Herausragendes Qualitätsmerkmal ist der Verzicht auf den Deppenapostroph. Möchte man aber richtiges Obst essen, bieten sich die Bananen der Marke *Lorelay* [sic!] aus dem benachbarten Großdiscounter im *BEZIRK* an. Vor allem die Reverenz gegenüber der rhainländischen Staudenfruchtzucht macht mir diesen Laden geradezu zur zweiten Haimat. Dazu ist es gleichermaßen gesund, reines *Junghanns Tafelwasser* zu trinken.

Gesundheit wird nicht nur durch gesunde Ernährung gefördert, sondern auch durch Hygiene im Haushalt. Nachdem zunächst das Universalputzmittel *Wind* die Miasmen vertrieben hat, holt man sich den Duft der reinen Natur mit dem Raumspray *Wiese* ins Haus. Produktbezeichnungen, bei denen das mit dem aufs Deutschtum rekurrierenden Label noch nicht so gut geklappt hat, sind *Wixo* für Bodenpolitur – was haben die bloß mit dem *Wi*** als Marke!? – und *Downy* für Waschmittel, da könnte der Marketing-Loser sich auch nicht mit „wird mit daunenweich assoziiert" verteidigen. Auch eine Großbäckerei mit hier großem Marktanteil würde in Deutschland wohl besser ihre Hauptmarke *Bimbo* umbenennen. Ich nehme an, jeder hat jetzt ganz assoziativ schon eine klare Vorstellung von dem Gesicht, das ihr Logo bildet: Es ist erwartungsgemäß ein kindgerecht gezeichneter Eisbär. Wenn es jedoch nicht um den Geruch nach Reinheit oder frisch-aus-dem-Backofen geht, sondern um verführerischen Duft, werde man Kunde in der *Parfümerie Edelweiss Seit 1933*. Die Verführung wird dann im Stundenhotel *LIEBE* wirksam. Diese Einrichtungen sind hier überall zu finden, denn gemeinhin wohnen junge Erwachsene mangels Alternativen länger bei ihren Eltern. Wie lange habe ich unschuldiges Landkind gebraucht, bis ich mich beim Vorbeifahren nicht mehr über Zimmerangebote für 10 € gewundert habe! Erst mit solidem eigenem Einkommen kann man sein von der Baufirma *KASSEL* gebautes Heim mit Jalousien der Marke *WOLKEN* und Möbeln aus dem Einrichtungshaus *Kassël* ausstatten; Tremata sind halt unglaublich authentisch deutsch, so wie in Motörhead, Blue Öyster Cult, Mötley Crüe und Hüsker Dü. Nicht in, sondern von *Kassel* könnte man auch seine Autoersatzteile beziehen.

Drachen waren einst in den Höhlen der Tiefen von Loreley und Wawel beheimatet. Heute sind sie dort nicht mehr zu finden, sondern in Mexiko-Stadt in der *Dragon's*

Höhle, wo man allerlei Rollenspielzubehör erwerben kann. Mit der deutschen Sprache hat es bei dieser Ladenbezeichnung nur so halb geklappt. Die Promoter des Deutschtums im Ausland hätten es vielleicht aber sogar begrüßt, dass das mythische Untier in der Sprache des perfiden Albion bezeichnet wird, besonders, da nicht weiter auf die Nibelungensage eingegangen wird. Aber wer will seinen Laden schon *Höhle of the Dragon who was niedergerungen by the vorbildlichen Germanic-Aryan Helden Siegfried* nennen?

Beim gemütlichen Rollenspiel trinkt man am besten einen Kaffee, der in der Kaffeemaschine der Marke *Holstein* aufgebrüht wurde, alternativ gibt es auch Kaffeemaschinen und diverse andere Elektrogeräte vom Hersteller *Koblenz*. Ob Koblenz wegen des Deutschen Ecks als besonders deutsch gilt? Jedenfalls heizt ein transportables *Koblenz* bei großer Kälte das Schlafzimmer im Hause der BEZIRKlichen Referatsleiterin, ein anderes *Koblenz* entstaubt den Boden und noch ein *Koblenz* entfernt die Falten aus Blusen und Oberhemden. Zum Kaffee könnte man der Rollenspielerrunde Patisserieware aus der Konditorei *Fliegen* mitbringen. Zugegeben, der Name stellt mich vor Rätsel. Sind damit die Zutaten gekennzeichnet, die auf den ersten Blick für Rosinen gehalten werden? Oder ist das ein Effekt der feinsten Zutaten, seitdem THC-Konsum legalisiert wurde?

Das Dusch- und Brauchwasser in selbigem Hause wird im Gegensatz zum Kaffee nicht von *Koblenz* erwärmt, sondern von *Bosch*, also deutsche Wertarbeit und so, nicht nur ein Name. *Bosch* hängt in Form eines gasbetriebenen Boilers an der Wand eines Aufbaus auf dem Dach und soll das Wasser auf seinem Weg zwischen Tank und Entnahmestelle (vulgo: Wasserhahn/Duschkopf etc.) erhitzen. Meistens tut *Bosch* das auch, außer wenn es windig ist. Verwöhnte, nörgelige Menschen kommen aber auf den Gedanken, wenn so ein Boiler extra damit beworben wird, dass er zur Anbringung im Freien konzipiert ist, dann solle er das witterungsunabhängig tun. Also ward eine Service-Nummer angerufen, um die Garantie in Anspruch zu nehmen, und nach zwei Tagen erschien Keyán, um sich der Sache anzunehmen. Keyáns Nachnamen habe ich vergessen, aber er lautete nicht Bosch, denn daran würde ich mich ganz bestimmt erinnern. Keyán stellte fest, dass es nicht am Wind läge, wenn der Boiler bei Wind ständig ausgeht und ohne Wind nicht, sondern am unzureichenden Gasdruck. Er wechselte dann einen Gashahn aus gegen einen neuen mit breiterem Durchlass und auch den alten Regulator am Gastank gegen einen neuen, schöner glänzenden und kassierte dafür für mexikanische Verhältnisse unverschämt viel Geld. Natürlich musste der Einsatz berechnet werden, denn dass der Boiler bei Wind ständig ausging und ohne Wind nicht, lag ja nach dem fachkundigem Urteil des Experten nicht am Boiler bzw. am Wind, sondern am Gasdruck, und war daher nicht von der Garantie gedeckt. In Deutschland hätte ein gelernter Gas-, Wasser-, Scheißespezialist für den Betrag allerdings gerade mal seine Schuhe vor dem Betreten der Wohnung abgeputzt, vielleicht auch nur einen. Als Keyán nach einem weiteren Anruf eine Woche später wiederkam, weil der Boiler bei Wind ständig ausging, justierte er homöopathisch an einigen Drehknöpfen herum, die nicht richtig eingestellt gewesen wären und berechnete das nicht. Wäre auch bösartig gewesen, denn die damit erzielte Wirkung war gleichermaßen homöopathisch. Zum Glück gibt es aber nicht allzu oft so starken Wind, und wenn, dann meistens nicht zu den typischen Duschzeiten. Außerdem sind kalte Duschen gut für den Kreislauf. Und überhaupt: Die sowjetischen Partisanen hatten früher bei starkem Wind auch nicht immer einen Bosch-Techniker zur Hand, um heißes Wasser zum Duschen zu sichern (und etwaige Bosch-Techniker in ihrer räumlichen Nähe waren womöglich gerade mit anderen, weniger konstruktiven Aufgaben betraut und daher gar nicht so beliebt bei den sowjetischen Partisanen und Einheimischen). Keyáns Handwerkermentalität kenne ich aus Deutschland sehr gut, ihre ubiquitäre konsequente Umsetzung in die Praxis ist vermutlich der Internationalismus der Zunft. Vielleicht ist Keyán aber auch nur der Besuch einer guten Bildungseinrichtung verwehrt geblieben. Eine kleinere private Kombi aus Kindergarten und Schule im BEZIRK trägt für diese beiden Teileinrichtungen die Bezeichnungen *Kinderplatz* und *Wissensplatz*.

Andere Handwerker rekurrieren wiederum auf das hochqualitative, bodenständige deutsche Handwerk. Auf einer Reise verschlug es mich in das Kleinstädtchen Bécal, einen Ort mit herausgehobener Bedeutung für die mexikanische Wirtschaft. Es ist nämlich die Hochburg der kunsthandwerklichen mexikanischen Strohhutproduktion. Überall Strohhutmanufakturen und Strohhutläden und Strohhutmanufakturverkauf und Strohhutherstellungsbesichtigungen mit feuchtkalten Strohhutherstellungshöhlen. Irgendwann kam wohl ein findiger Strohflechtunternehmer auf den Gedanken, zu diversifizieren und auch Taschen und Matten aus Stroh herzustellen. Dann eröffnete er seinen Showroom und nannte sein Geschäft *Artesanías Hans*. Nun ist Hans doch ein sehr deutscher Name und ich kenne keinen einzigen mexikanischen Hans. Aber weshalb sollte nicht auch mal in Schonach i. Schwarzwald ein Uhrmacherbetrieb mit Werksverkauf als *Kuckucksuhren Juanito* firmieren?

Im BEZIRK liegt auch eine Niederlassung der deutschen Schule in Mexiko-Stadt namens Colegio Alemán Alexander von Humboldt, der größten deutschen Auslandsschule weltweit mit sowohl in Mexiko als auch in Deutschland anerkanntem Abitur und nach Auskunft der Tochter der BEZIRKlichen Referatsleiterin in besonderem Maße zur Hochnäsigkeit neigenden Schülern. Absolvent dieser Schule ist nach meiner Einschätzung nicht Keyán, wahrscheinlich aber sehr wohl im Laufe der Jahrzehnte der eine oder andere Hans und sicher, wenngleich vermutlich einer anderen Niederlassung derselben Schule, der jetzige Boss der Bank für Internationalen Zahlungsausgleich, vorheriger Zentralbankchef und davor Finanzminister Mexikos, der in internationalen Fachkreisen großes Renommée genießt und den putzigen Namen Agustín Carstens Carstens, viel Verantwortung sowie ein Eigengewicht von etwa einer viertel Tonne (inoffizielle Schätzung) trägt.

Eher am dem Schulbesuch entgegengesetzten Ende des Lebenszyklus liegt die Beerdigung. Den Hauptpersonen auf einem Totenanger ist dessen Gestaltung geradezu maßlos gleichgültig, wie alles andere auch. Der lebende Deutsche aber hatte auf der großen letzten Ruhestätte in Puebla schon vor mehr als 100 Jahren stellvertretend für die Dahingeschiedenen ein großes Distinktionsbedürfnis. Dass ein arischer Leib neben einem Indiomischling zu liegen käme, wäre schon unerträglich gewesen. Noch infamer aber die Idee, dass ihm die Nachbarschaft eines französischen Erbfeinds, eines Welschen, eines Schlitzauges zugemutet worden wäre! Andererseits sollen die gläubigen Anhänger des einzig wahren römisch-katholischen Glaubens vor der Nähe heidnischer (z. B. norddeutsch-protestantischer) Leichname geschützt werden. Deshalb gibt es auf dem Friedhof einen deutschen Abschnitt, der viel älter ist als VW und dessen Werk in Puebla. Kein Klischee, das nicht an irgendeiner Stelle Wirklichkeit wird: Vom restlichen Teil des Friedhofs ist diese Sektion mit einem Jägerzaun abgetrennt.

Es ist eine pure Freude, Deutscher zu sein! Hätte ich mit der gleichen persönlichen Verbundenheit von analogen Beobachtungen berichten können, wäre ich Luxemburger, Liechtensteiner, Laote, Lesother oder Lucianer? Eben! Den Nichtdeutschen unter euch drücke ich mein Bedauern über diese nicht behebbare Fehlstelle in eurem Leben aus. Mit meinen Landsleuten teile ich meine Freude über all diese mannigfaltigen Ausdrucksformen unseres uns inniglichst verbindenden -tums im Ausland und besonders in Mexiko.

Die innere Sicherheit

Den bereits erwähnten BEZIRK habe ich schon in meinem Lebensabschnitt zwischen Abschluss meiner Schullaufbahn und Aufnahme der Tätigkeit bei der Stiftung mehrmals besucht. Zum BEZIRK gehört auch ein Referat für BEZIRKliches Gesundheitswesen, Bestandteil dessen nicht nur das BEZIRKliche Hundefängerwesen ist. Neben dem BEZIRKlichen Hundefängerwesen gehören zum BEZIRKlichen Gesundheitswesen eine ärztliche und eine zahnärztliche Notfallambulanz. Gratis! Diesen gebricht es leider an Ausstattung, denn medizinische Ausstattung ist teuer und lässt sich demnach aus BEZIRKlichen Mitteln gar nicht erst anschaffen und wenn doch, von den miserabel bezahlten BEZIRKlichen Zahn- und sonstigen Ärzten samt Hilfskräften ganz gut unter der Hand weiterverkaufen. Vor Jahren kam die Leitung der BEZIRKSverwaltung dann auf die hervorragende Idee, die zuständige Unterabteilungsleiterin sollte doch die entschwundenen Geräte bezahlen. Tat sie aber nicht. Einige Monate darauf, als sie eine ehemalige BEZIRKliche Unterabteilungsleiterin war, wurde ich auch Nutznießer des BEZIRKlichen Gesundheitswesens, indem ich in einem BEZIRKlichen Krankenwagen mitfahren durfte. Gratis! Obwohl das schon einige Jahre zurückliegt, ist die Erinnerung recht lebendig. Das kam so: Nach einem ganz gemeinen Überfall mit Spreng-

stoff und daraus herrührendem offenen Bruch humpelte
ich adrenalinüberschwemmt schmerzfrei ins schräg gegen-
überliegende Haus der ehemaligen BEZIRKlichen Unterabteilungsleiterin, und dann erst kam der Schmerz. Und
die ehemalige BEZIRKliche Unterabteilungsleiterin rief einen der BEZIRKlichen Rettungswagen. Der kam, wenngleich langsamer als der Schmerz, auch prompt, denn man
kannte sich ja. Das Personal erinnerte sich offenbar gerne
an seine ehemalige Chefin, und das war für mich ein unge-
heures Privileg. Da haben sie doch ernsthaft darüber nach-
gedacht, in welche Klinik sie mich zwecks bestmöglicher
Behandlung fahren sollten statt zwecks Einstreichens eines
höchstmöglichen Schmiergeldes! Die aus ihrer Sicht beste
haben sie dann aber doch wieder verworfen, weil die zu leistende Anzahlung vor Beginn jedweder Behandlung ihnen
zu hoch war. Zum Glück habe ich das trotz Schmerz und
Schock verstanden und der ehemaligen Unterabteilungsleiterin gesagt, wo sie meinen Bargeldvorrat fände. Immerhin war nicht der ganze Rettungswagen aus dem BEZIRK
entschwunden, aber er war doch sehr leer im Sinne von frei
von Ausstattung, und Gurte zum Festschnallen hatte man
auch nicht; ich musste mich auf dieser Liege schon selbst
festhalten. Es waren ja nicht meine Hände und Arme ange-
knackst, sondern nur ein Fuß. Vielleicht war das aber auch
eine feinsinnig erdachte Maßnahme, um vom Schmerz ab-
zulenken. Weil sich in Mexiko sowieso fast niemand an Ge-
schwindigkeitsbeschränkungen halten würde, nur weil sie
auf einem Verkehrsschild steht, entschleunigt man den
Straßenverkehr hier gerne durch massive Hubbel. Dann
steht nicht mehr das schlechte Gewissen oder ein kaum ein-
treibbares Bußgeld der überhöhten Geschwindigkeit entgegen, sondern die Aussicht auf kaputte Stoßdämpfer. Es
ist nicht schön, mit einem offenen Bruch und ohne Anal-

getika auf einer Liege zu liegen und über massive Hubbel gefahren zu werden. Das ist eine zu intensive Körpererfahrung. Die Klinik lag außerhalb des BEZIRKS und hatte wenig Glamour im ganzen Gebäude und keine Haltegriffe im Bad. Dafür hatte sie hohe Kanten zwischen Bad und Krankenzimmer, obwohl es sich um eine orthopädisch-traumatologische Fachklinik handelte. Damit konnte bei längeren Aufenthalten elegant der Rekonvaleszenzfortschritt getestet und bei schlechter Bettenauslastung sicherlich auch verzögert werden. Kürzlich habe ich mal gesucht: Eine eigene Webpräsenz hat sie nicht, und bei Google erreicht sie die bescheidene durchschnittliche Bewertung von 2,9 Sternchen. Der behandelnde Orthopäde trug einen Kittel mit Logo eines anderen Krankenhauses. Als ich ihn fragte, ob es sich hier um seinen Zweitjob handelte, verneinte er. Es wäre sein Drittjob. Seiner jugendlichen Ausstrahlung nach hätte es aber auch ein Schulpraktikum sein können.

Die OP wurde dann zunächst verschoben, weil zwischendurch ein Notfall mit vielen tiefen Wunden aus einer Messerstecherei eingeliefert wurde. Dann kam jemand auf den Gedanken, die Adrenalinüberschwemmung müsste vor der OP durch eine Antibiotikaüberschwemmung ersetzt werden, weil sich das bei einem offenen Bruch so gehörte. Ist wohl auch so. Ich frage mich nur, weshalb man darauf nicht gleich kam. Dass die mexikanische Heilkunst just zwischen Mitternacht und drei Uhr morgens diesen Erkenntnisfortschritt gemacht hatte, kann ich mir fast nicht vorstellen. Aber deutsche Ärzte haben mir hinterher versichert, Anästhesie und OP wären nach allen Regeln der Kunst durchgeführt worden, und als Monate später in Berlin diese Metallplatte wieder herausgeschraubt wurde, sah die mir nicht nach Konkursmasse dem Baumarkt aus. Überhaupt war ich nach der ersten Krankenhausnacht über Wochen durchgängig ziemlich gut gelaunt. Das lag aber nicht oder nicht vorwiegend an tiefenpsychologisch auszudeutenden Winkelzügen meines Unbewussten, sondern mehr an einem Kombipräparat aus Tramadol und Ketorolac. Ersteres ist ein Opiat, dass sich am Kotti im Herzen von Kreuzberg SO36 ganz gut absetzen ließe, und Letzteres wird in Deutschland wegen einiger Todesfälle schon seit Jahrzehnten nicht mehr gegen postoperative Schmerzen eingesetzt, aber das wusste ich glücklicherweise nicht. Diese Kombi ist schon eine geile Gute-Laune-Droge. „Geile Droge!", dachte ich und grinste breit vor mich hin, als, wenige Tage nach der OP wieder zu Hause im BEZIRK bei der ehemaligen Unterabteilungsleiterin, ein Mobile vor meinen Augen ein bisschen zu wackeln begann. „Erdbeben!", schrie die ehemalige Unterabteilungsleiterin und zerrte mich samt Krücken unter einen Türsturz. Aber für hiesige Verhältnisse war das im Nachhinein betrachtet nur so ein bisschen Gewackel. Man unterscheidet in seismisch aktiven Gebieten Lateinamerikas zwischen „Erdbeben" und „Zittern". So ein Zittern in Deutschland würde es aber schon in die bundesweiten Abendnachrichten schaffen. Wenige Wochen später, als ich mit Krücken wieder semimobil war, zitterte es in einem Museum. Das habe ich allenfalls semibewusst und ohne unmittelbare Ableitung einer Handlungsorientierung wahrgenommen, denn das fühlte sich ziemlich genauso an wie in Neukölln in der Karl-Marx-Straße über zwanzig Mal stündlich, wenn eine U-Bahn darunter längsfährt. Erst als die Besucher alle gen Ausgang strebten, fiel mir ein, dass unter diesem Museum keine U-Bahn-Linie verläuft. Qua Krücken entschleunigt, folgte ich dem Rest des Museumspublikums, das aber auch keineswegs die innere Ruhe verloren zu haben schien.

Dank Droge tat das Zittern meiner guten Laune keinen Abbruch.

Deutlich stärker bebte es bei einem Besuch einige Jahre später; das reichte auch für die internationalen Medien. Ganz ohne Droge fand ich es irritierend, dass ich mich auf einmal so fühlte, als würde ich schwanken. „Erdbeben!", schrie ich, nachdem ich eine Kreislaufschwäche als Grund ausgeschlossen hatte, um jäh die Tochter der ehemaligen Unterabteilungsleiterin aus dem vormittäglichen Studentinnenschlaf zu reißen. Hernach hat die Inspektion keine Risse in Haus und Gasleitung ergeben. Das wäre auch zu fies gewesen, wo doch nur eine Woche vorher die Risse aus dem noch viel heftigeren Beben von 2017 zugespachtelt und übermalt worden waren.

Nun hat jene Klinik mit den hohen Kanten zwischen Bad und Krankenzimmer schon im Eingangsbereich eine Preisliste mit einem Fallpauschalensystem hängen. In einem größeren Krankenhaus habe ich mal eine Pfandhausfiliale im Foyer gesehen; das ist wirklich böse. Aber auch hier musste ich beim Einlass und später auch beim Auslass bar zahlen, und damit ich für die Behandlungskosten von meiner Versicherung jemals eine Erstattung sehen würde, habe ich mich also aufgemacht, Strafanzeige zu erstatten, auf dass ich später ein Protokoll über selbige einreichen könnte. Zu diesem Zwecke fuhr mich die ehemalige Unterabteilungsleiterin zur zuständigen Staatsanwaltschaft, einem wahrhaft traurigen Ort, denn sie teilt sich das Gebäude mit Kriminalpolizei, einem Untersuchungsknast und einem Gericht. Im Wartebereich hing ein Schild, auf dem ausdrücklich bekräftigt wurde, dass alle Leistungen hier kostenfrei seien. Außerdem hing da ein Bildschirm, auf dem die Urteile der gerade aktuellen Prozesse verkündet wurden (ich hoffe, nicht vorab). Freisprüche gab es auch. Allein für die Erstattung der Anzeige befand die ehemalige BEZIRKliche Unterabteilungsleiterin die Mitwirkung ihres Anwalts erforderlich. Frau Staatsanwältin ließ dann verlauten, dass die Akte samt Protokoll in einigen Wochen abholbereit wäre. Sie ließ auch durchblicken, dass 200 Pesos die Bearbeitungszeit auf etwa eine Stunde reduzieren würden. Aber es bedurfte so oder so noch einer amtsärztlichen Untersuchung. Gibt's normalerweise auch im selben Gebäude, aber wegen Unterbesetzung an jenem Tag oder in jenem Jahrzehnt gerade nicht. Ich wurde also von der ehemaligen Unterabteilungsleiterin zu einem anderen Gebäude irgendwo anders hin gefahren und die Amtsärztin dort studierte die Unterlagen vom Krankenhaus und wickelte meinen Fuß aus und wieder ein und nahm sodann ein Protokoll auf. Dieses tippte sie in einen echten Computer, druckte es aus und kopierte es dann handschriftlich in ein großes Buch. Ohne Extra-Pesos. Außerdem empfahl sie mir zusätzlich zu der Gute-Laune-Droge noch ein weiteres Medikament, das über die Laune hinaus auch die Heilung befördern sollte. Mit dem Protokoll ging's (nicht ganz im Wortsinne) zurück zur Staatsanwaltschaft, deren Protokoll bereits fertig war – in Mexiko kriegt man noch echten Service für sein Geld! Damit ging's dann zur Kripo auf demselben Flur, wo ein wenig engagierter Kriminalpolizist ganz schlecht meine Täter- und Vorgangsbeschreibung aufzunehmen simulierte. Auf die Verneinung seiner Frage, ob eine Waffe sichtbar war, wurde seine Simulation noch unengagierter. Als ob Sprengstoff, der einen Knochen – wer es genau wissen möchte: es war der rechte fünfte *os metatarsale* – in vier Teile plus ein paar Splitter zerlegt, nicht genug Waffe wäre! Der Schuh blieb übrigens heil, nur der Senkel roch eine Weile etwas angeschmort. Draußen bedeutete mir die ehemalige BEZIRKliche Unterabteilungsleiterin, ohne 200 Pesos Trinkgeld würde das gewiss nicht kriminalistisch weiterverfolgt werden. War mir aber egal, denn dass dabei nichts rauskommt, war eh klar, und die Dokumentation für die Versicherung hatte ich. Dann bedeutete mir die ehemalige BEZIRKliche Unterabteilungsleiterin aber auch, dass bei Nichtzahlung künftig überhaupt alle Fälle des uns umsonst – nach meinem Dafürhalten im doppelten Wortsinne – begleitenden Anwalts nicht weiterverfolgt würden, und er sei ja ein Freund und Anwalt des Vertrauens. Beim Rausgehen in ungebrochen guter Laune hing da immer noch dieses Schild über die Kostenfreiheit aller Leistungen in diesem Gebäude. Rein topografisch war das mit Ausnahme der Klinik alles im BEZIRK, aber administrativ von ihm unabhängig. Später in Deutschland habe ich die Behandlungskosten wirklich erstattet bekommen. Das ist aber alles lange her.

Überhaupt, die Polizei. Sie hat viele Gesichter. Damit meine ich nicht die Vielfalt, die auf Gender- und Herkunftsdiversität beruht. Vielmehr meine ich die Diversität bei der Reaktion auf dienstliche Anforderungen. Einige dieser Gesichter habe ich live kennengelernt oder aus vertrauenswürdiger Quelle davon gehört.

Vor vielen Jahren, als ich noch kein Einwohner in Mexiko war und von der Existenz einer gewissen BEZIRKlichen Unterabteilungs- und späteren Referatsleiterin noch gar nichts ahnte, war ich Beifahrer einer Mexikanerin, die wissentlich ein Verkehrsvergehen beging und dafür von einem Verkehrspolizisten angehalten wurde, der 1000 Pesos von ihr haben wollte. Das waren damals rund € 60. Sie meinte aber, soviel hätte sie nicht und bot 100 Pesos. Der Polizist kam ihr zunächst mit 500 entgegen. Sie sagte aber weiterhin, sie hätte nicht so viel. Der Polizist zeigte dann auf mich, ich könne ihr doch was geben. Sie daraufhin: „Nein, das ist ein Ausländer", und damit war auch aus Polizistensicht hinreichend begründet, dass ich aus dem Deal rauszuhalten war. Sie einigten sich auf 200 Pesos.

Unlängst war ich im Urlaub mit einem Mietwagen unterwegs und ein Taxifahrer hupte und gestikulierte mich wild an, als ich gerade auf einer Ausfallstraße Campeche verlassen wollte. Der wollte mich nicht anpöbeln, sondern machte mich auf einen platten Reifen aufmerksam. Weil auf einer Ausfallstraße ohne Seitenstreifen rumzustehen Pulsschlag und Adrenalinspiegel über das kommode Maß hinaus erhöht, bin ich noch in eine Seitenstraße gefahren und habe mich halbwegs darauf gefreut, meine eigene, dem Manne angeborene archaische Beherrschung der Technik unter Beweis zu stellen, indem ich mit entschlossenem Blick und aufgekrempelten Ärmeln den Reifen zu wechseln anhub, nachdem ich zuvor schon den Mietwagen angehoben hatte. Bei der Anmietung war mir extra der Ersatzreifen samt Werkzeug gezeigt worden. Das durch die Antizipation der Technikbeherrschung stolz aufgerichtete archaisch-männliche Selbstbewusstsein sackte aber schlagartig in sich zusammen, nachdem ich feststellte, dass der Schraubenschlüssel und die Radmuttern von unterschiedlicher Größe waren. Ein hilfsbereiter Anwohner holte aus seinem Auto einen eigenen Schraubenschlüssel, der aber auch nicht passte. Dann kam ein Polizist auf einem Motorrad einher und hielt. Statt meiner Erwartungshaltung zu folgen und mir irgendwelche Pesos unter irgendeinem Vorwand, tatsächlich aber für mein Vorhanden- und Wehrlossein abzuknöpfen, fragte er freundlich, ob er mir helfen könnte. Das Problem verstanden, bat er mich, einen Moment zu warten – das war in der Situation sehr leicht zu erfüllen – und kehrte nach wenigen Minuten mit einem

Radkreuz wieder. Schwupps, war der platte Reifen gegen den Not-Ersatzreifen aus dem Kofferraum gewechselt! Und er hat nichts suggeriert, was eine meinerseits zu leistende Kompensation für seinen Aufwand anging. Wegen des Reifens hatte ich zuerst fast ein schlechtes Gewissen, weil ich in Betracht zog, er wäre den vielen von mir zielsicher getroffenen Schlaglöchern auf Nebenstraßen der Halbinsel Yucatán zum Opfer gefallen. Bei genauerem Hinsehen hatte sich aber eine Schraube hineingebohrt.

Das war also das nette Gesicht der Polizei, aber der Eindruck war nicht nachhaltig. Nur wenige Minuten später bin ich wieder auf der Ausfallstraße stadtauswärts gefahren und wurde, dem Grunde nach ganz zu Recht, von anderen Polizisten wegen überhöhter Geschwindigkeit angehalten. Sie behaupteten, es gäbe ein Radarfoto, und zumindest wussten sie meine tatsächliche Geschwindigkeit. Vielleicht konnten sie auch nur aus Erfahrung gut schätzen. Dann filzten sie so halbwegs engagiert mein Gepäck samt Reiseapotheke, angeblich auf der Suche nach Drogen, und das just einen Tag vor der landesweiten Legalisierung von Cannabis. Davon war aber nichts zu finden, so blieb die Geschwindigkeitsübertretung. Da wollten sie dann netterweise nicht so spießig sein, deshalb gleich ein Bußgeldverfahren einzuleiten. Allerdings sprach der Chef mich sehr unverhohlen auf eine Familienbeihilfe an, und bei meinem vollkommenen Unverständnis noch direkter auf 500 Pesos. Noch gestresst von dem Reifenwechsel unmittelbar vorher, habe ich nicht gut verhandelt und wir haben uns auf 300 Pesos geeinigt. Die habe ich aber vorsichtshalber passend rausgerückt. Die Zahlung führte immerhin auch zu einem freundlichen Abschied, Wünschen für gute Weiterfahrt und der Rückgabe meines Führerscheins. Ratet selbst, was davon mir am wichtigsten war. Ich nehme an, mit Cannabis oder Leichen im Kofferraum angetroffen zu werden, würde den Preis deutlich nach oben treiben, mit zusätzlichem Aufschlag für den Transport toter Polizisten desselben Bundesstaates. Die BEZIRKliche Referatsleiterin war, als ich ihr davon erzählte, ebenso wie ich recht erleichtert, dass die nicht irgendwelche selbst mitgebrachten BTMG-geächteten Substanzen „gefunden" hatten.

Manchmal ist die Polizei aber auch sehr entspannt und zurückhaltend. Im Teillockdown in der Vorweihnachtszeit patrouillierten diverse BEZIRKliche Beschäftigte einschließlich einer mir gut bekannten BEZIRKlichen Referatsleiterin durch die Straßen, um zwecks Pandemiebekämpfung widerrechtlichen Alkoholkonsum, widerrechtliche Partys und widerrechtliche Geschäftsöffnungen nach 22:00 Uhr zu unterbinden. Letzteres wurde verfügt, nachdem die BEZIRKlichen Wissenschaftler herausgefunden hatten, dass gewisse Viren vor allem nachtaktiv sind – ein evolutionäres Relikt aus ihrer ursprünglichen Tier-Mensch-Übertragung von Fledermäusen. Dabei trugen sie Westen mit Aufschrift des BEZIRKS (die BEZIRKlichen Beschäftigten, aber weder die Fledermäuse noch die Viren, denn die sind ja nicht bei ihm angestellt und es gibt die Westen auch nicht in der passenden Größe). Gemeinhin sagen die Ladenbetreiber dann sowas wie „Ja, klar, ich schließe sofort" und ignorieren die Anweisung und ihre Zusage. Nur ein Friseur sah das etwas anders. Er forderte eins seiner ebenfalls anwesenden kleinen Kinder auf, ihm mal die Pistole zu geben, und der wohlerzogene Spross willfahrte selbstverständlich flugs dem väterlichen Begehr. Mit vorgehaltener Pistole und vor den Augen der Kinder vertrieb er dann die BEZIRKliche Nachtpatrouille aus dem Laden. Die wiederum sah in dem Moment von weiterer Eskalation ab, denn die Westen mit Aufschrift des BEZIRKS sind nicht kugelsicher. Sie hat dann aber die BEZIRKliche Polizeichefin informiert, denn Polizisten müssen wissen, wer bei Nacht was Kriminelles macht, und sie sollten wissen, was in solchen Fällen zu tun ist, denn sie haben Funkverkehr, damit vor allem der widerrechtlichen Öffnung und bei der Gelegenheit auch dem Waffenbesitz und der Bedrohung nachgegangen würde. Man würde bei einer solchen Anzeige doch erwarten, dass sie sich flugs um dunkle Ecken durch die Nacht aufmachen und diesen Laden auseinandernehmen. Nun ist die BEZIRKliche Polizei tatsächlich richtige Polizei mit Waffen und was noch so dazugehört, um Polizei zu sein, nicht nur so eine Art Ordnungsamt, aber die BEZIRKliche Polizeichefin hat einen Einsatz abgelehnt. Das führte zu großer Verärgerung der direkt Betroffenen und ihrer Kollegen sowie in der nächsten großen Besprechung zur Frage des Alcalden an die BEZIRKliche Polizeichefin, weshalb da nicht eingegriffen wurde. Unmittelbar einleuchtende Begründung: „Wir wissen schon längst, dass in dem Friseursalon mit Drogen gedealt wird." Für mich wäre das bei entsprechendem Bedarf total praktisch, denn der Laden liegt nicht nur im BEZIRK, sondern in meinem Stadtteil fast direkt neben der Kirche. Trotz dieser segensreichen Lage nehme ich an, dass mit den Drogen nicht Weihrauch gemeint war. Die Antwort auf des Alcalden Folgefrage, warum angesichts dieses Wissens nicht schon längst eingegriffen wurde, kenne ich nicht. Jedenfalls wurde in der nächsten Nacht nicht mehr mit einzelnen BEZIRKlichen Autos patrouilliert, sondern im Konvoi mit acht Fahrzeugen. Der Friseur hatte wieder geöffnet, wurde aber nicht erneut belästigt. Da soll sich jetzt auf Anweisung des Alcalden die gesamtstädtische Kriminalpolizei drum kümmern, und ich stelle mir vor, dass alle Beteiligten im BEZIRK zufrieden sein werden: Der Alcalde hat ein

Machtwort gesprochen, die Beschwerde der Kollegin hat zu diesem Machtwort geführt, die BEZIRKliche Polizei musste nicht aktiv werden, der Friseur war rechtzeitig gewarnt und die BEZIRKliche Polizeichefin erhielt vom Friseur genau dafür ein steuerfreies zusätzliches Weihnachtsgeld. Keine Unterstellung, nur meine Fantasie.

Ich frage mich nur, was diesen Friseur geritten hat. Als Kleinkrimineller würde ich doch versuchen, in anderen Angelegenheiten so unauffällig wie möglich aufzutreten, so wie Menschen ohne legalen Aufenthaltsstatus in Deutschland zu empfehlen ist, nur bei Grün über die Ampel zu gehen, um keine unnötigen Ausweiskontrollen zu provozieren. Aber einigermaßen intelligente Menschen werden wohl entweder gar nicht zu Kriminellen oder zu großen oder wenigstens zu Wirtschaftskriminellen. Letzteres hat den Vorteil, dass es häufig sogar legal ist. Jedenfalls habe ich mir dort nicht die Haare schneiden lassen. Ich befürchte, wenn der Laden in erster Linie der Geldwäsche und dem Drogenvertrieb dient, kommt dort die Barbierskunst zu kurz, und dann schneidet man dort die Haare zu kurz.

Seit einer Weile patrouilliert hier etwas mehr Polizei als vorher und neuerdings außer mit SUVs und Pick-ups sogar mit E-Bikes, aber diese vermehrte Präsenz liegt nicht vor allem an dem Friseur. Quasi bei dem Friseur um die Ecke ist kürzlich bei einem Raubüberfall ein junger Autofahrer erschossen worden, der sein Auto nicht schnell genug rausgerückt hat, und kurz darauf am helllichten Nachmittag hat zwei Blocks weiter ein Überfallopfer einen Schuss ins Gesicht überlebt. Seither stehen auch ab und zu mal zwei städtische (nicht BEZIRKliche) Polizisten an dieser Ecke oder vor jenem Laden und stören niemanden. Bestimmt machen sie sich vor Stellungsbezug genau mit der Umgebung vertraut. Sie wollen doch bestimmt wissen, wohin sie sich verziehen können, falls es knallt. Als ich jüngst selbst in der Dunkelheit mit dem Auto dort unterwegs war, kam ich mir sehr wagemutig vor.

Schaue ich vom Schreibtisch aus dem Fenster, erblicke ich in der Ferne Himmel, Palmen und einen Hügel und im Vordergrund den Rest einer ausgehobenen Lackiererei, in der geklaute und geraubte Autos umfrisiert wurden. Ein paar Autos gammeln da noch vor sich hin. Als sie ausgehoben wurde, war ich nicht hier. Mir wurde berichtet, dass da nicht ein freundlich-korrekter Gerichtsvollzieher in Begleitung eines BEZIRKlichen Amtsschreibers gekommen wäre, sondern ein schwer bewaffnetes mexikanisches SEK. Vermutlich hätte ich mir das auch aus lauter Respekt vor Querschlägern gar nicht so ganz genau angesehen, sondern mich lieber weggeduckt. Und wer weiß, ob einer der Polizisten es nicht gemocht hätte, sich dabei beobachtet zu fühlen, wie er einen Lackierer festnimmt und ihn dabei nicht lieb streichelt oder ihm nicht sofort seine Rechte vorliest, oder bei gar noch übleren Übergriffen, die ich mir natürlich eigentlich gar nicht vorstellen kann. Das Waffenrecht ist hier übrigens keineswegs so irrsinnig wie in den USA, und in der Mehrzahl der Fälle ist es dann doch nur Feuerwerk, wenn es hier in der Umgebung „Peng" macht.

Es ist nach den oben geschilderten Erfahrungen gut nachvollziehbar, weshalb die hiesigen Polizeien nicht viel mehr Vertrauen genießen als Gebrauchtwagenhändler. Letztens fuhr mich ein Taxifahrer vom BEZIRK in einen anderen Bezirk und erzählte mir von einem Problem seiner Familie und was er dagegen tun würde: jedenfalls nicht zur Polizei gehen, denn in diesem Fall würde er selbst gleich danach erschossen werden. Der Hintergrund war aber schon ernst. Zehn Tage vorher war in einem Flächenstaat sein

Neffe entführt worden und hoffte im besten Fall noch, dass die Familie gut € 12 000 Lösegeld aufbringt. Der Taxifahrer ging aber davon aus, dass der Neffe ohnehin umgebracht würde und riet seiner Familie von der Zahlung ab. Er könnte damit ebenso Recht haben wie mit seiner Einschätzung der örtlichen Polizei.

Mit der Entführung wollte er sich dennoch nicht abfinden. Am liebsten wäre er in die Gegend aufgebrochen, wo die Entführung stattgefunden hat und er genau weiß, wo der Neffe gefangen gehalten wird, denn er kennt die Berge dort ganz genau. Er könnte das auch zusammen mit ein paar Freunden aus der Marine machen. Aber dafür braucht er gute Waffen, er hat keine guten Waffen, das ist das Problem. Dann würde er losziehen und die Entführer abknallen, paff paff, einen nach dem anderen, paff paff paff paff paff, oder mit einem Maschinengewehr. Egal, ob er selbst dabei draufgeht, er würde die finden und erledigen, paff paff paff paff, oder am besten mit einem Maschinengewehr, jedenfalls mit guten Waffen, wenn er welche hätte. Dabei fuchtelte er mit der rechten Hand erschießend herum, die linke nutzte er zum Glück weiter zum Lenken. Die Fahrt wurde mir sehr lang, obwohl sie es gemessen in Kilometern gar nicht war.

Ich wünsche dem Taxifahrerneffen einen glimpflichen Ausgang, meinem Taxifahrer, dass es bei seinem Waffenlosigkeitsproblem bleibt, denn mit Waffen, Tatendrang und genügend Wahnsinn hätte er ein größeres Problem, und den Entführern, Autoraubmördern sowie dem vorerwähnten Friseur die Pest an den Hals – ohne Zugang zu Antibiotika!

DM 4,50 auf einem Forschungsschiff

Meine Berufsausübung brachte zeitweise eine intensive Reisetätigkeit mit sich. Jetzt dürft ihr nicht dem Irrtum erliegen, ich würde einfach mal schauen, wo es hingeht, und dann drauflosfliegen. Es handelt sich schließlich um Dienstreisen. Und da die Stiftung samt meinem Gehalt fast ausschließlich aus Bundesmitteln finanziert wird, sind wir Dienstreisenden zur Einhaltung des Reisekostenrechts für Bundesbedienstete verpflichtet. Als Obergrenze. Und inzwischen habe ich gelernt, dass das Reisekostenrecht ein blumiges Gebiet der Gesetz-, Verordnungs- und Verwaltungsvorschriftengebung ist. Ich muss mich darin besonders auskennen, weil ich das unseren Kollegen in den lateinamerikanischen Ortsbüros und neu eingestellten Kollegen der Zentrale gelegentlich beibringe. Dabei habe ich die Erkenntnis gewonnen, dass dieses Feld auch literarische Qualitäten aufweist. Da gibt es die wunderbaren Quellen Bundesreisekostengesetz (BRKG), Verwaltungsvorschrift zum Bundesreisekostengesetz (BRKGVwV), Auslandsreiseverordnung (ARV), zu dieser ebenfalls eine Verwaltungsvorschrift (ARVVwV), Rechtsprechung und nicht zuletzt Rundschreiben des Innenministeriums (RdSchr), deren penible Einhaltung für die Aufrechterhaltung des Rechtsstaats und den Erfolg der Entwicklungszusammenarbeit ungemein wichtig ist.

Haltet einen Moment ein, bevor ihr eurem spontanen Impuls folgt und im Netz nach all diesen Regelungen sucht, um ihre literarische Qualität zu erfahren. Sprecht zunächst mit geschlossenen Augen und fester Stimme laut nach und lauscht euch selbst dabei: BeErKaGe BeErKaGe-VauweVau AÊrVau AÊrVauVauweVau Erdeëszehaër. Falls empfänglich für dadaistische Wort-Laut-Spielerei, erlebt ihr so sinnlich den literarischen Wert, und teilweise setzt sich das auch auf der inhaltlichen Ebene fort. So konnte bei Bahnfahrten im Ausland bis vor Kurzem regelmäßig die erste Klasse benutzt werden außer in einigen Ländern West-, Mittel- und Nordeuropas wie bspw. ausdrücklich Liechtenstein. Besonders ausgefeilt war das in Italien, wo qua Verordnung nur südlich der Linie Rom-Pescara, nicht aber auf und nördlich dieser Linie in der ersten Klasse Bahn gefahren werden konnte. Leider ist das unlängst sehr vereinfacht und damit oben aufgeführtes Wissen entwertet worden.

Wenn einer eine Reise tut, dann kann er was berechnen. Es gibt als Anlage zur ARVVwV eine jährlich erneuerte Liste für die pauschale Erstattung des täglichen Verpflegungsmehraufwands mit einem Wert für die meisten Länder der Erde und teilweise auch einzelne Städte. Nicht Eingeweihte sprechen vulgär von Tagegeld und nicht eingeweihte, sprachpanschende Liebhaber des Fugen-s gar von Tagesgeld (von dem sie sich auf der Dienstsreise nach der Übersnachtung im Hotelsbett zum Frühsstück Spiegelseier bestellen könnten). Das geht – Stand 2024 – von € 14,– (Türkei außerhalb von Istanbul und Izmir) bis € 64,– (Atlanta/USA und Dschibuti). Für eine kleinere Anzahl kleinerer Länder gibt es aber keinen ortsspezifisch festgelegten Wert. Das betrifft u. a. die Cookinseln, Seychellen und die Bahamas, alles Länder, in welche meine

Dienstreisen mich viel zu selten geführt haben. Bisher eigentlich überhaupt gar nicht und auch keine außerdienstlichen. Für all solche Länder, für die kein eigener Betrag festgelegt wurde, wird der Verpflegungsmehraufwandssatz (mit zwei korrekten Fugen-s) von Luxemburg zugrunde gelegt. Warum Luxemburg? Vielleicht, weil die Sandstrände der genannten Beispielländer mit denen Luxemburgs gleichziehen? Nein, weil es in der ARV geschrieben steht. Seit einiger Zeit habe ich eine Lizenz für die Onlinenutzung eines recht umfassenden Kommentars zum deutschen Reisekostenrecht. Weil es die empfindlichen Lizenzgebühren kaum rechtfertigen würde, wenn der Kommentar nichts anderes schreibt als sowieso im Verordnungstext steht, lautet dort die Begründung nicht „Weil's geschrieben steht", sondern weil „zwecks Verwaltungsvereinfachung auf das rechtstechnische Auffanginstitut einer ‚Luxemburg'-Fiktion abgestellt" wird. Obwohl bei Lichte betrachtet ohne praktischen Mehrwert, klingt das doch viel akademischer und Lizenzgebühren rechtfertigender. *Verwaltungsvereinfachung!*

Spielen wir doch einmal *Wer wird wohl kein Millionär?* ohne Günter Jauch: „Der Verpflegungsmehraufwandssatz mit zwei korrekten Fugen-s welchen Landes ist an vollen Tagen außerhalb irgendwelcher Hoheitsgewässer anzusetzen, wenn ein Bediensteter der Bundesrepublik Deutschland in dienstlichem Auftrag eine mehrtägige Auslandsschiffsreise mit zwei korrekten Fugen-s durchführt?"

Antwortmöglichkeiten: Der Verpflegungsmehraufwandssatz

a) des Landes der Einschiffung
b) des Ziellandes
c) des Landes, unter dessen Flagge das Schiff fährt
d) Luxemburgs

Es ist eigentlich schon klar. Antwort d) „Luxemburg" trifft auch hier. Der Grund kann zweifellos nur sein, und da bedarf der Onlinekommentar einer Ergänzung, dass Luxemburg mit seiner großen Handelsmarine und seinen vielen Überseehäfen eine alte Seefahrtstradition aufrechterhält, eben eine echte maritime Großmacht. Daher ist es ja auch kein banales Herzogtum, sondern ein Großherzogtum.

Da laut Antarktis-Vertrag die erhobenen Gebietsansprüche einiger Länder – ohne aufgehoben zu sein – auf Teile der Antarktis völkerrechtlich eingefroren sind (dieser fast verboten miese Kalauer stammt nicht von mir, sondern aus besagtem Kommentar und ist bestimmt gar nicht als solcher gemeint), fällt auch die Antarktis unter das rechtstechnische Auffanginstitut einer „Luxemburg"-Fiktion. Die geringe Zahl meiner Dienstreisen dorthin bedauere ich aber weniger als bei den zuvor genannten Beispielen.

Es gibt aber bei Schiffsreisen auch Ausnahmen. Wer nämlich als Beschäftigter auf einem Forschungsschiff reist, ohne Besatzungsmitglied zu sein, erhält bei freier Verpflegung unabhängig von anderen Verpflegungssätzen eine Aufwandsvergütung von DM (!) 4,50 pro Kalendertag sowie nachgewiesene Kosten für die Bordverpflegung, wenn diese nicht gratis ist. Das beruht auf einem ministeriellen RdSchr vom Januar 1975, bei dem der Betrag seither nicht angepasst wurde. Eine himmelschreiende Ungerechtigkeit ist das, wo doch das Preisniveau jetzt reichlich dreimal so hoch ist wie 1975, wirklich ein Fall für die UN-Menschenrechtskommission! Beschäftigte aller Länder auf einem Forschungsschiff, ohne Besatzungsmitglied zu sein, vereinigt euch!

Da aber der Spatz in der Hand besser sein soll als die Taube auf dem Dach, wie ein definitiv herrschaftskonsolidierendes Sprichwort behauptet, denkt nach eurer

Forschungsdienstseereise Bahamas–Antarktis–Seychellen oder Luxemburg–Antarktis–Luxemburg daran, das rechtstechnische Auffanginstitut einer „Luxemburg"-Fiktion außer Acht zu lassen und die Aufwandsvergütung nach Verrechnung mit dem Trennungsgeld einzufordern.

Die Tourismusindustrie hat sich trotz ständigen Drängens seitens der Politik bisher erfolgreich dagegen gewehrt, der Preisberechnung für private Pauschalreisen vergleichbare Regelungen verbindlich zugrunde zu legen. Eltern können sicherlich viel Geld sparen, wenn sie mit den Kindern ein gesondertes Urlaubstaschengeld in Höhe der Ansprüche für dienstreisende Bundesbedienstete vereinbaren und es dabei an die Bedingung einer fehlerfreien, durch den Nachwuchs kurzfristig einzureichenden Abrechnung knüpfen. Oder ist das schon schwarze Pädagogik?

Tatsächlich hatte ich mit Reisen zu Wasser auf andere Weise zu tun. Ein Angehöriger einer Partnerorganisation der Stiftung reist aus einer Gegend ohne Straßen und Eisenbahnen an, in der keine planmäßigen Verkehrsmittel verkehren, sondern gelegentlich irgendwelche Kaufleute mit Booten auf dem weitverzweigten Flusssystem im Regenwald umherfahren. Statt mit einem bestimmten Geldbetrag erkauft man sich das Mitfahrrecht mit freundlichem Gesicht und einem Kanister Treibstoff, und für beides gibt es dort selbstverständlich keine Quittung. Mit unfreundlichem Gesicht und drei Kanistern ginge es womöglich auch; zur Quittung verhilft das aber immer noch nicht. Wie abrechnen? Vor allem: Wie den Prüfern des deutschen Ministeriums plausibel machen, dessen Mittel die Stiftung verausgabt?

Bei anderer Gelegenheit komme ich auf Wunsch gerne auf das rechtstechnische Auffanginstitut einer „Österreich"-Fiktion und seine Anwendungsfälle, die Kürzung für unentgeltlich zur Verfügung gestellte Mahlzeiten und die sehr eingeschränkten Optionen für den kürzungsfreien Verzicht darauf, Kriterien für das erhebliche dienstliche Interesse an der Nutzung eines privaten PKW (z. B. bei der Beförderung von Diensthunden) sowie seine Auswirkungen auf die Erstattungsfähigkeit von Maut- und Parkgebühren, pauschalierte Reisekosten bei Fahrradnutzung, Fragen zu Reisetagen in mehreren Ländern, die Verpflegungsmehraufwandspauschalenkürzung bei der Einnahme von Verpflegung in einer Kantine, die Zumutbarkeit dienstlich angebotener kostenloser Verpflegung, klimagerechte Bekleidungsausstattung und Wäschereinigung bei Auslandsdienstreisen über acht Tage zurück. Wenn ich zu Reisekostenerstattung unterrichte, gehe ich nicht immer in alle diese Details. Sie sind aber geeignet, um Besserwisser auszubremsen (schon wieder schwarze Pädagogik).

Kann man Reisekosten nicht vorstrecken, gibt es die Möglichkeit, einen Reisekostenvorschuss zu beantragen. Der soll aber 80 % der veranschlagten Reisekosten nicht überschreiten, denn sonst könnte ein Dienstreisender nach der Dienstreise ja einen Überschuss einbehalten, verprassen, dann unerwartet ableben und infolgedessen nicht mehr zur Rückzahlung gezwungen werden. Wenn der Witwerpensionsberechtigte nicht gleichzeitig Erbe ist, kann die Forderung nicht einmal mit der Pension aufgerechnet werden. Wie oft solche Katastrophen den Bundeshaushalt zu Boden zwingen würden, wenn nicht die segensreiche 80-%-Grenze eingezogen wäre!

Die Fürsorgepflicht des Bundes für seine Beschäftigten kennt selbst bei Notlagen fast keine empathischen, wohl aber betragliche Grenzen, egal ob sie sich gut oder schlecht betragen haben. Auch für Notfälle gibt es eine Richtlinie des Bundes, die ebenfalls auf einem RdSchr von 1975 be-

ruht, doch sie atmet den Geist einer Bismarck'schen Sozial-
maßnahme. Die Vorschusshöhe ist auf DM (!) 5000,– beschränkt und das RdSchr führt eine abschließende Liste
von Anlässen auf, die zur Vorschussbeantragung berechti-
gen. Dazu gehören neben plötzlichen Ausgaben für Kran-
kenbehandlung auch der Kauf von Aussteuer für die eigenen, Adoptiv-, Pflege- und Stiefkinder (nicht: Patenkin-
der) anlässlich deren Verehelichung, aber auch die Beschaf-
fung von Hausrat anlässlich der eigenen Eheschließung
oder -scheidung. Bei Verheirateten muss das Ehegemahl
sich auch zur Rückzahlung verpflichten. Da das anlässlich
einer Scheidung manchmal schwierig sein mag, gilt dies
aber nur für die im gemeinsamen Hausstand lebenden Ehe-
gatten. Auch bei unverschuldeten Notfällen wie Flut und
Feuersbrunst kann ausgeholfen werden. Erdbeben werden
nicht ausdrücklich erwähnt, doch hier wage ich einen Ana-
logieschluss aus Wasser und Brand.

Wirklich Pech gehabt haben hingegen Medizinalassis-
tenten. Die sind ausdrücklich nicht berechtigt, Vorschüsse
zu beziehen. Praktisch ist das kaum ein Problem, denn
diese Berufsbezeichnung wurde schon rund fünf Jahre vor
dem RdSchr mit der Vorschussrichtlinie abgeschafft.

Warum bloß haben Edelfeder Goethe und Halbedelpin-
sel Tischbein, die alten Schlitzohren, in ihren Berichten
von der gemeinsamen Italien-Reise die Bahnlinie Rom-Pescara unterschlagen?

Kein Betretungsverbot für Leguane

Urlaub. So wichtig! Also habe ich mich nach so vielen Dienstreisen mit eher im Rückblick als im konkreten Erfahrungsmoment lustigen Vorkommnissen endlich wieder mal auf eine Urlaubsreise begeben. Aus gewissen Gründen ist dies eine Inlandsreise. Das Reisegeschehen hier bleibt auch von Omikron weitgehend unberührt. Was machen die eigentlich, wenn sie das ganze Alphabet von Alpha bis Omega durchhaben? Seufzen dann Christian Drosten und Karl Lauterbach im Duett „Wir waren das A und das O, doch ihr wolltet unsere Offenbarungen nicht hören", um sich alsdann in einer Quarantäne-Land-WG gemeinsam zur Ruhe zu setzen? Jedenfalls reiste ich durch Chiapas, und der Mietwagen trug keinen griechischen Buchstaben, ist also kein Virus und kein Lancia. Dafür trug er jede Menge Kratzer und Schrammen und ein paar Beulen. Die Windschutzscheibe hatte auch einen Sprung. Mir war das sehr recht, denn die wurden alle brav im Übergabeprotokoll vermerkt, sodass benachbarte weitere Kratzer, Schrammen und Beulen nicht zu Lasten meiner Brieftasche gingen. Das Reifenprofil war etwas knapp ausgefallen. Trotzdem konnte man es bei genauem Hinsehen und sehr guten Lichtverhältnissen noch mit dem bloßen Auge erkennen. Vielleicht waren die Reifen in den über 100 000 km seit der ersten Fahrt nicht gewechselt worden, ein Ausdruck musterhafter Einstellung zur Ressourcenschonung – vor allem der finanziellen Ressourcen der Mietwagenfirma. Es handelt sich übrigens um eine große, internationale Kette. Zur Rückgabe am Flughafen war ich brav pünktlich. So selbstverständlich war das nicht, denn als ich morgens dieses profilarme Auto vom Hotelparkplatz fahren wollte ... Das war ein Innenhof eines Häuserblocks, in dem verstreute Autos standen, Schrott vor sich hin rostete und Hühner pickten. Als ich also das Auto vom Hühnerhof fahren wollte, stand in der Aus- und Einfahrt ein großer SUV. Dessen Eigentümerin konnte gerade nicht gerufen werden, um ihn dort mal wegzufahren, denn sie war im Gottesdienst. Irgendwoher wurde dann binnen gut 20 Minuten ihr Sohn samt Schlüssel herbeigerufen. Das Autovermietungspersonal war nicht pünktlich, aber mehr noch als dieses verspätete sich hernach der Abflug. Die Wartezeit gab mir Gelegenheit, die klein gedruckten Versicherungsbedingungen in Ruhe zu lesen. Irgendwo stand auch, dass der ohnehin klägliche Versicherungsschutz erlosch, wenn man außerhalb gepflasterter Straßen fuhr. Chiapas hat jede Menge ungepflasterte Straßen. Man könnte zu der Annahme gelangen, dem chiapanekischen Verkehrsplaner ist die ungepflasterte Straße, was dem Schwarzwälder die Uhrenkuckucksfütterung mit Kirschtorte. Ob diese Annahme stimmt, weiß ich nicht, denn keiner der von mir diesbezüglich um Auskunft ersuchten chiapanekischen Verkehrsplaner war bereit, die Kenntnis von Kuckucksuhren einzugestehen. Vor Rückgabe des Autos ohne die Kenntnis besagter Klausel gereist zu sein, hat zu meinem nervenschonenden Urlaubsgenuss beigetragen.

Hauptstadt und Hauptflughafen von Chiapas ist Tuxtla. Das beste Feature dieser Stadt sind definitiv die Ausfallstraßen, die ihr Verlassen sehr vereinfachen. Dennoch bin ich eine Nacht länger dortgeblieben, nachdem ich vom örtlichen Marimba-Festival gehört habe. Marimbas sind so eine Art gegen Ende des vorletzten Jahrhunderts in der Region entwickelte Megaxylophone, die üblicherweise von zwei Personen gespielt werden. In Maya-Gebieten sind sie relativ verbreitet. Geadelt sind sie als offizielles Kulturerbe der Amerikas und Nationalinstrument Guatemalas und Costa Ricas. Eine ehemalige Kommilitonin hat ihre Magisterarbeit über die Identitätsbildung in Maya-Communities vermittels Marimbas (oder so ähnlich) geschrieben. Dann wollte sie als nächstes Projekt parallel zu ihrer Doktorarbeit von Europa aus ihren guatemaltekischen Ex-Mann per E-Mail vom Alkoholismus therapieren, aber da können ja nun die Marimbas und ihre Spieler nichts für. Ort des von Mittwoch bis Sonntag angesetzten Festivals sollte der örtliche *Parque Marimba* gegenüber dem leider geschlossenen Marimbamuseum sein. Als ich mich da abends näherte, hörte ich schon aus der Ferne Marimbamusik und bei weiterer Annäherung sah ich auch ein rundes Hundert Zuhörer und zwei tanzende Paare. Die Marimbas und Marimbaspieler blieben meinem Blick weiterhin verborgen. Das lag aber nicht an meinen Sehnerven, Pupillen, Hornhäuten, Retinae etc., sondern erstmal kam die Musik nur aus Lautsprechern, die an einem Pavillon angebracht waren. Auf meine Frage, wann wohl die Livemusik beginnen würde, beauskunftete mich einer der Zuhörer: „Am Wochenende". Es war Mittwoch. Super, dieses Festivalkonzept. Sollte von Fusion und Hurricane kopiert werden. Ich will nicht sagen, dass ich mich betrogen fühlte, denn die Musik aus der Konserve kostete keinen Eintritt, aber von den Ankündigungstransparenten mehr auf als in den Arm genommen empfand ich mich schon.

Nun gut, mein profilarmes Auto trug mich am nächsten Tag entlang kurviger Straßen nach San Cristóbal. Eigentlich findet man in Mexiko auch in abgelegenen Gegenden fast überall noch eine Tankstelle. In Chiapas haben auch die gepflasterten Landstraßen sehr viele Kurven, sehr viele stoßdämpferfeindliche Hubbel bei den Ortsdurchfahrten, sehr viele Reifenreparaturwerkstätten und an ihren Rändern sehr viele evangelikale Sedierungsfunktionsgebäude, doch sehr wenige Tankstellen im allgemein üblichen Sinne. Stattdessen gibt es Bretterbuden, die Benzin in Plastikflaschen und Kanistern anbieten. Ich vermute, die Kundschaft ist im Wesentlichen lokale Bevölkerung, die arbeitsam mit ihren Pick-ups in der Umgebung herumkurvt, also Stammkundschaft. So ganz übel motorschädlicher Kolbenfresserhomebrewfusel wird's dank marktwirtschaftlicher Konkurrenz nicht sein.

San Cristóbal war im vorvorigen Jahrhundert die Hauptstadt von Chiapas und wird dank kolonialen Charmes gerne von Touristen besucht. Mein Hotel dort hatte auch kolonialen Charme, aber zum Glück nicht konsequent bis in die Sanitäranlagen. Mit dem kolonialen Charme verhält es sich ganz wie mit dem Mittelalter: Man hat lieber mal einen halbtägigen Besuch auf einem Mittelaltermarkt – je nach individuellem Naturell mindestens einmal im Halbjahr oder höchstens einmal im Leben –, auf dem man mittelalterliche Kaffees, Kakaos und Kartoffelpuffer konsumiert, als langfristig das ganz echte Feudalismusfeeling der damaligen Mehrheitsbevölkerung.

Ein im Reiseführer von 2014 noch verzeichnetes Schädlings- und Insektenmuseum hat seine Pforten dauerhaft geschlossen, dabei ist das doch ein vielversprechender Titel. Stattdessen lädt das Trachtenmuseum „Sergio Castro" zum Besuch ein. Die Öffnungszeiten sind eher museumsatypisch: Sechs Tage wöchentlich von 17:30 bis 19:00 Uhr. Ich trat dort in den Hof und traf auf ein älteres Männchen, das gerade mit dem Bewässern der reichlich wuchernden Pflanzen im Hof beschäftigt war. Es bedeckte sein Haupt mit einem Bandana, unter dem graue Löckchen hervorlugten. Ansonsten waren dort neben den Unmengen üppiger Vegetation noch zwei Tische voller angebrochener medizinischer Cremes und Salben aufgestellt. An den Wänden hingen Strohhüte, Dutzende Strohhüte oder auch Hunderte, und auch einige Langwaffen, die augenscheinlich irgendwann zur Zeit des Befreiungskrieges gegen die Kolonialherren mal der letzte Schrei der Büchsenmacherzunft waren. Das Männchen fragte mich, ob ich zum Museumsbesuch hergekommen sei und wies mich freundlich in den Saal mit den Trachten. In jenem Saal war dann tatsächlich eine ganze Reihe lebensgroße Puppen mit Trachten aus der näheren Umgebung von San Cristóbal aufgestellt und beschriftet. An den Wänden: Strohhüte, antike Gewehre, Pfeile. Es gab dazu noch zwei kleinere Räume, in denen keine Trachten zu sehen waren. Sie zeigten alte Banknoten aus vielen Teilen der Welt. Sie präsentierten Briefmarken aus vielen Teilen der Welt. Sie stellten Zigarettenpackungen aus vielen Teilen der Welt aus. Sie erlaubten die Betrachtung von Pins, im Herkunftsland *znački* genannt, die 1985 die erste „russische" Delegation nach Chiapas verschenkt hatte. Dutzende gerahmte Urkunden verschiedener Größen hingen dort, die Sergio Castro irgendwann in seinem Leben ausgestellt worden waren, neben einigen gerahmten Zeitungsartikeln über ihn. Verbleibender Platz wurde nicht leer gelassen, sondern – *horror vacui!* – mit verstaubenden Häuten und Fellen von der regionalen Fauna befüllt und mit einigen Strohhüten.

Man muss solche Possierlichkeiten ja nicht ätzend niedermachen, könnte aber bei einem kommunalen Museum schon ein bisschen über die ungeordnete museologische Vielfalt (alias Konzeptlosigkeit) in sich hineinschmunzeln, natürlich immer unter Berücksichtigung des Kulturetats einer mexikanischen Provinzstadt und der Verfügbarkeit qualifizierten Fachpersonals in selbiger. Dennoch muss ich euch jetzt des wohligen Gefühls des innerlichen Mitlästerns entheben, und ich tu dies mit Freude, denn es ist alles ganz anders, als es scheint. Sergio Castro war nicht etwa ein dahingeschiedener Ex-Bürgermeister von San Cristóbal oder lokaler Held der Revolution von 1910, auch kein verdienter Ethnologe mit Spezialisierung auf das Trachtenwesen von Chiapas, sondern das höchst lebendige Bandana-Männchen selbst. Er lud also in sein Privathaus ein, mitnichten eine kommunale Institution, dessen größten Teil er der Präsentation seiner Privatsammlung für die interessierte Öffentlichkeit widmete. Und wer als Fremder bei irgendwem im großzügig geöffneten Zuhause ankommt und sich dann über die Wanddekoration mokiert, soll sich ordentlich schämen! Für den Besuch verlangte Sergio Castro keinen horrenden Eintritt. Er verlangte dafür sogar überhaupt keinen Eintritt. Es stand lediglich eine Spendenbox in einer Ecke, auf die er aber nicht mit einem einzigen Wort hinwies. Vor 58 Jahren aus dem mexikanischen Norden nach San Cristóbal gekommen, nutzte er seine Mehrfachqualifikation als Bauingenieur, Agraringenieur und vor allem Dermatologe (ob mit oder ohne Studium sei dahingestellt) mit Spezialisierung auf Brandwunden – und wo viel mit einfachen Gaskochern und offenem Feuer hantiert wird, gibt es viele Brandwunden – zur Behandlung der Bevölkerung. Vor der Pandemie fuhr er in die umliegenden Gemeinden, jetzt empfängt er tagsüber Patienten zu

Hause. Auch dafür verlangt er kein Geld, und das seit rund 40 Jahren. Respekt, Señor Castro! Gotteslohn erhofft er sich aber schon und verhehlt diese Hoffnung auch nicht. So sind nicht nur die Tische mit Cremes und Salben erklärt, sondern auch die ungewöhnlichen Öffnungszeiten, denn Patientenprivatsphäre und Museumsbesucher, welche die Patienten vielleicht noch wie Ausstellungsobjekte begaffen wollen, vertragen sich nicht gut.

In Chiapas hat's eine ganze Menge Orte mit antiken Ruinen, und sie sind alle sehenswert. Ich muss aber zugeben, dass die Erinnerungen verschwimmen. Wo waren noch gleich die einzigen Stuckreliefs des antiken Amerika? Und was zeigten sie, was symbolisierte das Gezeigte? Dieses ganz schwierige Wort, das man sich nach langem Anlauf für mehrere Minuten merken konnte, war das nun der Name des Flusses oder die Vokabel für Fluss auf Ch'ol, und inwieweit trägt dieses Wissen zu meiner zukünftigen Lebensqualität bei? Gibt es einen Unterschied zwischen den Souvenirständen in Chichén Itzá, Monte Albán, Teotihuacán und Palenque? Selbst die gut erhaltenen Reliefs und in Ausnahmefällen sogar Wandbilder sind schwierig zu erkennen, so sehr unterscheidet sich die Bildsprache von der gewohnten. Nach einiger Zeit sind dann die großen Leguane auf und um die Ruinen und erst recht die Brüll- und Klammeraffen der umgebenden Wälder genauso interessant wie die antike Kultur. Die Leguane ignorieren auch gerne das Betretungsverbot, das für die Bauten ansonsten gilt.

Wer mehr Tiere angucken möchte, kann in der Nähe der archäologischen Stätte bei Palenque Aluxes besuchen. Aluxes ist in seiner Selbstdarstellung überhaupt gar kein Zoo, nein, nein, nein. Aluxes ist ein ökologischer Park. Beim Besuch stellt sich heraus: Es ist ein ökologischer Park, der im Wesentlichen aufgesucht wird, um Tiere in Käfigen, Volieren und Freigehegen zu betrachten, die entlang eines markierten Rundwegs angelegt sind. Das hat also mit einem Zoo nicht mehr zu tun als jede durchschnittliche Braunkohlegrube oder Zweigniederlassung einer Investmentbank. Die Tiere werden dort auch nicht gehalten, um sie zu zeigen. Sie kommen aus illegaler Haltung und werden in den vergleichsweise kleinen Käfigen, Volieren und Freigehegen legal gehalten, um sie auf die Freiheit vorzubereiten. Sobald sie also durch den Aufenthalt in den vergleichsweise kleinen Käfigen, Volieren und Freigehegen erlernt haben, sich wieder in der freien Wildbahn zu behaupten, werden sie ausgewildert. Schreibt die Selbstdarstellung von Aluxes. Manche sind aber auch durch die vorherige Privathaltung ihrer Natur so entfremdet, dass ihre Auswilderung gar nicht mehr möglich ist. Zufällig betrifft das auch die allerspektakulärst bunten Papageienarten. Infam der Gedanke, dass die attraktiven Großkatzen auf keinen Fall hinreichend auf die Auswilderung vorbereitet sein können, ehe nicht neue zivilisationsgeschädigte Großkatzen aus illegaler Privathaltung gerettet worden sind, die gegen Eintritt präsentiert werden können! Auf dem ganzen Rundgang bin ich keinem anderen Besucher begegnet. Das kann ich mir nur damit erklären, dass alle den Parcours mit fast genau derselben Geschwindigkeit wie ich passiert haben und zu denselben Zeiten Pausen eingelegt haben.

Eine der von Sr. Castro besuchten Gemeinden ist San Juan Chamula. Die wesentliche Attraktion von San Juan Chamula kommt nicht aus Zeiten vor der Conquista, sondern es ist die dem Dorfpatron Johannes dem Täufer gewidmete Dorfkirche San Juan. Äußerlich ist die gar nicht so auffällig – ziemlich leuchtend weiß mit knallgrünem Bogen um den Eingang und einigen bunten Fantasieblüten in diesem Bogen. Baulich gibt sie auch nicht viel her, einschiffig, ohne besondere Raffinessen, kaum einen Eintrag in einem Architekturführer wert. Der Innenraum vermittelt einen bleibenden Eindruck eher durch seine Einrichtung und Nutzung. Rundum an der Wand stehen alte Vitrinen mit jeweils einer Heiligenfigur; derselbe Heilige kommt auch gerne doppelt oder dreifach vor, wenn denn die Spender unbedingt den dritten Paulus in ihrem Namen stiften wollten statt, sagen wir mal, einen im ländlichen Mexiko relativ unbekannten Bernhard von Clairvaux oder gar von Hildesheim. Das wäre was für intellektuelle Eierkoppkirchenbankfurzer. Nun sind die Vitrinen unterschiedlich hoch und die Figuren nicht in jedem Fall mit michelangelesker Perfektion ausgeführt, sondern eher folkloristisch (und auch das nur, weil das ein netteres Wort ist als dilettantisch). Wegen der Unmengen von Blumengestecken sieht man sie auch nicht alle richtig gut. Insgesamt ist ihre Außenwirkung unter Marketingaspekten recht mängelbehaftet. Aber der Stifter wird sich mal richtig gut gefühlt haben, was der Hauptzweck dieser Figuren ist. Vor diesen Vitrinen stehen alte Holztische mit Kerzen, ebenfalls rundum. Es sind nicht wenige Tische und vor allem nicht wenige Kerzen. Es sind viele Kerzen, alle in Gläsern, eng an eng auf diesen Tischen. So eng und voll, dass man klischeehaft schreiben würde, dass die Tischplatten sich unter der Last der Kerzen biegen, doch entsprechen sie dem Klischee nicht wörtlich. Der Gläser Form- und Größenvielfalt reicht vom billigen Saftglas bis zum manieristischen Kognakschwenker in Übergröße, und dennoch ist es nicht diese Vielfalt, die den größten Eindruck ausmacht, sondern die schiere Menge. Ich habe nicht gezählt, sondern nur geschätzt. Die ungefähre Schätzung beläuft sich mehr oder weniger in etwa auf so um und bei circa rund 20 000 Stück.

Da wäre das Zählen echt zu aufwendig gewesen. Man stelle sich außerdem vor, bei 13 465 wäre ich mir auf einmal unsicher gewesen, ob ich die auffällig flackernde links in der dritten Reihe von hinten nun schon hatte oder noch nicht, und ich hätte von Neuem anfangen müssen. Nein, der quantitative Unterschied zwischen gut 15 000 und knapp 25 000 macht in diesem Fall keine neue Qualität aus und eine genaue Zählung wäre beckmesserischer Objektivismus. Haltet eure Freunde von San Juan Chamula fern, sofern sie unter einer kerzenfokussierten Arithmomanie leiden!

Am wichtigsten ist hier also der verehrte Johannes der Täufer. Also steht der in einer größeren Vitrine mittig an der Altarwand. Wer war noch gleich dieser Christus? Ach ja, einer der Täuflinge von unserem Johannes. Wer hat gemeinhin bei einer Taufe die höhere Weihe in den *res theologicae*, der Täufer oder der Täufling? Na also! Aber wenn die in Rom sich mit ihrem Christus so haben, dann berücksichtigen wir halt den auch noch – in einer kleineren Vitrine mehr an den Rand gerückt.

Wer tatsächlich nicht vorkommt, sind Kirchenbankfurzer, denn es mangelt an den dafür erforderlichen Kirchenbänken. Der ganze mittlere Bereich ist frei von Mobiliar, doch keineswegs frei von Sehens- und Merkwürdigkeiten. Er ist neben der Kirchenrandmöblierung der zweite wesentliche Grund für den Besuch von San Juan de Chamula. Dass der Boden aus Marmelstein besteht und alltäglich von neuem großzügig mit Piniennadeln bedeckt wird, ist dabei zweitrangig. Dass diese gerne mal auf einem oder einigen wenigen Quadratmetern zur Seite geschoben werden, ist vorrangig. Dann knien sich in dem freigeräumten Bereich Individuen oder Familien hin und stellen vor sich auf dem Boden Kerzen (ach nee!) auf. Ein paar Kerzen oder ein paar hundert Kerzen, in Gläsern oder direkt auf den Boden. Viele recht klein und schlank, viele bunt. Oft werden die Farben auch gezielt angeordnet, und Farben samt Anordnung haben eine eigene Bedeutung. Als da jemand je ein Dutzend braune und weiße Kerzen festtropfte, war das gewiss kein Anhänger des FC St. Pauli in der Diaspora. Vor diesen Kerzen wird dann gehockt und gebetet, wobei das in meinen Ohren eher nach Beschwörung als nach Gebet klang. Die Inhalte habe ich nicht verstanden; es wurde auf Tzotzil beschworen. Das macht aber nix, denn nicht ich war ja Zielperson, sondern der HErr, und der HErr ist ausgesprochen polyglott. Zum Beschwör-Beten wurden auch gerne möglichst schnell neumodische Blubbergetränke aus neumodischen Plastikflaschen getrunken, denn dadurch lassen sich böse Geister leichter aus dem Körper hinausrülpsen. DIY-Exorzismus light mit 'ner Pulle Cola! Der HErr ist erfahrungsgemäß erheblich entspannter als viele seiner Anhänger, und er gebietet dem Treiben keinen Einhalt, was angesichts von Allmacht und Allwissenheit nur als stillschweigendes Eingeständnis gewertet werden kann, in Juristenkreisen auch als Duldung bezeichnet. Was die Heilige Römische Kirche davon hält, weiß ich nicht. Aber wollte sie eingreifen, würde sie schlagartig eine ganze Gemeinde verlieren. Darob verschließt sie wohl mehr opportunistisch als gütig die Augen, so auch vor den über den Kerzen geschwenkten ganzen Hähnen und dem Schnapskonsum. Ist genug geschwenkt, gebechert, gebetet, beschworen, exorziergerülpst, geht man einfach. Die Kerzen und die Wachsreste werden von viel beschäftigten Kirchendienern mit Schabern und Plastikeimern fortlaufend weggekratzt. Daraus könnten bestimmt noch ganz viele Heiligenfiguren geformt werden.

Der HErr hat in dieser Kirche weder ein Problem mit einheimischen Frauen, die ihr Baby an die Brust legen, noch mit Touristinnen, die viel Bein und Schulter zeigen. Ein Problem hat er mit Auswärtigen, die vor Durchschreiten des Portals nicht 25 Pesos Eintritt gezahlt haben oder die in der Kirche filmen und fotografieren wollen. Um solchen Problemen vorzubeugen, gibt es entschiedene Gemeindemitarbeiter, die vor der Kirche stehen und die Tickets kontrollieren und das Filmen und Fotografieren verbieten. Angesichts meiner Kladde in der Hand fiel einem dieser Herren auch noch ein, dass der HErr ein Problem mit Skizzen und Notizen hätte.

Die Gegend hat ein sehr reiches und lebendiges indigenes Erbe. Das drückt sich nicht nur darin aus, dass fast jeder dort Tzotzil spricht und im Alltag auch benutzt, während Spanischkenntnisse längst nicht so selbstverständlich sind. Auch sieht man häufig Frauen aller Altersgruppen in traditioneller Tracht. Die legt ebenso wie die Exponate bei Sergio Castro und in einem tatsächlich staatlichen Textilmuseum nahe, dass diese Tradition Wandlungen unterlag. Besonders scheint sie im vergangenen Jahrhundert zwei Entwicklungssprünge genommen zu haben: den ersten mit der Verbreitung von Errungenschaften eines Teilgebiets der industriellen Aromatenchemie, nämlich kräftig leuchtenden Textilfarbstoffen, und den zweiten mit der Entwicklung günstiger, glänzender synthetischer Fasern.

Falls euer Verhalten bei einem kommenden Besuch eines Gottesdienstes die Gebräuche in San Juan Chamula aufgreifen soll, rate ich dringend an, zuvor sehr sorgfältig abzuwägen, ob eure Gemeinde dafür schon reif ist. Probiert's vorsichtshalber lieber in einer entlegenen Pfarrkirche, in der euch niemand kennt.

Hexen, Bären und Wölfe im BEZIRK

Zu den erfreulichen Aspekten der wissenschaftlich-technischen Revolution der Jetztzeit bzw. des digitalen Zeitalters gehört ohne jeden Zweifel das Internet, denn es erlaubt auch den Zugang zu Mediatheken des deutschen, britischen, irischen, norwegischen und anderweitig ausländischen Fernsehens, wenn gerade die Kinos geschlossen haben. Was ich kürzlich nicht abgerufen habe, war eine *Das wilde Mexiko* betitelte Doku. Wildes Mexiko habe ich im BEZIRK genug. Das liegt zwar überwiegend an Menschen, doch wurde dies bereits an anderer Stelle behandelt. Die Pflanzenwelt ist in den Wohnstraßen eher eingeschränkt und auch nicht so mein Spezialgebiet. Im Garten der BE-ZIRKlichen Referatsleiterin wachsen jedenfalls Limetten, Zitronen und winzige Avocados, werden aber nicht geerntet. Vor allem gibt es aber Begegnungen mit Elementen der örtlichen Fauna. Die Zahl ihrer Beine variiert: alle geraden Zahlen von zwei bis acht.

Einst irritierte mich am Schreibtisch sitzend ein Geräusch, das ich schwer zuordnen konnte. Man hat im Haus schwer zuzuordnende Geräusche nicht so gerne, und so ging ich dem nach und sah, dass ein kolibrikleiner Vogel das Weite suchte, aber nicht fand. In der Evolution ist sinnvoll angelegt, dass flugfähige Vögel sich bei tatsächlicher und vermeintlicher Gefahr gen Himmel davonmachen.

Gen Himmel ist für Spatzen- und andere Vogelhirne bei Tageslicht ganz gut mit Richtung Helligkeit bestimmbar. Was in der Evolution bisher nicht angelegt ist, ist die Kenntnis von Oberlichtern aus durchsichtigem Plexiglas. Nun war dies ein Vogel in einer Größe, die weder Gefahr noch nennenswerten Nährwert indizierte. Unmittelbares Eingreifen wäre also eigentlich nicht nötig gewesen, aber mein weiches Herz überlegte sich, das Tier wäre draußen besser aufgehoben. Wahrscheinlich hätte ich abwarten können, bis es vor Erschöpfung auf den Boden gefallen wäre, aber wer weiß, wie eine andere Mitbewohnerin dann reagiert hätte, und vor allem wie schnell, nämlich eine mittelkleine, altersschwache Pudeldame. Hätte sich dann womöglich der Jagdtrieb geregt? Ich fand stattdessen eine leichte Decke und klomm eine Leiter zum Oberlicht hinauf. Das führte dazu, dass der Vogel (Gattung KBV = kleines braunes Viech, wie mir eine Biologin ohne Schwerpunkt Ornithologie einst als Sammelbegriff beibrachte) noch intensiver und weiterhin ohne Erfolgsaussicht das Oberlicht malträtierte. Wenigstens kam es nicht auf klügere Fluchtgedanken wie etwa seitlich nach unten wegzutauchen. In der Decke ließ er sich ganz gut einschlagen, ohne Gefieder und Knochen zu verletzen, und ins Freie tragen. Ich hatte den Eindruck, mein zärtlicher Aufwand wurde nicht sehr wertgeschätzt. Das KBV ist davongeflogen, ohne sich nur einmal umzudrehen oder gar zu bedanken.

Hereingeflogen kamen auch mindestens zweimal in der letzten Zeit Exemplare einer handtellergroßen Schmetterlingsart. Leider waren das nicht diese hübschen, blau schillernden Morphofalter, sondern außerordentlich hässliche, üblicherweise nachtaktive, graubraune Viecher mit, wie in der Evolution sinnvoll angelegt, einem großen Glotzaugenmuster auf den Flügeln. Das jagt nicht nur potenziellen Schmetterlingsfressern, sondern auch der gemeinen, abergläubischen Bevölkerung Angst ein. Sie heißen wohl *ascalapha odorata*. Das ist düster, denn Askalaphos ist ein Dämon der Unterwelt aus der klassischen griechischen Mythologie, die unbedingt von der modernen (Das Schwarze Auge, Call of Cthulu, Die Spinne in der Yucca-Palme, Wohlstand für alle durch freie Marktwirtschaft) abzugrenzen sich gebietet. Der deutsche Name ist auch Schwarze Hexe. Die Hexe, die mir begegnete, hatte vergleichsweise Glück, denn ich habe sie unverletzt ins Freie verbracht und sie ist ganz ohne Besen hinfortgeflattert, ohne sich nur einmal umzudrehen oder gar zu bedanken. Die andere, die sich im Zimmer der Tochter der BEZIRKlichen Referatsleiterin niederlassen wollte, hatte vergleichsweise Pech, denn das ökologische Bewusstsein der Tochter reichte nicht, um sie leben zu lassen, sondern nur für die Entsorgung im organischen Abfall. Der mexikanische Aberglaube will, dass ihr Erscheinen (das der Hexe, nicht der Tochter) Kranke umbringt oder den Verlust des Haupthaars zur Folge hat. Letzteres trifft als Langzeitfolge auch wirklich oft ein, manchmal noch Jahrzehnte nach der Begegnung. Anderswo wird sie mit den teilweise böswilligen Seelen Verstorbener identifiziert. Noch anderswo verheißt sie Reichtum, doch das ist nicht in Mexiko und hat sich im Haus der BEZIRKlichen Referatsleiterin auch nicht bewahrheitet. Aber die nun doppelt tote verstorbene Seele hat immerhin keine Rache geübt.

Mit anderen Insekten verhält es sich ähnlich wie mit Spinnen, die kommen vor und sind wenig berichtenswert. Aber ab und zu irren auch andere Oktopoden durchs Haus, die gar nicht willkommen sind und fies piksen können: etwa 3 cm lange, matt glänzende, schwarze Skorpione.

Vor allem das Exemplar in der Dusche fand ich besonders fehl am Platz. Wahrscheinlich sind die nur mäßig giftig und vor allem unangenehm, doch nach ausführlichem Studium einer materialistischen Kritik des Empiriokritizismus wollte ich dem nicht empirisch nachgehen. Falls ihr in der Schule in Skorpionkunde mal gelernt habt, dass Skorpione keine Geräusche machen, seid ihr belogen worden. Sie knirschen ganz hässlich unter der ausreichend festen Schuhsohle. Es gibt hierzulande auch ziemlich gefährliche beige Skorpione, die bestimmt im Sold der Badelatscheninindustrie stehen, denn ihr Lieblingsaufenthaltsort ist der Sandstrand, um Badegäste mit ungeschützten Fußsohlen zu quälen oder umzubringen.

Im Garten ist ein Bär heimisch geworden. Es ist aber weder Grizzly- noch Braun- noch Eisbär, sondern ein Kleinbär, noch genauer ein nordamerikanisches Katzenfrett. Jedenfalls behauptet das die BEZIRKliche Referatsleiterin. Das Katzenfrett entspricht so gar nicht den Bilderbuchvorstellungen von Bären, und auch ein Teddy-Katzenfrett mit oder ohne Knopf im Ohr ist mir noch nicht untergekommen. Katzenfrette haben trotz ihres Namens taxonomisch weder mit Katzen noch mit Frettchen zu tun. Wirklich gesehen habe ich unser Katzenfrett nur einmal, und da habe ich in Wirklichkeit auch nur einen grauen Schatten wahrgenommen, der in der Dunkelheit an mir vorbeisauste. Angeblich sollen Katzenfrette einigermaßen domestizierbar sein, und das unsrige lässt sich zumindest nicht durch die gelegentliche Gegenwart einer mittelkleinen, altersschwachen Pudeldame im Garten vertreiben. Natürlich möchte auch so ein Katzenfrett so wenig frieren wie möglich und sucht so viel Schutz wie möglich. Daher lässt es sich gerne in der offenen Garage unter dem noch halbwegs warmen Motorblock des Wertschwankungen unterliegenden Autos der BEZIRKlichen Referatsleiterin nieder und tut dort auch, was höher entwickelte Tiere so tun. Sein Name auf Náhuatl beginnt verräterisch: Cacomixtle. Was Katzenfrette aber mit Katzen gemein haben, ist ihr Appetit auf Mäuse. Daher ist es im Garten weiterhin gut gelitten, auch ohne stuben- und garagenrein zu sein.

Die dominierendsten vier Beine im Haushalt gehören selbstverständlich der vorerwähnten mittelkleinen, noch nicht immer altersschwachen Pudeldame. Zu ihrem Revier gehören sowohl das Haus als auch der Garten, und das Außenrevier wird auch gegenüber dem Katzenfrett verteidigt. Die Pudeldame ist nicht wirklich Furcht einflößend, sondern im Allgemeinen das friedfertigste und vertrauensseligste Tier, das ich kenne. Von der wölfischen Abkunft zeigt sich im Alltag nicht viel. Aber auch Wesen, die kaum als herausragend gelten würden, haben meistens ja irgendwelche Fähigkeiten. Beispielsweise bin ich mir sicher, dass ein gewisser ehemaliger Kollege regelmäßig Erfolgserlebnisse hatte, wenn er wieder einmal ohne fremde Hilfe seine Schnürsenkel knoten konnte oder nach nur kurzer Überlegung erkannt hat, wer ihm aus dem Spiegel entgegenblickt. Und so ist auch die Pudeldame ein Multitalent. Sehr ausgeprägt sind ihre Fähigkeiten im Schwanzwedeln. Das bewerkstelligt sie häufig und mit hoher Präzision, und dabei kann sie geradezu spielerisch in hoher Frequenz zwischen links-rechts und rechts-links wechseln, was das Wedeln erst zu einem solchen macht. Einen großen Teil ihrer Zeit verbringt sie allerdings mit der Vervollkommnung ihrer Kernkompetenz Rumliegen. Das praktiziert sie mit hoher örtlicher Flexibilität: Rumliegen im Körbchen, Rumliegen auf dem Fußboden, Rumliegen auf der sonnenbeschienenen Treppe, doch auch Rumliegen unterm Tisch, in Tateinheit mit großer Wachsamkeit für eventuell zu Boden fallende Essensbestandteile. Über einige Zeit hatte sie auch eine Meisterschaft in der noch passiveren Fertigkeit des Ausdemmaulstinkens erlangt. Diese Spitzenposition hat sie aber bis auf Weiteres gleichzeitig mit mehreren fauligen Zähnen eingebüßt, die ihr ein Tierarzt zog. Zubeißen ist jetzt auch nicht mehr ihre Königsdisziplin, denn es sind über die Jahre nur wenige Zähne verblieben, darunter nur noch ein Reißzahn. Wie gut, dass das Katzenfrett das nicht weiß! Eine weitere besondere Kompetenz spielt sie nur gelegentlich aus gewissen Anlässen aus, nämlich das Sinnlosenthusiastischrumhüpfen. Der Gelegenheiten gibt es vor allem dreie. Die häufigste ist, wenn die BEZIRKliche Referatsleiterin das Futter aus dem Kühlschrank holt. Mit manchen ihrer domestizierten Artgenossen teilt sie auch die ganz ausgefeilte Beherrschung des Imwegseins, sowohl sich aktiv an ungünstige Positionen begebend als auch passiv als eine Form des Rumliegens. Das hängt wohl damit zusammen, dass sie gerne bei ihrem Schutz gewährenden Rudel bleibt, das nun einmal nur aus der BEZIRKlichen Referatsleiterin, deren Tochter und mir besteht und in dem sie eindeutig die Rangniedrigste ist.

Eigentlich geht es der mittelalten, altersschwachen Pudeldame hier sehr gut. Das liegt auch daran, dass Hunde kein eigenes Gefühl für Würde und Ehre haben. Schon bevor ich dieses Haus erstmals betrat, wurden verschiedene Hundepullover angeschafft, und einen davon „ziert" eine Hello Kitty. Das ist schon arg demütigend. Nach normalmenschlichen Maßstäben hätte das Tier allen Grund, bei der Hunderechtskommission der Vereinten Rudel zu petitionieren. Wäre sie eine Hipster-Pudeldame, würde sie diesen Pullover selbstverständlich gerne und bewusst ironisch tragen und auf dem Verzehr von handwerklich gefertigtem Hundefutter aus der Bio-Manufaktur sowie auf norwegischem Gletscherwasser in ihrem Trinknapf bestehen. In größeren Intervallen wird ihr Pudelwohlsein durch Besuche bei ihren zwei großen Feinden unterbrochen. Der erste ist der schon vorgestellte fiese Tierarzt, der ihr Zähne zieht, und die zweite eine bösartige Hundefriseurin, die sie erst in einen Käfig sperrt und dann auf einem Tisch festbindet, nur um sie pudelnass zu machen und ihr danach das wärmende Fell zu nehmen. Da muss sie ab und zu mal hin, denn sonst fängt sie an, einem ungeschorenen Lamm zu ähneln. Wie freut sie sich aber jedes Mal, wenn sie dann wieder abgeholt wird! Ein komisches Tier: Sie erinnert sich zwar an ihre Feinde, zeiht es mir aber nicht, wenn ich sie diesen ausliefere, sondern freut sich über meine Wiederkehr, die die zweite Gelegenheit zum Sinnlosenthusiastischrumhüpfen bietet. Über längere Zeit habe ich ihr auch täglich die Augen aufgerissen und Tropfen mittendrein fallen lassen. Das mag man als Mensch selbst dann schon nicht so gern, wenn man weiß, dass sie einem mittelbar guttun, und aus der Sicht unverständiger Pudeldamen ist das in der Evolution so gar nicht angelegt. Aber ihr Herz ist groß und sie verzeiht diese Quälerei ebenso schnell wie die heimtückische Verschleppung in die Folterkammern (Tierarzt, Hundefriseurin).

Großes Interesse zeigte die mittelkleine, altersschwache Pudeldame an einer kleinen Eidechse im Wohnzimmer, als sie ihrer ansichtig wurde. Die Eidechse konnte sich aber gerade noch retten, indem sie ihre in der Evolution sinnvoll angelegte Fähigkeit ausspielte, die Wand hochzuhuschen. Und da sage noch einer, Hunde können nicht doof aus dem Fell oder der Hello-Kitty-Wäsche schauen! Diese Eidechsen sind im Haus eigentlich nicht heimisch, außer Haus aber in großer Zahl, und da sie sich auch von unerwünschtem Kleinstgetier ernähren, sollen sie gerne weiter die Wände hoch- und runterhuschen. Weniger spektakuläre Insekten als Schwarze Hexen gibt es trotzdem gelegentlich, aber die sind angesichts der Höhe von rund 2300 m über Normalnull nicht so präsent. Obwohl Mexiko-Stadt, zumindest vertikal betrachtet, damit näher am Meer liegt als Bogotá, bin ich hier noch nicht an einer zivilen Seefahrtsschule vorbeigekommen, oder sie war total gut getarnt.

Vielleicht beherrscht diese mittelkleine, altersschwache Pudeldame auch Grundlagen der Statistik und hat ausgerechnet, dass nur ein einstelliger Prozentsatz der Spaziergänge in einer der vorerwähnten Folterkammern endet. Das wäre dann der Preis, um überhaupt aus dem Haus zu kommen und neue Gerüche aufzunehmen. Auf jeden Fall gefallen ihr Exkursionen. Die Erregungskurve kennt dabei mehrere Stufen. Zunächst beobachtet sie aus dem Körbchen generell Bewegungen um sich herum. Sind ihre Augen gerade geschlossen, nimmt sie die Bewegung durch Geräusche oder Bodenvibration wahr und schaut doch hin. Wenn ich mich mit einer Einkaufstasche in der Hand durch ihre Umgebung bewege, ist schon die erste Stufe erreicht. Eine Einkaufstasche in meinen Händen ist ein starkes Indiz für einen bevorstehenden Spaziergang, jedoch noch keine Garantie. Um keine Gelegenheit zu verpassen, heißt es nun aber, sich eng an der Einkaufstasche zu halten und dabei auch nicht durch nur sekundenkurzen Aufenthalt außer Sichtweite der Einkaufstasche in Vergessenheit zu geraten und die Spaziergangsoption zu verlieren. In anderen Worten: Das Rumliegen wird unterbrochen und durch ausgefeiltes aktives Imwegsein abgelöst. Die Spannungskurve erreicht das nächste Niveau, wenn man samt Einkaufstasche in die Nähe der Schublade kommt, in der die Leine liegt. Wird die Schublade geöffnet, nähern wir uns schon fast der Klimax, und vor lauter Anspannung wird sogar das Schwanzwedeln eingestellt. Die Anspannung löst sich in Ekstase auf, wenn das Geräusch ertönt, das die Bewegung der Leine anzeigt, manchmal sogar schon bei der Öffnung der Schublade mit der Leine. Die Ekstase drückt sich als dritte Gelegenheit zum Sinnlosenthusiastischrumhüpfen aus. Dieses besonders hemmungslose Sinnlosenthusiastischrumhüpfen führt natürlich stets dazu, dass der antizipierte Grund für selbiges sich verzögert. Das hat die Pudeldame noch nicht verstanden. Immerhin hat sie verinnerlicht, wer wen zum Ausgehen an die Leine nimmt, obwohl sie die älteren Rechte im Revier hat.

Seit Kurzem hat die Pudeldame eine Konkurrentin. Allerdings ist sie gar nicht in Konkurrenzverhalten oder Eifersuchtsattacken verfallen. Anscheinend ist ihr Vertrauen in den Rest des Rudels groß, dass ihre älteren Rechte nicht angetastet werden. Die Konkurrentin sieht einem West Highland White Terrier recht ähnlich und soll daher ohne weitere vertiefende Untersuchungen über Rassereinheit und Berücksichtigung etwaiger Begutachtungen durch Kynologen als solcher gelten. Sie wurde erst kürzlich von der Tochter der BEZIRKlichen Referatsleiterin ohne Absprache mit dieser in den Haushalt aufgenommen, was zu leichten Verstimmungen führte. Ich wurde ausdrücklich aufgefordert, Bekundungen über die Niedlichkeit der Terrierdame nicht in Hörweite der Tochter auszusprechen, und sie hatte erstmal Hausverbot – nicht die Tochter, das wäre für den Moment noch zu drastisch gewesen und blieb als Option für eine weitere Eskalationsphase, sondern die Konkurrentin. War allerdings die BEZIRKliche Referatsleiterin bei ihrer Arbeit zum Wohle des BEZIRKS unterwegs (mit oder ohne Weste mit Aufschrift des BEZIRKS), wurde das Hausverbot nicht durchgesetzt. Anfangs galt noch, dass die Tochter sich um alle konkurrentinnenbezogenen Ausgaben und Arbeiten selbst kümmern musste, doch erwartungsgemäß wankte dieses Prinzip erst und fiel später genauso wie das Hausverbot. Die Konkurrentin wurde auf der Straße aufgelesen, und der Grat zwischen Rettung und Raub ist schmal. Jedenfalls trug sie beim Einzug noch ein recht neu aussehendes Halsband. Wie altersschwach sie ist, ist noch nicht ermittelt. Bisher hat sie noch nicht so viele Talente unter Beweis gestellt wie die Pudeldame, sondern vor allem sticht ihre große Versiertheit im Angsthaben heraus, weshalb ich geneigt bin, für Rettung aus einem üblen Haushalt statt für Raub zu votieren. Dennoch macht sie sich schon nützlich, denn sie hat ein Quartier in der Garage zugewiesen bekommen und seither traut sich das Katzenfrett nicht mehr hinein. Auch bei ihr wollen wir auf schwach ausgeprägtes Ehrgefühl hoffen: Gelegentlich wird ihr ein Kuhfellmusterpullover verpasst.

Anlässlich des Internationalen Tags des Hundes an einem 21. Juli las ich, dass weltweit etwa 600 Millionen Hunde leben würden, davon rund 400 Millionen herrenlos. Die sind fast alle im BEZIRK heimisch. Ähnlich wie Wölfe durch die Steppe ziehen Rudel von Straßenkötern durch seine Straßen. Diese nicht-so-sehr-besten Freunde des Menschen, unsere vierbeinigen nicht-so-sehr-Lieblinge sind mehrheitlich recht groß. Das ist in der lokalen Evolution angelegt, denn die kleineren ziehen im Überlebensstaßenkampf schon frühzeitig den Kürzeren. Die Pudeldame und ihre Konkurrentin hätten keine Chance gehabt, ein weiteres Indiz für Rettung statt Raub. Für den gemeinen Mitteleuropäer sind Rudel von Straßenhunden gewöhnungsbedürftig, doch diese Tiere können Menschen gegenüber beim Angsthaben ganz gut mit der Terrierdame mithalten, denn sie lernen frühzeitig, dass Zweibeiner eines ihrer zwei Beine gerne zum Zutreten statt zur Reviermarkierung heben. Wie gut für die Anwohner im BEZIRK, dass die heimischen Straßenköter den Entwicklungsschritt vom Rudel an sich zum Rudel für sich noch nicht geschafft haben! Als die BEZIRKliche Referatsleiterin unter einem früheren Alcalden BEZIRKliche Unterabteilungsleiterin für Gesundheitswesen war, unterstand ihr auch das BEZIRKliche Hundefängerwesen. Da mussten Mediationsverfahren zwischen Anwohnern (contra Rudel von Straßenkötern) und Tierschützern (Freunde von Straßenkötern) durchgeführt werden.

Ein augenscheinlich Obdachloser durchstreift regelmäßig die Straßen des Viertels und der Nachbarviertel, stets begleitet von einem relativ großen Rudel. Man weiß nicht, ob er gleichberechtigter Part des Rudels ist oder Alpharüde, ob es sich um ein gegenseitiges Schutzverhältnis handelt oder er nur ein verkleideter reicher Rentier mit großen Vorräten an Hundefutter ist. Träfe letztere Alternative zu, hätte er sein äußeres Erscheinungsbild seiner Rolle sehr gut angepasst. Der Alcalde möchte in seinem BEZIRK Straßenhunde, Bettler, Prostituierte und ambulante Händler gerne loswerden, wahrscheinlich betrachtet er alle gleichermaßen als unerwünschten Bestandteil der Fauna. Dieser Betrachtungsweise wollen wir uns aber nicht anschließen.

Es ist nicht einfach mit der hiesigen Fauna.

Skorpion mit Streuseln

Eine uralte Weisheit lautet: „Erst kommt das Fressen, dann die Moral." Ernährung als kulturelles Phänomen findet auch in Mexiko statt. Dabei wollen wir nicht unter den Tisch fallen lassen, dass ihre Betrachtung als kulturelles Phänomen ein unglaublicher Luxus ist, der impliziert, dass ihre physiologische Notwendigkeit nicht mehr ständig drängend aus dem tiefsten Inneren des Körpers bewusst gemacht wird.

Ich ernähre mich auch. Hier ist eine Art Gesundheitstrank weit verbreitet, den ich gerne und viel zu oft zu mir nehme. In fast jeder Apotheke wird er im Eingangsbereich gekühlt angeboten, in Naturkostläden verkauft und sogar in einem Pfarrgeschäft fand ich ihn im Angebot. Das ist überwiegend Wasser, was sonst, und einige Pflanzenextrakte und -produkte. Fett kommt nicht darin vor und sicherlich findet man auch keine Spuren künstlicher Cadmium- oder Quecksilberzusätze – also sehr gesund. Auf dem Etikett steht „Coca-Cola". Auch Zucker ist ja pflanzlicher Herkunft ... Zusammen mit Kartoffelchips ist das vegane Menü perfekt.

Neuerdings werden viele Nahrungs- und Genussmittel amtlich gesiegelt. So ein Siegel ist ein regelmäßiges schwarzes Oktogon, also grafisch an ein Stoppschild in der Farbe des Todes angelehnt, mit schriftlicher Warnung. Es gibt fünf verschiedene Warnungen, die in weißen Versalien drohen:

Ich habe noch kein Produkt gefunden, dessen Verpackung alle fünf Qualitätsbescheinigungen trägt, doch vier auf einer Tüte kommen gelegentlich vor. Außerdem wird mit Rechtecken in gleicher Farbgebung noch vor Koffein und Süßstoffen gewarnt. Für diese Etiketten, von denen sich das Gesundheitswesen wohl denselben Effekt erhofft wie von den brutalen Hinweisen auf Zigarettenpackungen, wurde Mexiko bereits vor Inkrafttreten der einschlägigen Verordnung von der WHO ausgezeichnet. Wer allerdings eine supersüße frische Mango vertilgt und dann noch genussvoll den Kern ablutscht, muss sich nicht vorab durch Fruktosewarnaufkleber knabbern, denn nur auf verpackten Nahrungsmitteln sind die Warnungen anzubringen. Deren Gestaltung folgt einer amtlichen Norm, welche sie einschließlich der Größe der Siegel abhängig von der Verpackungsgröße in sieben Schritten zehntelmillimetergenau dekretiert. Der Verordnung ist neben den Mustern auch eine Bibliografie mit 157 Einträgen angehängt, die ich aber noch nicht alle durchgelesen habe. Wer mir nicht glaubt, möge in der Nachmittagsausgabe des gesamtstaatlichen offiziellen Verlautbarungsblattes, also der mexikanischen Version des Bundesanzeigers, vom 27.03.2020 nachlesen. Anders als bei den Zigarettenpackungen fehlt eine blumige Folgenbeschreibung, etwa

> **Der Konsum von Blubberlutsch führt zu Diabetes und Ihr Fuß fault ab**

oder

> **Erdnüsse fressen macht dick und schädigt die Stoßdämpfer Ihres vierrädrigen Lieblings**

oder was man noch so an brutalen Drohungen ersinnen könnte. Vielleicht kommt das ja in ein paar Jahren hinzu.

Möchte man also von diesen Aufklebern verschont bleiben, kauft man am besten direkt auf dem Markt frisch ein. Markthallen sind weit verbreitet, und sie dienen dem täglichen Einkauf von Nahrungsmitteln, die verkonsumiert werden. Dabei geht es nicht darum, durch den Einkauf Anerkennung zu heischen, beim Einkaufen gesehen zu werden und die Einkäufe gut sichtbar in einer Designertasche umherzutragen, am besten, indem man noch einige Runden durch den Markt und um den Markt herum dreht wie beim ganz bewussten biohydraulisch hochwertigen Konsumgut aus der Marheinekehalle. Man kauft einfach nur ein, ganz ohne symbolische Aufladung.

Kaum jemand käme auf den Gedanken, solche Markthallen als architekturhistorisch bedeutsames Zeugnis der jüngeren Vergangenheit zu betrachten, denn die allermeisten sind architektonisch sehr uninspirierte große Kästen des täglichen Gebrauchs, zu einem großen Teil aus den

1950ern. In deutschen Großstädten waren Markthallen in der zweiten Hälfte des 19. Jahrhunderts gleichermaßen Errungenschaft wie Symbol der urbanen Moderne. Das waren sie in Mexiko auch, nur dass die Moderne halt erst im 20. Jahrhundert einsetzte, und auch dann nur zögerlich. Es zeigen sich aber inzwischen immer mehr ihrer Merkmale auch hier.

Die besonders prominente Markthalle Abelardo L. Rodríguez, benannt nach dem seinerzeitigen Staatspräsidenten, wurde bereits 1934 eingeweiht. Sie ist nicht nur durch ihre relativ frühe Fertigstellung prominent, sondern auch durch ihre vielen Wandbilder. Zu ihrer Entstehungszeit war sie ein innenstadtnahes Prestigeprojekt, und die Wandmalerei hatte sich bereits als typisch mexikanische Kunstform etabliert, für deren Studium US-Amerikaner nach Mexiko reisten. Hier waren zehn Künstler beteiligt, darunter drei US-Amerikaner und sogar Isamu Noguchi, der als Japaner zählte. Heute sind diese Wandbilder der Markthallenverwaltung eher lästig, denn sie stören den Betriebsablauf. Man darf nichts daran anlehnen. Man muss Kinder daran hindern, Fußbälle dagegen zu schießen. Der Schutzabstand engt die Verkehrswege ein. Blöde, nervige Kunst!

Trotzdem war dieser Markt für Kunden und Händler ein Fortschritt. Vorher wurde alles auf der Straße gehandelt. Da war eine geschlossene Halle mit Kühlmöglichkeiten schon was wert, vor allem für Fleisch- und Fischkäufer und -esser und auch für die Umgebung, die nicht mehr dem Geruch von Fleisch und Fisch unter der mexikanischen Mittagssommersonne ausgesetzt war. Aus seinem Familienurlaub in Ägypten erzählte mir jemand, dass seine Eltern wegen der fliegenüberzogenen Fleischbrocken auf dem Straßenmarkt ganz beunruhigt waren und den Hotelkellner darauf ansprachen. Sie waren dann beruhigt, als er ihnen mit treuherzigem Blick versicherte, das Hotel würde direkt im Großmarkt kaufen. Kurz nach Rückkehr sahen sie eine Fernsehdokumentation über die Zustände im Fleischgroßmarkt von Kairo und waren wieder ganz beunruhigt. Für die ehemaligen Straßenhändler in Mexikos Zentrum, die mangels Beziehungen und Schmiermittel keinen Marktstand abbekommen hatten, war ganz subjektiv der neue Markt gewiss kein so großer Fortschritt, aber in der Geschichte haben die Loser traditionell keine Stimme und ihre Perspektive geht bei historischen und akademischen Behandlungen des Ortes unter. Doch für die zugelassenen Händler: Kühlmöglichkeiten, gesichertes Areal, überdachter und ummauerter Raum mit Schutz vor Sonne, Regen und Wind, ein Kindergarten, eine medizinische und zahnmedizinische Praxis, eine Bibliothek und ein Theater im selben Gebäudekomplex, kurz, ein Traum. Die Sozialeinrichtungen waren allerdings dem Schaufenstercharakter dieses speziellen Marktes geschuldet und wurden in späteren nicht zum Standard. Die meisten Markthändler werden das bemerkenswerte Relief von Noguchi mit antifaschistischem Motiv nicht als das herausragendste Feature wahrgenommen haben oder wahrnehmen. Als ich es besichtigen konnte, war es sehr verstaubt. Der Markt besteht immer noch, und im quirligen Straßenhandel rundherum werden keine frischen Fische angeboten. Verleihnix hätte heutzutage einen eigenen Marktstand. 2009 wurden die blöden, nervigen Wandbilder zuletzt umfassend restauriert.

Ein bisschen atypisch ist auch der Mercado de San Juan Letrán. Benannt nach dem Stadtviertel, liegt auch er im Zentrum, aber am entgegengesetzten Rand. Errichtet 1955, ist er banal kastenförmig und demonstriert die architektonische Höhe der Zeit durch eine gewellte Betonfassade. Auf weitere Kunst am Bau wurde verzichtet. Augenscheinlich ist vor einigen Jahren die Gebäudetechnik modernisiert worden. Die Publikumseingänge sind merkwürdig eng. Zur Bauzeit wurde die ganze nähere Umgebung ein bisschen aufgehübscht und auch so eine Art Nachbarschaftszentrum eingeweiht, das inzwischen aber Wichtigerem gewichen ist, nämlich einem fast menschenleeren Touristenandenkenschnickschnackmarkt samt Parkhaus. Der Stadtteilmarkt ist geblieben, aber die Auswahl ist gegenüber jener in seinen durchschnittlichen Entsprechungen inzwischen deutlich erweitert. Er hat stadtweit eine gewisse Prominenz für exotische Nahrungsmittel bekommen. Dabei spielen asiatische Soßen und Pülverchen nur eine Nebenrolle, wobei zu bedenken ist, dass sich noch nicht in jeder mittelkleinen Stadt ein asiatisches Spezialitätengeschäft niedergelassen hat, sondern die asiatische Küche in Mexiko ganz überwiegend aus Sushi-Ketten und miesen chinesischen Buffets besteht. Auch alle anderen im Folgenden erwähnten Speisen sind dort tatsächlich erhältlich.

Schon als luxuriös und exotisch gelten Hirsch und Wildschwein. Auch Strauß wird angeboten. Im Grunde ist das alles ja nicht so aufregend, denn das findet man ab und zu auch in Aldis Gefriertruhen. Kamel habe ich nicht gefunden, doch auch damit kann man einen deutschen Statistiker nicht mehr hinter dem Ofen hervorlocken. Seit 2008 ist der Haltung von Kamelen eine eigene Nummer in der amtlichen deutschen Wirtschaftszweigstatistik zugewiesen. Straußenfarmen werden dort – eine kaum erträgliche speziesistische Diskriminierung – noch unter *Sonstige Tierhaltung* geführt und dadurch mit Hamster-, Schnecken-, Nerz- und Guppizucht vermengt. Nicht einmal als Geflügel gelten sie. Dieselbe Entwürdigung wird übrigens auch

Kängurus zuteil. Dabei sind meines Wissens dank Aldi inzwischen Straußenfarmen in Deutschland verbreiteter als Kamelfarmen, und Kängurusteak war zeitweise beim Schlachter auf dem Blankeneser Wochenmarkt billiger als Rindersteak. Im Mercado kann man außer dem Straußenfleisch auch Straußeneier kaufen, ausgepustet oder frisch und voll. Vielleicht sollte jemand der Marktverwaltung einen Marketingtipp geben: Ein paar Exemplare lebendig in einer Ecke des Marktes halten, um sie zu angekündigten Zeiten öffentlich zu erlegen und zu schlachten, wäre gewiss ein Publikumsmagnet. Wenn man zuschaut, wie das Fleisch geschlachtet wird, schafft das doch gleich eine emotionale Verbindung zum Straußengebratenen und es mundet doppelt so gut! Verbindliches DIY würde hingegen nach meiner Einschätzung schon wieder zu einem Rückgang des Interesses führen.

Der Kopenhagener Zoo handelte sich viele Beschimpfungen ein, als er im vergangenen Jahrzehnt nach Ankündigung eine Giraffe schlachtete und öffentlich zerlegte. Die Zuschauerreihen waren trotzdem voll. Die Giraffe wurde aber weder an der Kühltheke im Zooladen angeboten, weil das wohl viel zu viel Aufwand mit dem Veterinäramt gemacht hätte, noch in den Mercado San Juan exportiert. Sie wurde an Karnivoren im Zoo verfüttert. Nutznießer waren unter anderem ein paar Zoolöwen, die wenige Wochen darauf wie ihr vorheriges Futter dem Platzmangel in ihrem Gehege zum Opfer fielen. Sie wurden aber nicht verfüttert. Löwe ist in der Natur kein von höher entwickelten Lebewesen außer Aasfressern verzehrtes Fleisch, so will es die Nahrungskette. Darin unterscheidet sich die Natur ganz klar vom Mercado San Juan. Dort ist Löwenschnitzel Tiefkühlware. In den kleinen Restaurants werden Jäger und Beute vereint: der Löwenburger steht auf der Karte direkt über dem Zebra- und dem Antilopenburger. Löwen-fleisch, so las ich, sei gräulich, säuerlich, zäh und schädlich; das stand natürlich weder auf einer Speisekarte noch einem regierungsamtlichen achteckigen, schwarzen Siegel. Ich nehme an, bei Einkauf und Servierenlassen von Löwen-schnitzel kommt doch ein Marheineke-show-off-Motiv zum Tragen. Aus einer ebenso fiktiven wie exemplarischen Konversation innerhalb der gehobenen, weiter aufstreben wollenden, vor allem aber um den Statuserhalt ringenden hauptstädtischen Mittelschicht: „Hach, gestern waren wir wieder bei den López-Leóns eingeladen, und diese Empor-kömmlinge haben *schon wieder* Löwe gebraten und als Bei-lage ihre ewigen Vogelspinnen frittiert. Und dann wollen sie dafür auch noch beklatscht werden, hach! Hinterher mussten wir uns erstmal einen Big Mac reinschieben, um den pelzigen Geschmack von der Zunge zu kriegen."

Für einen Parforceritt durch das vertebrarische Angebot besucht man im Mercado ein Restaurant und ordert die große Grillplatte. Serviert wird Hirsch, Strauß, Krokodil, Wildschwein, Büffel, Löwe, Wachtel, Entenbrust, Wurst aus frischem Hack und argentinische Chorizo. Vor allem bei Löwe und Krokodil wäre das Spektakulum, dem Er- und Zerlegen beizuwohnen, gewiss noch publikumsträch-tiger als bei Strauß, Hirsch und Wildschwein. Auf der Spei-sekarte der benachbarten Konkurrenz steht auch Tiger. Ob das alles echt ist, kann ich nicht beurteilen; mir und ver-mutlich den meisten Besuchern fehlt der Vergleich. Viel-leicht ist das ja auch alles Schwein und wird nur unter-schiedlich mariniert, angetrocknet und zubereitet, um möglichst andersartig zu schmecken. Der Jeunesse dorée in diesen Restaurants kommt es ja auch nicht auf den Ge-schmack an, sondern sie will sich gerne so wild fühlen, wie ihre angebliche Mahlzeit es mal war.

Das ist noch lange nicht die ganze Auswahl vor Ort. Vielmehr ist der Markt auch ein Paradies für urbane Kerbtiergourmands, eine auch von Marheineke-Hipstern gleich welchen Alters bisher kaum verwendete Selbstzuschreibung. Ich sehe vor meinem inneren Auge, wie das mexikanische Außenministerium das Angebot dieses Marktes instrumentalisiert, wenn beispielsweise eine Delegation aus einem Land kommt, mit dem die Beziehungen gerade angespannt sind und Mexiko gar kein Interesse an einer raschen Verbesserung hat. Die Protokollchefin zum Chefkoch des Außenministeriums: „Nächsten Montag bewirten wir Gäste aus Enemigistan. Lass mal Zutaten zum Auftaktdinner für acht Personen aus dem Mercado San Juan beschaffen." Aufgrund seiner langjährigen Erfahrung versteht der Chefkoch natürlich den Code, ohne dass detailliertere Anweisungen nötig sind. Die auf edlem Büttenpapier gedruckte Speisekarte führt statt der Einzelheiten des Menüs nur „Auswahl regionaler Spezialitäten" auf. Eine diplomatische Nachwuchskraft, einzig zu diesem Zweck einbestellt, wird angewiesen, die Gäste nach dem Hauptgang mit stolzer Miene über die genossene regionale Küche aufzuklären.

„Die Vorsuppe war ganz einfach: Wir nennen die knusprigen Stücke darin nicht Croutons, Sie haben ja auch gesehen, dass die viel kleiner und unregelmäßiger geformt waren. Traditionell heißen sie *jumiles*, aber Sie können sie auch gerne mit dem Begriff in Ihrer Sprache bezeichnen, meines Wissens werden sie bei Ihnen Stinkwanzen genannt. Das zarte Fleisch der Hauptspeise kommt vom Leguan." Es gibt wahrhaftig eine Leguanart, der bereits anno 1768 der verräterische taxonomische Name *iguana delicatissima* – auf Deutsch in etwa *irre leckerer Leguan* – verpasst wurde. So möchte man als überlebenswillige Spezies nicht heißen, und tatsächlich ist sie vom Aussterben bedroht. In Belize habe ich nur zufällig eine laut geführte Unterhaltung mitgehört, in der eine Einheimische stimmgewaltig ihre Erfahrung mit Leguanverzehr teilte: „Ich hab' *einmal* Leguan gegessen, da *musste* ich aber scheißen!" Der diplomatische Nachwuchs umgeht selbstverständlich solcherlei basale stoffwechselbezogene Themen, sondern drückt sich gewählter aus. Er fährt fort: „Die längliche Beilage bestand keineswegs aus Pflanzensprossen, sondern der Koch hat uns *chinicuiles* gegönnt. Die sind nicht nur proteinreich, sondern wir unterstützen mit ihrem Verzehr auch noch die einheimische Tequila- und Mezcalproduktion, denn diese Mottenlarven sind Agavenschädlinge. Womöglich haben Sie angenommen, es wären außerdem dazu winzige weiße Böhnchen gereicht worden. Dann haben Sie ein bisschen fehl gelegen. Bitte gestatten Sie mir, das zu korrigieren. Diese gebutterten Larven kommen nicht von Motten, sondern von kleinen, extrem aggressiven Ameisen, die ihre Nester unterirdisch anlegen. Das macht die *escamoles*-Ernte recht schwierig." *Escamoles* mit Butter habe ich probiert und fand sie einigermaßen erträglich, aber nicht so delikat, wie sie angepriesen werden. Sie sind im Mercado San Juan in großer Menge tiefgefroren zu erhalten. Zum richtigen diplomatischen Dinner gehört selbstredend auch noch ein süßer Nachtisch. Der jungdiplomatische Speisekartenshowmaster kündigt ihn an: „Wir sehen davon ab, Ihnen Pralinen mit Kakerlakenbruch zu servieren, da in manchen Kulturen Kakerlaken richtiggehend auf Ablehnung stoßen. Aber unsere Küche hat dennoch eine besondere Spezialität für Sie vorbereitet." Dabei winkt er der Bedienung, die mit würdiger Miene acht Spieße herbeiträgt, aufgespießt darauf jeweils ein ganzer, fast handgroßer, mit weißer Schokolade überzogener und bunten Streuseln bestreuter Skorpion.

Man fragt sich, ob eine Laufbahn im Auswärtigen Dienst wirklich erstrebenswert ist.

Hühnerfüße und Schlaglochliberalismus

Gerne möchte ich einige Erkenntnisse über Ökonomie teilen, die ich mir keineswegs während des BWL-Studiums angeeignet habe. Basis allen gesellschaftlichen Daseins ist bekanntermaßen die bewusste Aneignung und Veränderung der Welt durch den Menschen zum Nutzen des Menschen. Weil sich herausgestellt hat, dass das besser geht, wenn verschiedene Menschen verschiedene Aufgaben übernehmen, ist bereits lange vor meiner und sogar Adam Smiths Geburt die Ökonomie entstanden. In einer tschechoslowakischen Science-Fiction-Serie für Kinder wird sie folgendermaßen charakterisiert: „Damals haben die Menschen Dinge erzeugt. Für diese Dinge haben sie Geld erhalten und für das Geld haben sie andere Dinge gekauft, die sie zum größten Teil auch nicht brauchten. Es war einfach ein verhexter Kreislauf und sie nannten es damals Ökonomie." Davon gibt es inzwischen ganz viel und fast überall auf der bewohnten und bereisten Welt, so auch in Mexiko inner- und außerhalb des BEZIRKS.

Nun hat sich im Laufe der letzten etwa 5000 Jahre wiederholt erwiesen, dass die ungehemmte Ökonomie nicht immerzu für alle Menschen ausnahmslos von Nutzen ist, die unausweichlich ihr Bestandteil und somit ihr unterworfen sind. Nachdem sich dieses Ergebnis über Tausende Jahre und in den verschiedensten Klima- und Zeitzonen empirisch manifestiert hat und mannigfaltig in verschiedensten Sprachen und auf verschiedensten Sprachniveaus verschriftlicht wurde, sollte man meinen, diese Empirik könnte als gesicherte Erkenntnis gelten, doch das Experiment wird u. a. in Mexiko fortgesetzt. Aber halt! Von „ungehemmt" soll nicht mehr die Rede sein. Um Ruheständler bspw. kümmert man sich in Mexiko-Stadt. Nicht nur, dass sie umsonst die Metro benutzen dürfen. Nein, man hat auch eine Idee entwickelt, die knappen bzw. nicht vorhandenen Renten aufzubessern. Der Belange alter Menschen nimmt sich INAPAM *(Instituto Nacional de las Personas Adultos Mayores)* an, auf Deutsch heißt das in etwa BSA *(Bundesseniorenamt)*. Die haben sich etwas ausgedacht und dabei große Handelsunternehmen mit ins Boot geholt, darunter auch die Kette mit dem nächstgelegenen Supermarkt, wo man gebührenfrei seine Führerscheingebühr zahlen kann. Nicht etwa, dass die Senioren dort die Abfälle mit besonderem Seniorenrabatt kaufen können, was durchaus realistisch wäre, sofern der Rabatt von INAPAM üppig ausgeglichen würde. Nein, die Senioren dürfen dort hinter den Kassenbändern stehen, um die Einkäufe in die Einkaufstaschen der Kunden zu packen oder wieder in den Einkaufswagen zu legen. Und sie dürfen das ganze Trinkgeld vollständig für sich behalten. Und dabei erhalten sie einen unglaublichen Stundenlohn von ... Jetzt habe ich euch aber drangekriegt, hahahahahahaaaa, *Stundenlohn,* wuahahahaha, *Gehalt,* pruuust, kicher! Immerhin müssen sie offiziell nicht einmal dafür zahlen, dass sie hinter diesen Kassen stehen und Trinkgelder erwirtschaften dürfen. Da aber in Mexiko eigentlich jede Art Einnahmequelle der Mafiosierung ausgesetzt ist, erahne ich eine straff organisierte Krücken- und Hackenporschegang, die Schutzgelder durchsetzt und den Zugang zu dieser Einnahmequelle reguliert. Vielleicht gab es solche Krücken- und Hackenporschegangs auch nur am Anfang und nun haben die großen Kartelle übernommen und treten den zahlungsunwilligen Senioren die von den Trinkgeldern zusammengesparten Krücken und Hackenporsches weg. Ob die Senioren für ihr Poloshirt mit INAPAM-Logo (ja, wirklich, das tragen die!) zahlen müssen, habe ich noch nicht in Erfahrung gebracht. Ich will da auch gar nicht so viel recherchieren, denn Investigativjournalismus ist hier sehr gefährlich für die Investigativjournalisten, ihre Familien und sogar deren mittelkleine, altersschwache Pudeldamen. In Corona-Zeiten wurden die Senioren aber abgezogen.

Anders ist das an Tankstellen. Dort, so wurde mir gesagt, würden die Tankwarte tatsächlich dafür zahlen, dass sie betanken und Trinkgelder einsammeln dürfen. Auch das habe ich nicht verifiziert. Bis vor wenigen Jahren gab es nur eine Tankstellenkette im Land, nämlich die staatliche PEMEX, die Einheitspreise nahm. Das heißt aber nicht, dass die PEMEX-Tankstellen auch staatlich betrieben worden wären, sondern sie waren verpachtet. Angesichts des recht flächendeckenden Tankstellennetzes will ich nicht ausschließen, dass einige Provinztankstellen eher Verluste gemacht haben und daher nicht verpachtet waren. Fährt man also in so eine Tankstelle ein, wird man von Fähnchen schwenkenden Tankwarten zur Zapfsäule gelotst, die sehr darauf hoffen, auch noch Scheiben putzen, Ölstand nachsehen, Reifendruck prüfen und Kühlwasser nachfüllen zu dürfen, weil das ihr Trinkgeld erhöht. Wusste jemand, dass Tankwart in Deutschland vor Jahrzehnten ein richtiger Ausbildungsberuf war? Ich habe mal einen gekannt, der arbeitete aber nicht mehr in dem Job und füllte sich im Wesentlichen selbst mit Sprit ab. Das aber reichlich – gelernt

ist gelernt! Selbst tanken in Mexiko ist wie echtes Vollkornbrot im BEZIRK: gibt's nicht. Zur Ökonomie gehört in einem Land mit so viel Sonnenlicht auch viel Schattenöko-
nomie, und der rätselhafte Verlust zwischen Einspeisung
von Benzin in Pipelines und seiner Ankunft an den Verteil-
stationen, wo in Tanklaster umgefüllt wird, welche die
Tankstellen versorgen, soll sich auf rund eine Milliarde
Dollar im Jahr summiert haben. Eine der frühen Maßnahmen des Präsidenten AMLO war Anfang 2019 daher ein
vorübergehender Stopp der hauptstädtischen Tankstellen-
versorgung via Pipelines und die zeitweise vollständige Versorgung via Tankwagen ab Raffinerie. Das führte zu seeee-
eehr laaaaangen Schlaaaaaangen an den hauptstädtischen
Tankstellen, wo auch mal in Erwartung des Tanklasters in
der Schlaaaaaange übernachtet wurde. Andere stellten sich
ohne Auto mit ein paar Kanistern an. Ich vermute, sie wollten sich ihre Wartezeit durch Weiterverkauf des Treib-
stoffs zu Mondpreisen ohne Warten versilbern. Taxifahrer
sind nach ihren zwölf Stunden Arbeit dann mal 80 km in
die Provinz gefahren, um sich zu versorgen. Allerdings geht
Korruption hier Leuten zunehmend auf den Senkel und
wird langsam weniger als gottgegeben akzeptiert – so ähnlich wie es mir mit Weihnachtsliedern in der Adventszeit
geht –, und daher gab es trotz der Unbequemlichkeiten
durchaus Zustimmung zu den Maßnahmen.

Die Ökonomie begegnet uns hier gerne in Form von
Menschen, die etwas zu verkaufen haben. Allabendlich
preist jemand beispielsweise beim Gang durch die Straßen
Maiskolben mit Mayonnaise, Maiskörner und Hühnerfüße an. Der Anpreisende ist immer derselbe, egal wer gerade den Karren schiebt, denn seine Stimme kommt vom
Band. Der Lautsprecher sitzt auf einer extra hohen Stange,
auf dass niemand sein Angebot verpasst. Aber kommt eine

Radioreklame noch ohne Musik aus? Kaum, und daher wird das Angebot nicht einfach dahergesagt, sondern gerappt. Leider, leider hat der innovative Mais- und Hühnerfüßeverkäufer kein Patent auf seine Marketingmethode angemeldet oder zumindest den Patentschutz nicht durchgesetzt. Nun haben andere ihn schlecht kopiert und bieten andere Nahrungsmittel auf ähnliche Weise an, aber mit schlechterer Stimme, schwächerer Intonation, weniger Melodie und blecherner em Lautsprecher. Ich finde diese Art Werbung ja eher abschreckend, aber das ist wohl ebenso kulturell bedingt wie meine Abneigung gegen den Verzehr welcherart auch immer zubereiteter Hühnerfüße.

Jedenfalls ist der Mais-und-Hühnerfüße-Rap bereits Teil der lokalen Popkultur. Wie ich so die Stadtteilhauptstraße entlangschlenderte, hörte ich tatsächlich zwei Jugendliche genau diesen imitieren und sich darüber amüsieren. Hat vorher innerhalb der Familie mit BEZIRKlicher Referatsleiterin und deren Tochter und Nichte auch schon stattgefunden.

Die Hühnerfüße werden zum Verkauf durch die Straßen der Nachbarschaft geschoben und angepriesen. Verbreitet ist aber auch der Verkauf an einem festen Ort, an den der Verkaufsstand täglich oder wochenends hingeschoben wird. Ein paar Ecken weiter wird so ein Stand jeden Vormittag aufgeschlagen und jeden mittleren Nachmittag wieder abgebaut. Hier werden genau zwei Produkte angeboten: *tacos de mixiote* und *mixiote* nach Gewicht. *Mixiote* ist ein mit Gewürzen im eigenen Saft geschmortes, zerfasertes Fleisch und kann recht lecker sein. Dieser Tacomann baut seinen Stand seit 18 Jahren alltäglich dort auf und wieder ab. Heute würde er gar keine Konzession mehr bekommen, denn der Alcalde möchte ja so gerne, dass sich keine Hunde, Prostituierte, Obdachlose und Straßenhändler in den Straßen seines BEZIRKS tummeln. Während die ersteren drei Gruppen vergleichsweise wenig Lobbymacht haben und die allererste nicht einmal Wahlrecht, sind die Straßenhändler recht gut organisiert und machen samt Familien auch recht viele Wählerstimmen aus. Ihre Entfernung aus den Straßen wird jetzt nicht so aktiv weiterverfolgt, doch neue Konzessionen werden vom BEZIRK nicht mehr ausgestellt. Für die vorhandenen gilt aber das Recht auf Besitzstandswahrung, und so kann der Tacomann weiterhin an der Straßenecke sein übersichtliches Sortiment feilbieten. Da ist er fein raus, auch wenn mir 18 Jahre lang an derselben Straßenecke *tacos de mixiote* und *mixiote* nach Gewicht wenig abwechslungsreich vorkämen, zumal wenn es keine andere Perspektive gibt. Nicht einmal *taco de longaniza* oder *al pastor* oder *de milanesa* sind im Angebot; für so leichtsinnige Sortimentswechselkapriolen ist er zu risikoavers oder seine Konzession deckt das nicht ab. In der Pandemie hat er aber doch ausgebaut. Die Kundschaft hatte während dieser Zeit tagsüber abgenommen und durfte seine Tacos überdies nur noch zum Mitnehmen kaufen. Es standen keine Hocker mehr da, wobei „zum Mitnehmen" auch erfüllt war, wenn man sich etwa eine halbe Armlänge von seinem Stand entfernte. Seither kommt er abends wieder und lässt seine Familie *quesadillas* verkaufen. Die sind größer als Tacos und enthalten Käse. Da sitzen stets, wenn ich mal abends vorbeikomme, eine ganze Reihe Leute, sodass er sich eine neue Goldgrube erschlossen zu haben scheint. Krise als Innovationsmotor!

Am Wochenende kann man 20 Minuten in den Nachbarstadtteil zum Einkaufen auf den Wochenmarkt gehen, der dort die Straßen und Fußwege des Zentrums in Beschlag nimmt, oder man gibt sich bescheidener und verbleibt im Viertel, wo der Markt viel kleiner ausfällt. Die Krise hat den Kleinhandel auf der Straße befördert, in anderen Worten: Viele Menschen, die sonst kein Einkommen mehr haben, stellen einfach einen unkonzessionierten Tisch an die Straße und versuchen, Dinge zu verkaufen, die für sie keinen Wert mehr haben. Leider haben diese für die meisten anderen Menschen auch keinen Wert, sodass die mit dem Verkauf betriebene Steuerhinterziehung nur geringen volkswirtschaftlichen Schaden anrichtet. Manche versuchen auch, irgendwelchen Ramsch aus dem Fenster unters Passantenvolk zu bringen. Zusammenballungen von Kaufinteressierten habe ich aber auch da noch nie beobachten können. Nur einen Block vom alten und offiziellen Markt im Viertel hat sich während der Pandemie binnen weniger Wochen ein neuer ohne staatliche Regulierung etabliert. Vermutlich reguliert er sich selbst, und das mit ggf. durchaus rabiaten Methoden. Zuerst fanden die Nachbarn ihn gut, denn sie konnten nahe und günstig einkaufen, und alle Anbieter waren aus der Nachbarschaft. Jetzt finden die Nachbarn das nicht mehr gut; sie können zwar immer noch günstig und nahe einkaufen, doch es haben sich professionelle Händler aus anderen Straßenzügen des Viertels und sogar aus weiterer Entfernung (bis hin zum Zentrum des BEZIRKS!) hinzugesellt. Ob der Markt bleibt, hängt von den wahltaktischen Erwägungen des Alcalden ab.

Die höchste Stufe in der Einzelhändlerhierarchie nehmen die Kaufleute mit eigenem Ladengeschäft ein. Das heißt noch lange nicht „Supermarkt", sondern im Viertel sind das ganz überwiegend kleine Geschäfte mit weniger als der herkömmlichen Tante-Emma-Fläche. Es hat aber in Fußentfernung alles, was im Alltag erforderlich ist – Lebensmittelgeschäfte, Büroartikelladen, Eisdiele, Fleische-

rei, Bäckerei, Tortillabäckerei, Eisenwaren- und Baustoff-
laden, Friseure, Handyzubehör und -reparatur, Internet-
café, Apotheke mit Arztpraxis, Zahnarzt, Bekleidungsge-
schäft, Discounter (nicht ganz so winzig klein), Garküchen, Hähnchengrill, Hundefriseurin (die Erzfeindin einer
gewissen mittelkleinen, altersschwachen Pudeldame),
Tierarzt (der Erzfeind einer gewissen ...), Obst- und Gemü-
segeschäfte, Schmiede, ...

Die kleinen Lebensmittelgeschäfte lassen vor lauter Waren kaum Platz für Kunden. Im Laden wird der meiste
Platz von Kühlschränken mit kohlensäurehaltigen Geträn-
ken sowie Regalen mit Süßigkeiten und Knabberzeugs ein-
genommen. Man bekommt aber mit Bedienung hinter
dem Tresen auch Käse, Milch, Desinfektionstropfen für
Trinkwasser, ein als Schinken oder Speck bezeichnetes
Fleischabfallgemisch und Ei. Eier eher nicht, zumindest
nicht linguistisch, denn man kauft Ei in Tante-Juana-Läden nach Gewicht und nicht nach Stückzahl, und bittet
eben um ein halbes Kilo Ei. Ist eigentlich logisch, man
kauft ja auch nicht zwei Liter Milche und 250 Gramm Zü-
cker, sondern Milch und Zucker. Eibezogen musste ich das
aber erst lernen. Die BEZIRKliche Referatsleiterin zeigte
sich verwundert, als ich genau ein Ei mitbrachte, nachdem
sie mich gebeten hatte, u. a. „Ei" einzukaufen. Ich hatte
mich, auch verwundert, nach Aufgabe ihrer Bestellung
noch rückversichert: „Ei?" Das wurde bestätigt. Bohnen
sind jedoch immer Plural, auch wenn sie als Bohnenmus
auftreten und nach Volumen verkauft werden.

In der Schlachterei erhält man auch kohlensäurehaltige
Kaltgetränke und Knabberzeugs, aber in geringerer Auswahl. Fleisch bekommt man auch, und Hackfleisch wird
direkt vor den Augen des Kunden frisch zubereitet. Für
Mischhack werden die beiden Komponenten vor der Zu-

bereitung vor den Augen des Kunden getrennt abgewogen und dann durch den Wolf gedreht. Frisch zubereitet garantiert natürlich nicht, dass es aus frischem Fleisch zubereitet wird.

Hingegen werden Fisch und Geflügel nicht in der Fleischerei angeboten. Das bekommt man logischerweise im Obst- und Gemüseladen. Vor allem beim nicht mehr tiefgefrorenen Fisch habe ich zwischen Verzicht und Glauben abgewogen, mich sodann entschieden, dass Gebete zu St. Frigidius, dem Heiligen der Kühlkette, mir kein ausreichendes Sicherheitsgefühl vermitteln, und den Verzicht gewählt. Geflügel wird als Kundenservice so zurechtgeschnitten, wie der Kunde es wünscht. Die Vegetarier seien also gewarnt, dass sie keine ausreichende Auskunft bekommen, wenn sie nur fragen, ob eine Mahlzeit auch wirklich ohne Fleisch zubereitet wurde. Maiskörner kann man dort auch kaufen. Allerdings nicht nach Gewicht, sondern nach Stückzahl. Die Stückzahl wird aber statt nach Anzahl der Körner nach Anzahl der Maiskolben bemessen, die als Kundenservice live entkörnt werden.

Bei all dem Konsum fällt auch Stoff zur Entsorgung an. Die eigentliche Müllabfuhr meldet sich mit einem geradezu dezenten Klingeln, allerdings auch wochenends zur Unzeit für Langschläfer. Darüber hinaus gibt es aber auch einen freiberuflichen Müllmann, der sich durch lautes Rufen ankündigt. Das macht er nicht zur Unzeit, denn das wäre seinem Geschäft abträglich. Dieser freiberuflich arbeitende Experte und Praktiker in Sachen Unratentsorgung schiebt auch einen Wagen vor sich her, aber es ist – an Größe und Geruch leicht zu unterscheiden – ein anderer als der des Hühnerfüßemanns. Daran hängen dann allerlei verschiedene Säcke und es steckt ein hoch aufragender Besen (Typus Hexe, traditionell) darin. Seine Kleidung sieht sehr so aus, als wäre sie gerade dem zu bearbeitenden Material entnommen. Dabei verbreitet der halbwegs junge Mann auffallend gute Laune und freut sich immer, mit mir ein paar Sätze Englisch sprechen zu können; er hat damit wirksam meine Vorurteile über die fremdsprachliche Bildung von Müllsammlern in nicht anglophonen, schwach entwickelten Ländern widerlegt. Ob er mehr an den einigermaßen verpflichtenden Trinkgeldern verdient oder am Verkauf von Sekundärrohstoffen, weiß ich nicht. Auch nicht, ob er zur Arbeit immer den Armani-Anzug in den Kleiderschrank hängt, in dem er sich zu Hause rumlümmelt, und in seine Arbeitskleidung schmeißt, um Mitleid und höhere Trinkgelder zu erheischen. Es heißt, diese Müllsammler seien wie die Straßenhändler sehr gut organisiert.

Ziemlich am unteren Ende der Ökonomiehierarchie angesiedelt ist der Mensch gewordene feuchte Traum der Hardcoreliberalen von Eigeninitiative. Provinzstraßen sind häufig in einem schlechten Zustand. Oft gibt es viele Schlaglöcher, meistens gibt es noch eine Möglichkeit, drum herumzukurven oder nur die Räder einer Seite darin zu versenken. Bei den nicht ganz so vereinsamten Provinzstraßen ist auch daraus ein Business geworden. Da ziehen sich Menschen unterschiedlichen Geschlechts vom jugendlichen bis zum INAPAM-fähigen Alter eigeninitiativ orange Westen über, bewaffnen sich mit einer Schaufel und füllen die Schlaglöcher mit Sand. Wenn mal ein Auto ankommt, unterbrechen sie ihre Tätigkeit und strecken die Hand in der Hoffnung aus, dafür ein Trinkgeld zu bekommen. Über die konkrete Ausgestaltung ziehe ich unterschiedliche, sich keineswegs widersprechende Hypothesen in Betracht:

- Sie beginnen erst zu schaufeln, wenn aus der Ferne ein Auto zu hören ist.
- Sie sprengen die Schlaglöcher selbst in die Straße, und sei es bloß mit Wasser und Erbsen in der Nachtfrostperiode.
- Sie schaufeln doppelt: tagsüber den Sand in die Schlaglöcher, abends wieder hinaus als Arbeitsvorbereitung für den Folgetag.
- Dahinter steckt eine zumindest regional knallhart agierende Sand-Schaufel-Sandschaufel-Mafia.

Genaueres ist wegen des Schweigekartells nicht ermittelbar. Außerdem dräut da immer noch die Gefahr für Familienmitglieder samt mittelkleiner, altersschwacher Pudeldame, wenn man sich durch zu viele Fragen verdächtig macht (konkret: eine oder mehr). Die BEZIRKliche Referatsleiterin hat es sicherheitshalber vorgezogen, ein Sachbuch über mafiöse Strukturen in Mexiko-Stadt in einem blickdichten Schutzumschlag zu verstecken, damit in Bus und Büro niemand sieht, dass sie sich überhaupt damit beschäftigt.

Die alltagsökonomische Praxis der meisten Menschen hat oftmals mit dem Erwerb von allerlei Waren im Einzelhandel und von Dienstleistungen zu tun. Und wenn man nicht gerade zu den Empfängern von Lebensmittelpaketen gehört, zieht das eine Bezahlung nach sich. Zum Vergleich mal einige gerundete Preise in €, überwiegend aus dem BEZIRK:

- Trockenhaarschnitt für Männer: 3,00 (Herren leben nur in besseren Stadtteilen, der Trockenhaarschnitt für Herren ist daher teurer)
- 1 mittelkleinen, altersschwachen Pudel waschen und frisieren: 9,00

- 1 Tagesration Spezialfutter für mittelkleine, altersschwache Pudeldamen: 1,80
- 100 g Milka-Schokolade: 4,00
- 100 g Lindt-Schokolade: je nach Geschmacksrichtung 2,25 oder 3,25
- 1 billige PC-Tastatur: etwas weniger als zwei Tafeln Milka, aber mehr als zwei Tafeln Lindt
- 500 g getrocknete scharfe Chili: 0,95 (reicht dem Gringo-Gaumen für Jahre)
- 1 Zweig frischer Koriander: 0,10
- 1 Selleriestange: 0,07
- 1 Schokocroissant: 0,40 bis 0,55
- 1 Menü in einer einfachen Garküche (Suppe, Reis, Bohnen, Hauptspeise): 3,00
- 1 mittelmäßiger *taco de mixiote* am Straßenstand im Viertel (von dreien wird man satt): 0,75
- 1 richtig guter *taco de mixiote* am Straßenstand im Nachbarviertel (von dreien wird man sehr satt): neuerdings 0,85
- ½ Grillhähnchen: 1,75–2,50
- 1 Wurzelbehandlung beim Zahnarzt mit Voruntersuchung: 192,31
- 1 Orthopantomografie: 12,50
- 2 Monate Strom im 3-Personen-Haushalt (Herd und Warmwasser mit Gas): 11,00
- ca. 400 g Guacamole frisch und scharf: 1,50
- Ein großer Maiskolben einschließlich Entkörnungsshow: 0,50
- Vollkornbrot mit knuspriger Kruste: gibt's nicht
- 1 handgenähte und -bestickte Mund-/Nasenmaske, nicht FFP2-konform: 1,25
- 1 Liter frische Milch: 1,10

- 3 l Coca-Cola normal in Pfandflasche: 1,75 + Pfand
- 1 l Industriefruchtnektar: 1,50
- Eintritt ins ethnologische Museum oder ins Museum für Menschenrechte: 4,00
- Eintritt in das Museum der mexikanischen Verfassungen: gratis
- 12 km Taxifahren in der einfachsten Taxikategorie tagsüber innerhalb der Stadt: gut 3,– bis knapp 10,– (abhängig von Art und Ausmaß der Taxametermanipulation sowie der Verkehrssituation)
- 1 innerstädtisches ÖPNV-Ticket in Mexiko-Stadt: je nach Strecke und Betreiber 0,10 bis 0,35 ohne Umsteigemöglichkeit
- 1 l Flüssiggas: 0,65
- 1 l Benzin: 1,15
- Einzelzimmer in einem Hotel in einem so kleinen Ort an einer Fernstraße in Quintana Roo, dass er in Google Maps nicht auftaucht und selbst das Hotel ihn nicht nennt, sondern die Adresse in Entfernungskilometern von der regionalen Hauptstadt angibt; fließend Wasser in der Dusche, tröpfelnd Wasser im Waschbecken; kein Internet, weil angeblich der Chef das Passwort dem „Nachtportier"-Jugendlichen nicht mitteilt: 15,00
- 1 *torta* (mexikanisches Baguette) mit Fleisch in einer Garküche am anderen Ende desselben Ortes (er heißt Francisco Villa), dazu 911 ml Cola einer Billigmarke, die aus wirtschaftlichen Gründen die einzige im Angebot ist, und beliebige Mengen Chilisauce mit gefühlt siebenstelligem Wert auf der Scoville-Skala: 1,80

- Auswuchten eines Autoreifens, Extraktion einer Schraube, flicken und wieder montieren in einem anderen Provinznestchen mit frühindustriell anmutendem Werkzeug (kann man auch als Eintrittspreis ins Museum für Frühindustrialisierung samt Werkstattdemonstration auffassen): 2,50
- Gebühr für eine ein Jahr gültige Aufenthaltserlaubnis: 213,55
- Gebühr für einen drei Jahre gültigen Führerschein: 43,50
- 1 Luftpoststandardbrief nach Deutschland: 0,68
- ¼ kg tiefgefrorenes Löwenschnitzel: 45,00
- 1 Tigerburger: 17,50

Die Preise variieren nicht nur mit dem Wechselkurs, sondern auch mit dem Ort. Der BEZIRK ist eher niedrigpreisig, und es wird kaum möglich sein, dort Tigerburger und Löwenschnitzel zu kaufen. Schon der Kauf von Markensneakers als Geburtstagsgeschenk für die Tochter der BEZIRKlichen Referatsleiterin ist erst in einem Einkaufszentrum im Nachbarbezirk möglich. Nicht dass man keine Schuhe mit drei aufgeklebten Streifen bekäme, die gibt's ja in vielen Teilen der Welt zu günstigen Preisen. In Marokko habe ich vor Jahrzehnten auch welche gesehen. Dort wurden sie auf dem Straßenmarkt als Produkt der Weltmarke „abibas" angeboten, gleich neben den Taschenrechnern des renommierten Herstellers „SHRAP".

Die Tochter der BEZIRKlichen Referatsleiterin hätte den Unterschied aber bemerkt und abibas samt seiner engeren Verwandtschaft wäre dem Hausfrieden abträglich gewesen.

Treppen und Türen allüberall

Heben wir uns einmal von der alten Deutschen Bundes-
bahn ab und tun etwas, was sie vor geraumer Zeit zu tun
leugnete: reden wir vom Wetter, vor allem vom schlechten.
Schlechtes Wetter kann wirklich miese Folgen haben. Man
wird nass. Man friert. Man leidet unter Melatoninmangel.
Die Galafrisur gerät in Unordnung, vor allem wenn man
kein Herr in sehr fortgeschrittenem Alter ist, bei dem sich
diese Frage kaum noch stellt. Der Wind peitscht einem Ha-
gelkörner ins Gesicht und weht den Hut in eine Pfütze. Er
heult so scheußlich, dass er Helene Fischer in den Schatten
stellt und die Fischer-Chöre im Vergleich fast wie Musik
wirken. Zehen und Nasenspitzen frieren ab. Konzerte werden durch Niesen und Husten gestört. Radfahrer rutschen
im nassen Laub aus und Autofahrer erleiden die erschröck-
lichsten Unfälle auf Glatteis. Die Autoscheinwerfer werden blind vor Schlamm. Auf der Autobahn kann man seinen Ferrari nicht ausfahren, weil Sonntagsmaseratifahrer
wegen der geschlossenen Schneedecke mit nur 200 km/h
über die Überholspur schleichen. Wegen Einstellung des
Fährverkehrs kann man seine Liebsten auf der Hallig nicht
besuchen. Der beste Freund des Menschen leidet unter
durch Streusalz und Splitt wunden Pfoten (eine gewisse
mittelgroße, altersschwache Pudeldame bleibt aufgrund
ihres Siedlungsortes verschont). Hungrige Blau- und Kohl-

meisen massakrieren sich gegenseitig im Konkurrenzkampf um Meisenknödel. Der Weinjahrgang fällt schlecht aus und bankrotte Winzer begehen Suizid. Man konversiert über das schlechte Wetter statt über wirklich wichtige Themen wie die Galafrisur von Königinmutter Sirikit. Das Abwasser überfordert die Kanalisation und überschwemmt die Straßen. Gefallene Bäume zerstören Häuser und Autos, während gefallene Mädchen ihrem Beruf nicht im öffentlichen Raum nachgehen können. Betritt man endlich einen warmen Raum, beschlägt die Brille. Weil sich draußen nichts anfangen lässt, ziehen sich Menschen in Innenräume zurück und verschärfen das Problem der globalen Überbevölkerung. Feinstaub wird aus den Öfen und Sand aus der Sahara in die Städte und Lungen getrieben. Die Armen müssen mit defekten Kohleöfen heizen und sterben an Kohlenmonoxidvergiftung. Fluten unterspülen Deiche oder lassen Flüsse über die Ufer treten und reißen zeitgleich mit Erdrutschen Tausende Opfer in den Tod, vor allem arme. Es treten ungeahnte migrationsrechtliche Komplikationen auf. Man läuft Gefahr, gefressen zu werden.

Gefressen werden? Jawohl, gefressen werden. Gab es doch vor einigen Jahren ungeahnte, nie dagewesene Überschwemmungen in Tiflis, die nicht nur ganz allgemein Schaden anrichteten, sondern auch den Zoo dergestalt überschwemmten, dass einige Hundert Zootiere volle Freiheit zum Stadtbummel hatten. Die meisten fanden nach kurzer Zeit die regelmäßigen Fütterungszeiten attraktiver als einen abstrakten Freiheitsbegriff. Andere wurden eingefangen oder betäubt und eingesammelt. Weil solche Überschwemmungen aber relativ selten auftreten, hat der allgeorgische nationale Jagdverband auch nach dieser Erfahrung keinen Weiterbildungskurs „Zertifizierter urbaner Großwildjäger" eingerichtet. Das kann aber mit dem Klimawandel noch kommen, die Lehrpläne und Musterprüfungsaufgaben liegen sicherlich schon in der Schublade. Einige wenige Tiere blieben etwas länger verschollen. Verständlich, dass nach der Überschaubarkeit und eingeschränkten Reizexposition des Zootierdaseins so ein Leben in der Metropole überfordert. Da kann man sich schon mal verirren und den Weg zur regelmäßigen Fütterung nicht mehr finden. Da kann man sich auch mal einige Tage in ein ruhiges, dunkles Lagerhaus zurückziehen und auf Diät bleiben. Wenn dann aber das frische Futter auf seinen zwei Beinen selbst in den Rückzugsort marschiert, sagt man als inzwischen hungriger weißer Tiger nicht nein. So ist es tatsächlich geschehen, und der strafrechtlich gar nicht schuldfähige Tiger überlebte nicht lange, sondern wurde außerjustiziell exekutiert. Bestimmt ist er anonym bestattet, aber was mag als Epitaph seines Opfers geschrieben stehen?

Damit sich dies nicht in Mexiko in ähnlicher Weise wiederholt, habe ich der örtlichen Zooverwaltung vorgeschlagen, unter ihren Tigern, Löwen, Panthern, Jaguaren und Geparden eine Desinformationskampagne über die Unverträglichkeit von Zweibeinerfleisch durchzuführen, dass es gräulich, säuerlich, zäh und schädlich sei. Das ist mehr Dienst an der Gemeinschaft gewesen als Eigennutz. Im BEZIRK fühle ich mich nur wenig gefährdet. Lagerhäuser gibt es zwar, doch ich betrete sie selten. Und Tiergärten hat's hier gar nicht. Die Antwort auf meinen Vorschlag steht seit geraumer Zeit aus.

Migrationsrechtliche Komplikationen? Jawohl, migrationsrechtliche Komplikationen. Da fliegt man also aus Mexiko nach Buenos Aires, um seiner wichtigen und verantwortungsvollen Arbeit nachzugehen. Die Ankunft verzögert sich aber durch eine Zwischenlandung auf einem Provinzflughafen, wo man Stunde um Stunde im Flugzeug

sitzt, um schlecht gelaunt und voller Ungeduld darauf zu
warten, dass das Wetter den Weiterflug nach Buenos Aires
erlaubt, wo der Wind zu stark weht, um eine sichere Lan-
dung zuzulassen. Aussteigen darf man auch nicht. Endlich
beschließen wichtige Luftfahrtmachthaber, dass nun in
Buenos Aires gelandet werden könne, und nach und nach
treffen die auf den Provinzflughäfen der weiteren argentinischen Umgebung zwischengeparkten Flugzeuge ein. Der
flughafenkundige, routinierte Reisende findet auch im
Dämmer von Müdigkeit und Unlust problemlos die Ge-
päckbänder und die halbwegs versteckten Schalter der Nationalbank zum Geldwechsel. Er weiß auch, wo man die
Passage mit dem Taxi der monopolistischen Flughafenta-
xigenossenschaft kauft, und gelangt sodann ohne Zwi-
schenfälle zur Unterkunft. Es bleibt nur ein vages Störge-
fühl von unkorrekter Andersartigkeit irgendeines Aspekts.
Woran mag das liegen? An der anderen Zeitzone? An der
anderen Jahreszeit auf der Südhalbkugel? Funktionierte
ein Scheinwerfer des Taxis nicht? Oder ist es so irritierend,
dass die Sonne ihren Lauf nicht im deutschen Merkspruch-
sinne genommen hat? Bestimmt lässt sich diese Irritation
wegschlafen, oder? Nein, sie lässt sich nicht wegschlafen,
und am nächsten Morgen wieder bei wachem Verstand
ruft man sich ins Bewusstsein, dass weder Mexiko noch Ar-
gentinien dem Schengen-Raum angehören. Trügt die Erinnerung? Ein Durchblättern des Reisepasses bestätigt: Es
gab tatsächlich keine Passkontrolle, er hat keinen Einreise-
stempel. Um Komplikationen während meines Aufenthal-
tes zu vermeiden, hielt ich es für eine gute Idee, dieses
Manko zu ignorieren. Schließlich war ich nicht in meiner
Eigenschaft als Beamter in der Stadt, sodass ein fehlender
Stempel keine existenzielle innere Krise verursacht hat.
Eine gute Idee war es auch, bei der Ausreise mit mehr Vor-

lauf als üblich am Flughafen zu erscheinen und dort nicht einfach zur Passkontrolle zu laufen, sondern zu einem anderen Schalter der Migrationsbehörde. Zusammengefasst entspann sich etwa folgender Dialog.

Unschuldiger Reisender: „Guten Tag. Ich habe bei der Einreise keinen Stempel bekommen."

Misanthropische und vom Leben im Allgemeinen frustriert wirkende Grenzerin *streicht den Pass ein*: „Sie sind illegal eingereist und müssen soundsoviel Pesos [rund € 200] Geldstrafe zahlen."

UR: „Ich bin mit Flug soundso am demunddem Tag hier angekommen. Sehen Sie, hier ist die Bordkarte."

MuvLiAfwG *streicht die Bordkarte ein*: „Sie sind illegal eingereist und müssen soundsoviel Pesos Geldstrafe zahlen."

UR: „Ich kann doch nichts dafür, wenn Ihre Kollegen bei der Einreise nicht kontrollieren."

MuvLiAfwG: „Jeder muss bei der Einreise seinen Pass vorzeigen."

UR: „Da war aber keine Passkontrolle auf dem Weg vom Flugzeug bis zum Taxi. Die Passagiere müssen so geführt werden, dass sie zur Passkontrolle kommen."

MuvLiAfwG: „Ach, hier sind überall Türen und Treppen. Sie sind illegal eingereist und müssen soundsoviel Pesos Geldstrafe zahlen."

UR: „Ich bin den direkten Weg gegangen. Da war keine Passkontrolle."

MuvLiAfwG: „Sie sind illegal eingereist und müssen soundsoviel Pesos Geldstrafe zahlen. Wenn Sie nicht jetzt gleich zahlen, wird es teurer."

UR: „Warten Sie, ich bin doch mit Flug soundso am demunddem Tag hier angekommen. Der ist wegen des schlechten Wetters über jenen Provinzflughafen umgeleitet worden, wo wir nicht ausgestiegen sind. Kann es sein, dass der Weiterflug aus der Provinz hierher als Inlandsflug behandelt wurde und es daher keine Einreisekontrollen gab?"

MuvLiAfwG *schaut überfordert aus der Wäsche*: „Warten Sie mal."

Warten … warten … warten … warten, allein schon, weil der Pass hinter dem Schalter war und ich vor dem Schalter.

Vorgesetzte der MuvLiAfwG: „Sie sind illegal eingereist und müssen soundsoviel Pesos Geldstrafe zahlen. Wenn Sie nicht jetzt gleich zahlen, wird es teurer."

UR: „Ich bin mit Flug soundso am demunddem Tag hier angekommen. Der ist wegen des schlechten Wetters über jenen Provinzflughafen umgeleitet worden, wo wir nicht ausgestiegen sind. Kann es sein, dass der Weiterflug aus der Provinz hierher als Inlandsflug behandelt wurde und es daher keine Einreisekontrollen gab?"

VdmuvLiAfwG: „Warten Sie mal."

Warten … warten … warten … warten, allein schon, weil der Pass immer noch hinter dem Schalter war und ich vor dem Schalter.

VdmuvLiAfwG *schiebt Pass und Bordkarte über den Tresen*: „Gehen Sie mit meiner Kollegin zusammen zur Passkontrolle, damit die das dort erklären kann. Guten Flug."

UR *lächelt gepresst*: „Wie schön, dass Sie das aufklären konnten, vielen Dank!"

Wer *Die Reise zum Stern der Beschwingten* von Gerhard Branstner sein Eigen nennt, möge den Band aus dem Regal ziehen und vorstehenden Dialog mit dem Kapitel *Palaver mit den Vogelmenschen* vergleichen. Alle anderen mögen dieses wunderbare Buch erwerben oder ausleihen und dann diese allergroßartigste Fusion von intelligentem Humor und philosophischer Science-Fiction von vorne bis hinten durchlesen, einschließlich besagten Kapitels.

Gerne würde ich wissen, wie viele andere Reisende auf demselben Flug das vor und nach mir erlebt haben, und wie viele zähneknirschend ihre Geldbörsen zückten, jetzt fälschlich in irgendeiner argentinischen Grenzüberwachungsdatenbank mit gnadenlosem Digitalgedächtnis als illegale Einwanderer registriert sind und trotzdem keine Selbsthilfegruppe gegründet haben.

Schlechtes Wetter wird in vielen Gegenden der Welt mit Regen assoziiert. Das ist auch hier der Fall, wo wir keineswegs immer mit Sandalen und Sombrero umherlaufen, um mit feurigem „Olé!" die ununterbrochen scheinende Sonne zu begrüßen. Vor allem im Sommer regnet es recht regelmäßig, und manchmal auch recht viel auf einmal. Manchmal auch mehr, als die unterdimensionierte und verstopfte Kanalisation aufnehmen kann, die es nicht einmal in allen Ecken des BEZIRKS gibt. Das tat es auch eines Nachts. Hier im Viertel gibt es keine offenen Vorgärten und dergleichen unverhohlene Einladungen zum Einbruchdiebstahl, sondern fast alle Grundstücke sind zur Straße hin mit einer Mauer abgesperrt. Das Wasser versucht also zunächst, in der Kanalisation zu verschwinden und wird dabei von vorausschauenden Nachbarn unterstützt, die in Eigeninitiative die Gullideckel entfernen. Das reicht aber nicht unbedingt, und wenn in der Kanalisation kein Platz mehr ist, haben die Grundstücksmauern denselben Effekt auf das Regenwasser wie ein zu eng betoniertes Flussbett auf den anschwellenden Fluss. In reißende Ströme verwandeln sich die Straßen und Gassen, in Herausforderungen für professionelle Rafter, die diese aber feige anzunehmen sich scheuen. Die erwähnten Mauern zur Straße hin haben alle Löcher. Für den Einbau von Türen und Toren sind die ganz zweckdienlich und vereinfachen dadurch die Begehbarkeit der Gebäude beträchtlich, doch die Zugänge sind nicht wasserdicht. So kann der reißende Strom einen Nebenzweig entwickeln, der nicht in der nächsten Straßeneinmündung endet, sondern in der unter Straßenniveau gelegenen Garage der BEZIRKlichen Referatsleiterin. Just in jener Nacht war diese auf einer unglaublich wichtigen und langen BEZIRKlichen Konferenz, auf der unter anderem über Soforthilfe für Regenopfer aus den Vortagen beraten wurde. Die Beratung dauerte auch noch an, als der Regen zurückging, die Ströme sich wieder in Straßen zurückverwandelten und das angesammelte Wasser aus der Garage expediert werden konnte. Ich habe gar nicht erst versucht, der BEZIRKlichen Referatsleiterin das Wohnwertsteigernde Konzept des umgebungstemperierten Garagenpools schmackhaft zu machen, war ihre Aufmerksamkeit doch durch die Sitzung an Anspruch genommen. Es waren 1,5 Kubikmeter, 1½ Tonnen, 1500 Kilogramm verunreinigtes H_2O, die geschöpft, aufwärts getragen und in den nächsten, wieder aufnahmefähigen Gully gegossen zu werden heischten, nicht zu vergessen der in der Garage lagernde hundertfältige Krimskrams, der vorher vor dem ansteigenden Pegel eilig irgendwo auf einen trockenen Untergrund im und ums Haus verbracht werden wollte. Auch am nächsten Tag (den ich erlebt habe, weil kein einziger Tiger in der Garage Zuflucht gesucht hatte) redete mein Körper noch fast pausenlos mit donnernder Stimme auf mich ein: „Du bist alt und gebrechlich, du hast deine Jugend hinter dir gelassen, deine Jugend hat dich hinter sich gelassen, du bist näher an der Suche nach einem Sinnspruch für dein Epitaph als für deine Abizeitung!" In den folgenden Wochen sah man bei vielen Häusern kleine gemauerte Schwellen vor den Türen und Einfahrten entstehen.

Hätte es wenigstens gleich im Anschluss an die Lokalausgabe der Sintflut noch einen Temperatursturz auf unter -30 °C gegeben, wäre eine viel bessere und längere Eisbahn entstanden als seinerzeit auf dem BEZIRKlichen Weihnachtsfest und die BEZIRKliche Referatsleiterin hätte sich in ungeheizten Büros zu Konferenzen über die Unterstützung von Kälteopfern einfinden müssen. Aber man muss ja auch das Positive sehen: Die Straßen waren hinterher erstmal staub-, müll- und hundekotfrei.

Trotz reinigender Nebenwirkung: Schlechtes Wetter kann wirklich miese, schmerzhafte, stressige Folgen haben.

Lieferdienst für Autoräuber

Lebt und arbeitet man in einer großen Stadt, entsteht zuweilen der Wunsch nach Bewegung innerhalb dieser. Heutzutage erfordert dieses Ansinnen Entscheidungen, die über die einfache Auswahl in einem Weiler des 17. Jahrhunderts (zu Fuß losgehen oder den Ochsenkarren anspannen) hinausgehen, eines der vielen Anzeichen für die zunehmende Komplexität des menschlichen Daseins. Wir wollen also mal davon ausgehen, mit mehr oder weniger Gepäck bereits in eine Millionenstadt eingeflogen zu sein, z. B. in die mit dem größten Verkehrsflughafen und der zweitrenommiertesten Uni Lateinamerikas (São Paulo) oder aber in jene mit dem zweitgrößten und der renommiertesten (Mexiko-Stadt). Bequem ist es dann, mit dem Taxi weiterzufahren.

Ähnlich wie in Buenos Aires gibt es auch in São Paulo am Flughafen eine Taxifahrergenossenschaft mit einer bequemen Monopolstellung. Das Ticket wird vorab an einem Schalter gekauft, der Preis bemisst sich nach dem Stadtviertel und bei längeren Strecken ins Umland nur nach dem Zielort. Die bequeme Monopolstellung macht die Fahrt aber auch etwa doppelt so teuer wie mit einem normalen Taxi, mit dem man sehr wohl zum Flughafen, nicht aber von dort wegkommt. Als Alternative bieten sich ein fast überall in der Welt präsenter, hier nicht namentlich genannter Fahrdienst sowie seine Klone an. Dafür gibt es einen eigenen Wartebereich. Diese Fahrdienste haben die Stadt erobert. An ganz vielen Ecken finden sich noch Taxistände, aber nur noch selten Taxis. Noch seltener sind jedoch dem öffentlichen Personenverkehr dienende Ochsenkarren. Selbst pferdegezogene Gefährte scheinen aus dem öffentlichen Stadtbild verschwunden und in deren Gefolge der wunderschöne Begriff der Mietdroschke aus dem Vokabular des täglichen Gebrauchs. Jedenfalls ist die Mietdroschke im amtlichen Lehrplan für Deutschunterricht an brasilianischen und mexikanischen Schulen kein Bestandteil des Grundwortschatzes.

In Mexiko am Flughafen ist alles ganz, ganz anders. Dort gibt es ein Triopol registrierter und zugelassener Taxigesellschaften am Flughafen. Selbstverständlich greift da erbarmungslos der marktwirtschaftliche Wettbewerb unter den drei Anbietern, sodass sie alle ihre Preise am untersten Rand des gerade noch wirtschaftlich Vertretbaren festlegen. Nur damit ist es zu erklären, dass sich bei ihnen die Einteilung der Stadt in Tarifzonen und die jeweiligen Preise für die Fahrt in eine dieser Zonen so ähneln. Oder? Im Gegensatz zu São Paulo kann man aber das Flughafengelände bequem verlassen und ist dann schon in der Stadt, wo normale Taxis zum Normaltarif anhalten. Im Gegensatz zu São Paulo gibt es auch eine gute ÖPNV-Anbindung.

Überhaupt ist das Taxiwesen in Mexikos Hauptstadt vielfältig. Wer in Mexiko ein Masterstudium des Verkehrswesens aufnimmt, sollte mindestens zwei Module dazu studieren – theoretische Taxiologie und praktische Taxiologie. Diese Module sind zugleich ein Gütesiegel des Studiengangs. Sind sie nicht Bestandteil des Curriculums, taugt der ganze Studiengang nichts, denn den Studierenden bleiben wesentliche Geheimnisse des Personentransports vorenthalten. Diese besonders lizenzierten Flughafentaxis sind ein Sonderfall. Andere Taxis fahren zum festgelegten Tarif mit Taxameter. Die günstigsten heißen „freie Taxis". Dieses Verständnis von Freiheit ist aber ebenso verlogen wie in „freisetzen" für feuern oder „freie Platzwahl" bei Easyjet für Erfolg durch Ellenbogen. De facto haben sie einfach keinen besonderen Standplatz und dürfen nicht an den lizenzpflichtigen lukrativen Ecken warten, um Passagiere aufzunehmen. Ihre Grundgebühr kostet etwa 0,42 € und jeder gefahrene Viertelkilometer oder jede gestandene Dreiviertelminute gut 0,05 €. Das ist nicht viel. Früher hatte man als einzelner Passagier in solchen Taxis immense Beinfreiheit. Das war noch zu Anfang des Jahrtausends so, als die Pferdemietdroschken schon vollends durch VW Käfer abgelöst waren. Beinfreiheit und VW Käfer klingt zunächst unvereinbar, doch sie wurde wirksam durch den Ausbau des Beifahrersitzes hergestellt. Weniger war mehr! Nun sind es meistens kleine Limousinen. Alle paar Jahre ändert sich mal die Vorschrift über die Lackierung. Von grün-weiß über weinrot-golden sind wir jetzt bei weiß-rosa. Inzwischen wird das aber nicht mehr so dogmatisch gehandhabt. Der Normaltarif für freie Taxis zwischen 6:00 und 23:00 Uhr ist Tarif 1, der am Taxameter so eingestellt werden muss und auch angezeigt wird. Manchmal steht da Tarif 2, und meistens korrigieren die Fahrer ihr Versehen – eine unredliche Motivation zu unterstellen, wäre ja geradezu pathologisch misstrauisch – auf einen freundlichen Hinweis sofort. Tarif 2 nämlich ist der rund 20 % höhere Nachttarif, was immer noch nicht viel ist. In seltenen Fällen lehnen sie die Korrektur ab. Wenn man dann aussteigen möchte, eskalieren sie aber nicht weiter, sondern halten an und man ist die ersten 100 Meter zum Ziel gratis gefahren, hat also am Ende nichts oder vielleicht 4 Eurocent gespart. Wann kommt der Nachttarif regelmäßig in Anwendung? Womöglich nachts? Praktisch nie, denn nachts wird nicht nach Taxameter berechnet, sondern nach freier Verhandlung vor Fahrtantritt. Üblicherweise möchte man spät nachts nicht lange in Mexiko-Stadt an der Straße herumstehen, sodass die Fahrer eine gewisse Verhandlungsmacht haben. Man könnte das theoretisch alles beim allgemeinen Kummertelefon der Stadtverwaltung zur Anzeige bringen, aber ich kenne niemanden, der das ernsthaft unternommen hätte. Wenn ich mal Langeweile habe, sollte ich das ausprobieren. Die genannten Zahlen entsprechen dem offiziellen Tarif, aber die Kreativität bei der Taxametermanipulation ist legendär, sodass ein korrekt angezeigter Tarif 1 keinerlei Gewähr bietet, dass die Fahrt auch korrekt berechnet wird. Angesichts der offiziellen Preise könnte man das aber auch Augen zudrückend als Notwehr durchgehen lassen. Bei einem Fahrer habe ich mich aber doch geärgert. Er war schmutzig. Sein Taxi war schmutzig und stank. Sein Taxi war in miesem Zustand, sodass man kaum glauben konnte, dass es nicht älter war als die erlaubten maximal zehn Jahre. Er kannte nicht einmal die Hauptstraßen. Er fuhr miserabel und schlenkerte so knapp an einem parkenden LKW vorbei, dass er den eigenen Außenspiegel abbrach. Das war ihm Anlass, anzuhalten und ausführlich den LKW-Fahrer anzupöbeln. Als wir später nicht ganz so weit von meinem eigentlichen Zielort ankamen, wollte er auch keinen Nachlass geben, weil das Taxameter während der Pöbelei aufgrund des von ihm verursachten Unfalls weiterlief, und im scheinbar korrekten Tarif die Preisanzeige rund doppelt so hoch lag wie die übliche Größenordnung auf dieser Strecke. Meine kleine Rache war, dass ich per Handzeichen eine schon wartende potenzielle Passagierin erfolgreich vorm Einsteigen warnte. Ätsch! Aber per Kummertelefon denunzieren und das Kennzeichen samt Taxifahrernamen laut der im Taxi ausgehängten Lizenz angeben? Nicht doch.

Es hat auch Taxis mit Lizenz für einen festen Standplatz, zum Beispiel vor dem Supermarkt in Fußentfernung. Für die gibt es die Tarife 3 (tagsüber) und 4 (nächtens). Da zahlt man schon beachtliche 0,67 € Grundgebühr und nochmal gut 0,07 € für jede weitere Einheit. Abgesehen von der erweiterten Lizenz ist aber kein Unterschied erkennbar. Vor allem halten auch diese Taxis auf der Straße, wenn man sie heranwinkt, und berechnen dann ohne Mehrwert für den Passagier den höheren Preis, weil sie es dürfen. Wer luxuriös in der unteren Mittelklasse und sicher unterwegs sein möchte, ruft ein Funktaxi nach Hause. Die Grundgebühr steigert sich im Tarif 5 auf immense 1,35 € und für weitere Einheiten kommen runde 0,09 € hinzu, nachts noch einmal um 20 % verteuert. Angesichts dieser Fahrpreise ist man geradezu armutsbedroht, allerdings immer noch mehr als Taxifahrer denn als Passagier. In der VW-Käfer-Epoche gab es im Lokalfernsehen eine Dokumentation über Taxifahrer. Einer konnte seiner Familie zwar eine Art überdachtes Heim bieten, dessen Quadratmeterzahl den Familienzusammenhalt sehr beförderte, aber für eine eigene Toilette hat's trotz seines 16-stündigen Arbeitstags nicht gereicht. Da musste fürs Müssen beim Nachbarn angeklopft werden.

Unter den Fahrern gibt es neben der in den verschiedenen Arten von Taxis auch eine in den Eigentumsverhältnissen begründete Hierarchie: Manche fahren ein eigenes Taxi, andere mieten es sich. Beide Gruppen sind sich gewiss darin einig, Umweltschutz total gut zu finden. Der führt nämlich dazu, dass je nach Alter der privaten Autos diese an einem bestimmten Wochentag oder zusätzlich auch an bestimmten Samstagen nicht in der Stadt gefahren werden dürfen. Der Wochentag bestimmt sich nach der letzten Ziffer des Kennzeichens. Das alles bezieht sich aber nur auf Mexiko-Stadt. In anderen Städten wird kaum überhaupt mal ein Taxameter benutzt.

Angesichts dieser Preise sind die uberall aus dem Boden gesprossenen Fahrdienste nicht so eine böse Konkurrenz für Taxis. Sie sind teurer und damit exklusiver. Vor allem werden sie gerne genommen, weil sie als sicherer gelten als Taxis, besonders zu später Stunde. Reguläre Taxis und besonders deren gelungene Imitate stehen in dem Ruf, dass die Fahrer gerne mal das Fahrtziel eigenmächtig bestimmen und einseitig den Fahrpreis anheben auf „alles Geld, was du dabeihast, und zusätzlich alle deine Wertsachen" und dieser Änderung gegebenenfalls bewaffnet Nachdruck verliehen. Deshalb ist es nicht doof, wenn man bei nächtlicher Taxinutzung ostentativ die aushängende Lizenz und die Nummernschilder studiert und dann die Angaben per Messenger zu einer vertrauten Person schickt oder wenigstens so zu tun vorgibt. Einer dieser besagten Fahrdienste ist bei Taxifahrern sogar besonders beliebt, denn im Gegensatz zum Original lässt er Taxen als Auftragnehmer zu und ist dann lukrativer als eine normale Passagierbeförderung mit nur mäßig manipuliertem Taxameter. Ein anderer dieser Fahrdienste hat keine Lust auf hohe unnötige Downloadzahlen. Meine Nummer ist mexikanisch. Mein Wohnsitz ist mexikanisch. Aber das Handy selbst ist aus Deutschland und daher will sich seine App nicht installieren lassen. Offenbar haben die keine Lust, am Tourismus zu verdienen. Es gibt solche Dienste, bei denen die Registrierung über einen gesichtslosen Social-Media-Account erfolgt, der sich wiederum ohne wirksame Verifizierung einrichten lässt. Es müssen auch keine Zahlungsdaten hinterlegt werden, denn es gibt die Option der Barzahlung an den Fahrer. Die Identität des Kunden ist also unbekannt. Im Ergebnis fungiert dieser Anbieter als innovative Erweiterung der Palette der Lieferdienste um einen solchen für moderne Autoräuber, die bei nicht genehmer Kfz-Marke die Bestellung noch vor Ankunft canceln können. Aber das erfordert mehrere Denkschritte seitens der potenziellen Autoräuber, und darum ist klassisches Carjacking immer noch verbreitet. Nicht zu vergessen, dass Kleingangster nicht immer schlau sind. Den Eltern einer brasilianischen Kollegin wurde ihr Lieferwagen geraubt und sie selbst darin eingesperrt und irgendwo ins Nichts entführt. Irgendwo im Nichts zeigte sich aber, dass die jugendlichen Gangster zu doof zum Autofahren waren und mit der Vielzahl der drei Pedale zuzüglich Schaltknüppel nicht zurechtkamen. Das Getriebe war also ruiniert und der immobil gewordene Wagen wurde verlassen, die Eltern konnten sich befreien und nach nur vier Stunden Fußmarsch erreichten sie eine Ortschaft. Leider sind dumme Gangster durchaus nicht weniger gefährlich als schlaue, wohl eher im Gegenteil.

Trotz der vergleichsweise niedrigen Preise können sich nicht alle Mexikaner ein eigenes Auto oder immerzu ein Taxi leisten. Es bleibt also der ÖPNV. Für ein Ballungsgebiet von etwa 25 Millionen Menschen – so ganz genau weiß es keiner – den ÖPNV zu organisieren, ist eine geradezu herkulische Aufgabe. Ärgerlicherweise hat Herkules aber bis zu seiner Entrückung in den Olymp die hellenische Welt nie verlassen, konnte sich also dieser Aufgabe nicht annehmen. Deshalb ist der ÖPNV von Mexiko-Stadt nur teilweise organisiert. Vor allem gibt es keinen segensreichen Verbund wie den HVV oder die BVG und damit auch keine Netzkarten, Monatskarten, Jobtickets etc. Dafür sind die Einzelpreise viel segensreicher.

Natürlich hat die U-Bahn einen niedrigen Coolnessfaktor, das gilt auch für die Metro in Mexiko. Im Gegensatz zu vielen anderen öffentlichen Einrichtungen funktioniert sie aber einigermaßen. Das Netz ist seit der Einweihung 1969 auf zwölf Linien angewachsen. Das sind die Linien 1, 2, 3, 4, 5, 6, 7, 8, 9, A, B und 12. Ginge es nach B noch bis F mit Buchstaben weiter, könnte man ja fast annehmen, dass die Nummerierung hexadezimal sein soll. Die Liniennummern sind aber praktisch unwichtig, denn der Volksmund benennt sie nach der Farbe auf dem Metroplan. Zur Einweihung war man noch voller Nationalstolz und hat die Waggons in Mexiko produziert. Später ließ der Stolz nach. Jetzt werden sie importiert. Die Linien 10 und 11 waren bereits geplant – seit 1996. Wir haben also das silberne Planungsjubiläum hinter uns. Die Planung ist aber bis auf Weiteres zurückgestellt. Zum Glück fahren die Züge nach erfolgter Planung und Streckeneinweihung schneller, als der Planungsprozess es vermuten ließe. Die letzte neue Strecke, Linie 12, wurde 2012 eingeweiht. Weite Teile davon mussten aber nach kurzer Zeit für viele Monate wieder stillgelegt werden, als sich herausstellte, dass der allgemeine Sumpf des hauptstädtischen Untergrundes – das ist jetzt mal nicht vorwiegend politisch gemeint, sondern vor allem geologisch – nachgab und die Gleise mit ihm. So als Metrobauingenieur ist es eine Last: Entweder ist der blöde Boden zu weich und man muss aufpassen, dass die Gleise oder gar gleich die gesamten Tunnel nicht wegsacken, oder der Untergrund ist zu hart und man muss jeden Meter freisprengen. Der Untergrund von Mexiko-Stadt ist geologisch in weiten Teilen im Wesentlichen ein trockengelegter See und entsprechend weich. Bei Erdbeben fungiert er also als Resonanzboden (vulgo: ist wabbelig), was die Zerstörungskraft vervielfacht. Man stelle sich plastisch eine viele Quadratkilometer umfassende Portion Wackelpudding vor, auf der Mexiko-Stadt im Wesentlichen errichtet ist, und deren Eigendynamik bei starken Schubsen.

Es war ein als Hochbahn geführter Abschnitt derselben Linie, auf dem ein Gleisträger zwischen zwei Pfeilern eingebrochen ist und zum ersten tödlichen Unfall nach 46 Jahren führte. 25 Tote und Dutzende Verletzte. Das reichte hier für zwei Wochen, in denen der Unfall jeden Tag in diversen Facetten in den Zeitungen und Fernsehnachrichten behandelt wurde. Vor allem wurde darüber spekuliert, ob das Versagen dem unzureichenden Bau oder der unzureichenden Wartung zuzuschreiben ist. Beim Bau wäre zu fragen, ob es sich um einen Planungsfehler handelt oder das Bauunternehmen mit billigerem Material gearbeitet hat, als vorgesehen war. Bei mangelnder Wartung müsste geprüft werden, ob sie schon mangelhaft angelegt war oder einfach nicht ausgeführt wurde. Alles ist realistisch, und alle Varianten können auch kumuliert aufgetreten sein. Es geht selbstverständlich nicht um Aufklärung an sich, sondern darum, sich vor der politischen oder eventuell sogar strafrechtlichen Verantwortung zu drücken. Man mag es kaum glauben, aber Verantwortliche für Pfusch am Bau, der dann zu vielen Erdbebentoten führte, sind tatsächlich zu langen Haftstrafen verurteilt worden und eingefahren. Solche Übeltäter sind natürlich genauso bedauernswerte Einzelfälle wie Nazis in Bundeswehr und Polizei.

Trotz niedrigen Coolnessfaktors möchte man als junger Gockel natürlich gerne cool sein. Auch beim Metrofahren. Bei bestimmten Versuchen dazu hilft es, groß zu sein und zu stehen. Einer hatte das nicht bedacht. Zur Coolness gehört neben der Sonnenbrille die Bändigung der Haare, und dafür gibt es einen in Deutschland nach der Petticoat-Ära weitgehend vergessenen Tipp: Zuckerwasser ins Haar! Das hatte ein junger Passagier aufgenommen, und dieser echte Siegertyp hatte sogar einen Sitzplatz. Die sind meistens recht rar in der Metro, und ich wundere mich, dass der Geschäftssinn noch nicht darauf gekommen ist, Sitzplätze zu besetzen und dann gegen ein mittelkleines Entgelt anzubieten. Das Dumme ist nur, dass die Mehrheit der Stehenden auf die Zuckerkristalle in des Gockels Scheitel herniederblickte. Da so etwas selbstverständlich unausgesprochen bleibt, verblieb ihm aber seine coole Selbstwahrnehmung.

Mit der Metro zu fahren, kostet 0,25 €. Dafür muss man seine vorher mit genug Pesos aufgeladene Metrokarte an ein Lesegerät halten, wo der Betrag dann abgebucht wird. Schnickschnack wie Zeitkarten, Preisdifferenzierung nach Fahrtdauer und dergleichen ist unbekannt. Wer einmal in der Metro ist, kann in dem ganzen System bis Toresschluss gegen Mitternacht herumfahren und -laufen oder bis die Natur sich aufdrängt, denn Toiletten gibt es in den Haltestellen nicht. Vor Jahren noch war der Kleinhandel verbreitet und das führte zu einem kostenfreien kulturellen Begleitservice, wie ein enthusiastischer Pauschalreisenprospekt es ausdrücken würde. Wirklichkeitsnäher beschrieben: Der Geschäftssinn hatte sich eine Plage ausgedacht. Ständig wurden irgendwelche Waren in der Metro angeboten. Das ist bei Batterien, Süßwaren, Schreibzeug und dergleichen nicht weiter schlimm, aber leider wurden auch CDs feilgeboten. Die etwas prekäre Copyright-Frage soll jetzt nicht im Detail untersucht werden, aber wer CDs verkaufen will, muss die potenzielle Kundschaft ja auch wissen lassen, was da gerade angeboten wird. Es liefen also Menschen mit einer Tasche CDs für etwa 1 € pro Stück und riesigen Boxen über der Schulter, mehr durch Lautstärke als durch Tonqualität hervorstechend, durch die Waggons. Die Musik wurde schön laut gestellt, um das Eigengeräusch der Metro zu übertönen, und um noch hörbar zu sein, brüllt der Verkäufer noch lauter sein Angebot in die Runde. Der Fortschritt der Technik brachte noch eine Steigerung: Musik-DVDs wurden ähnlich angeboten, aber mit kleinem Plasmabildschirm als zusätzliches Marketinginstrument. Stille wird in Mexiko gemeinhin nicht als hohes Gut betrachtet, und sie ist nicht nur in der Metro rar. Dabei ist die Bahn selbst noch relativ leise, denn die meisten Linien fahren auf Gummireifen. Der Kleinhandel hat aber in den letzten Jahren sehr nachgelassen. Präziser wäre wohl: Er wird jetzt wirksam unterbunden.

Es gibt durchaus die Möglichkeit, legal umsonst mit dieser Metro zu fahren. Davon können beispielsweise alle Hauptstadtbewohner im Alter von mindestens 60 Jahren profitieren. Früher ging das so, und das war schon der vereinfachte Zugang: An zehn der insgesamt 164 Haltestellen (vor Einweihung der Linie 12) gab es Informationsschalter, an denen sie sich ein Formular aushändigen lassen konnten. Diese Schalter waren nicht wirklich groß und schon gar nicht ausgeschildert, und sie befanden sich in den großen unübersichtlichen Umsteigehaltestellen. Das Formular konnten die Senioren an selbigen Schaltern wieder abgeben, und dann mussten sie nur noch ihre Quittung dafür aufbewahren und am auf der Quittung angegebenen Datum zur auf der Quittung angegebenen Uhrzeit den auf der Quittung angegebenen Ort aufsuchen, und – schwupp! - ohne weiteren Aufwand erhielten sie ihre Freikarte. Wie das vor der Vereinfachung gewesen war, entzieht sich meiner Kenntnis. Betriebswirte kennen für so etwas den Begriff „Abschreckungskonditionen". Dennoch hatte ich an einem Bahnhof eine lange Schlange älterer Mexikaner gesehen, die sich nicht abschrecken lassen hatten. Effektiver wäre die Abschreckung gewesen, wäre noch ein kleiner Gelände-Cross-Lauf zur Bedingung gemacht worden, ggf. mit Zeitvorgaben. Jetzt ist aber Abschreckung wohl nicht mehr Hauptziel, denn es bedarf keines Ausweises der Metro mehr, sondern nur noch eines allgemeinen Seniorenausweises des mexikanischen Seniorenbundesamtes INAPAM, den man bei deren Niederlassungen bekommt. Auch von ihnen gibt es in der riesengroßen Stadt zehn Stück, und anlässlich Corona wurden sie komplett geschlossen. Kleinkinder, anerkannte Behinderte und uniformierte Polizisten dürfen auch umsonst fahren, obwohl es für richtige Einsätze richtige Polizeiautos gibt. Das sind alternative Anforderungen, keine kumulativen. Man muss also – wie gut, dass hier keine Juristen am Werk waren, die zuvor Geschäftsbedingungen von Versicherungen für die Massenkundschaft verantwortet haben! – kein kleinkindlicher, behinderter Polizistensenior in Uniform sein. Und Massen fahren mit der Metro: Über 1,5 Milliarden Passagiere jährlich, davon gut 200 Millionen gratis. Die Metro ist also sehr präsent und parteiübergreifend als der wohl am besten funktionierende Teil der gesamten öffentlichen Daseinsvorsorge in Mexiko-Stadt anerkannt. Sie wird von einer eigens gegründeten städtischen Gesellschaft betrieben und hat in dieser Form sogar den seinerzeit hier grassierenden Privatisierungswahn der 1990er-Jahre überlebt.

Von und zur Metro kommt man am häufigsten mit Peseros oder Combis. Letztere sind kleine Busse und manchmal noch Gefährte im VW-Bus-Format (ganz altes Modell). Man soll sich nicht irren und etwa denken, da würden nicht problemlos 18 Passagiere reinpassen oder das ginge nicht auch für lange Fahrten in die Vororte. Nicht nur lang Gewachsene haben dabei das Problem, dass sie gebeugt stehen müssen, weil diese Dinger eben nicht sehr hoch sind. Aber auf den meisten Strecken fahren Peseros. Die haben etwa zwanzig bis dreißig Sitz- und eine astronomisch hohe Zahl Stehplätze. Ihre Einrichtung ist in aller Regel sparsam, und die meisten scheinen keiner strengen Emissionskontrolle zu unterliegen. In der Regel zahlt man beim Einsteigen vorne beim Fahrer, und wenn das wegen Überfüllung nicht geht, wird vom hinteren Trittbrett der Obolus nach vorne durch die ganze Reihe Passagiere durchgereicht, und auch das Wechselgeld kommt zuverlässig an. Diese Trittbrettfahrer sind im metaphorischen Sinne also keine. Peseros fahren tagsüber fast ständig. Gelegentlich hängt im Cockpit das Porträt eines langhaarigen blutüberströmten Mannes, der leidend ins Nichts schaut. Meist trägt er noch etwas auf dem Kopf, was wie ein Ring aus Stacheldraht aussieht. Wäre ich nicht mit der Ikonografie des abendländischen Kulturkreises ein bisschen vertraut, müsste ich vermuten, es handele sich um eine illustrierte Warnung vor den fast unvermeidlichen Folgen der Benutzung dieser Vehikel im Stadtverkehr.

Die Linien sind festgelegt und werden staatlich an einzelne Lizenznehmer vergeben. An den Startpunkten sitzen auch staatliche Aufpasser, um die planmäßige Abfahrtenfrequenz zu überwachen. Die Lizenzinhaber verdienen mit diesen Linien gut, aber die Fahrer nehmen einen sehr niedrigen Platz in der Sozialordnung ein. Lange waren die Preise abhängig von der Distanz festgelegt: bis 5 km, 5 bis 12 km und mehr als 12 km für etwa 0,27, 0,30 und 0,33 €. Fragte man nach dem Preis, wurde die Entfernung durch den Fahrer festgelegt. Drückte man ihm aber den Betrag passend abgezählt in die Hand, wurde nicht ständig nachgehakt, wohin man eigentlich wollte. Inzwischen sind diese

Preise auf den meisten Linien auf etwa 0,39 € vereinheit-
licht. Ein Fahrer erlegte mir und den anderen Passagieren
20 Minuten Zwangspause auf. Warum das? Motorscha-
den? Essenspause? Gebetszeit? Nichts davon, sondern er
hatte sich über einen Kollegen ganz massiv geärgert und
dessen Weiterfahrt mit dem von ihm gefahrenen Pesero
blockiert. An der Ecke saß wohl gerade kein staatlicher Ab-
fahrtsaufpasser. Wenn man mal von den Preisen absieht,
sind HVV, BVG & Co. doch gar nicht so schlecht.

Inzwischen fahren auch Busse im großstädtisch-deut-
schen Busformat, aber mit viel einfacherer Ausstattung.
Die meisten werden ebenfalls von staatlich lizenzierten Pri-
vatunternehmern auf den Weg gebracht. Es ist ein großes
Privileg, dass so ein Bus mich trotz recht langer Strecke
ohne umzusteigen bis in die Innenstadt bringt. Unabhängig von der Distanz zahlt man 0,28 €. Eine andere Linie
fährt bis zu einer Endhaltestelle der Metro. Auch das ist
sehr nützlich, denn ab dort ist die Chance auf einen Sitzplatz in der Metro recht hoch. Als Insider weiß man aber,
dass diese Strecke anfälliger für Überfälle ist. Damit meine
ich nicht Taschendiebstahl im Bus, sondern bewaffnete
Überfälle auf den ganzen Bus auf der Stadtautobahn einer
Großstadt. Wenn das auf der alten AVUS-Strecke passie-
ren würde, wäre das noch schlagzeilenträchtig. Wenn das
in Mexiko passiert, ist das allenfalls bei Verletzten oder To-
ten überhaupt eine Meldung wert. Teilweise fahren auf
denselben Strecken noch staatliche Busse, deren Fahrpreis
seit vielen Jahren nicht erhöht wurde und durch den kontinuierlichen Peso-Verfall inzwischen auf 0,10 € gesunken
ist. Die zirkulieren aber so selten, dass selbst mit engem Einkommen kaum jemand auf sie wartet. Früher gab es da
noch Tickets, die gleichzeitig als Versicherungsschein fun-
gierten. Es wäre bestimmt ein Riesenspaß gewesen, aus Eu-

ropa die Entschädigung für gequetschte Finger einzufordern. Alle diese Bussorten legen Zeugnis von dem hohen Alphabetisierungsgrad in Mexiko ab, obwohl es in PISA klar den letzten Platz belegt hat. Allerdings waren afghanische Mädchenschulen beispielsweise nicht unter den Teilnehmern. Hier reicht es nämlich aus, dass die Ziele und markanten Punkte auf der Route am Bus aushängen und lesbar sind; in Guatemala hatte ich erlebt, dass auf dem Trittbrett vorne immer junge Männer mitfuhren und die Richtung mit fast der gebotenen Lautstärke auch ausriefen. Den vorgenannten richtigen Bussen, ob staatlich oder privat, ist auch gemein, dass man sein Fahrgeld passend zahlen und in einen Schlitz werfen muss, wo der Fahrer dann hinter einer Scheibe den Betrag erkennen kann und ihn mittels eines Pedals in eine Säule fallen lässt. Manchmal habe ich aber den ungeheuerlichen Eindruck, so ganz genau gucke er gar nicht hin. Sollte er selbst kassieren, wird der Passagier gebeten, diese Unterschlagung telefonisch anzuzeigen. Sie teilen auch den Nachteil, dass der Fahrpreis kein Umsteigen erlaubt. In diesen Bussen wird oft irgendwelcher Kleinkram verkauft, aber ohne den Einsatz von DVD-Playern und dergleichen.

Direkt von einer städtischen Gesellschaft wird ein System von O-Bussen betrieben. Bisher gesagt wäre wohl, es werden neun isolierte Linien mit O-Bussen betrieben, denn ein System setzt ja systematische Planung voraus, welche ich bezweifele. Die ersten wurden schon 1951 eingeweiht. Man muss ja geradezu dankbar sein, dass auch diese Gesellschaft im städtischen Besitz geblieben ist. Der Fahrpreis ist variabel und beträgt je nach Linie und Uhrzeit 0,10, 0,20 oder 0,32 €. Wollen wir hoffen, dass der teurere Nachttarif auch zu höheren Löhnen für die Fahrer führt. Die älteste Linie verbindet zwei große Busbahnhöfe und führt dabei auch an der Parteizentrale der über Jahrzehnte alleinherrschenden Ex-Quasi-Staatspartei vorbei. Es war aber auch zu Zeiten ihrer Präsidentschaft weder erforderlich noch gängig, sich im Vorbeifahren zu verbeugen und den Hut zu ziehen. Dieselbe Gesellschaft betreibt auch noch einen sogenannten leichten Zug. Man stelle sich das als uneheliches Kind von Metro und Tram vor, das im katholischen Mexiko der 1980er-Jahre am Stadtrand versteckt wird und einmaliges Zeugnis eines Fehltritts bleibt. Davon gibt es nämlich nur eine einzige Linie, die sich an eine Metroendhaltestelle anschließt und im BEZIRK endet. Sie neigt schon ab der ersten Haltestelle im BEZIRK zur Überfüllung, und Reisen mit Gepäck sind praktisch unmöglich, weil man es im Gedränge nicht hineinkriegt. Die klischeehaften Fotos von Briten, die in wohlgeordneter Schlange auf den Bus warten und ihn geordnet nacheinander betreten, sind genau das Gegenteil vom Usus in Mexiko. Mitfahrer kommentierten das Reiseerlebnis mal mit: „Was unsere Regierung uns hier zur Verfügung stellt! Transport, Sauna und Chiropraktik, und das alles für nur drei Pesos!" Das entspricht etwa 0,15 €, mit derselben Karte wie bei Metro und Metrobús zu entrichten.

Seit 2005 fährt nämlich eine Gelenkbusinnovation durch die Stadt, eben der vorerwähnte Metrobús. Das System besteht aus inzwischen sieben Linien und soll noch erweitert werden. Sein Betrieb ist hoch reguliert, doch an verschiedene Betreiber outgesourct. Innerhalb dieses Systems kann man mit seinen etwa 0,30 € auch umsteigen, nicht aber von und zur Metro, obwohl die mit derselben Karte bezahlt wird. Nur vom Flughafen berappt man 400 % Aufschlag. Der Metrobús wurde auch sehr schnell sehr gut angenommen, ist also auch tendenziell überfüllt. Das mit Transport, Sauna und Chiropraktik passt auch hier, wenngleich als Luxusversion zum doppelten Preis. Die erste und längste Linie erstreckt sich einigermaßen gerade über 28 km und 49 Haltestellen von Süd nach Nord durch die Stadt (meinetwegen auch umgekehrt, je nach wohnortbedingter Sichtweise) und benötigt dafür bei wenig Verkehr 75 Minuten. Damit erreicht er weder im Süden noch im Norden ganz die Stadtgrenzen, aber im Norden kommt er schon sehr in die Nähe. Eigentlich sollte die Verkehrslage keine nennenswerte Auswirkung auf die Fahrzeit haben, denn zum Konzept Metrobús gehört eine eigene Spur, die dem Individualautoverkehr geraubt wurde und seine Beliebtheit ausmacht. Manchmal stauen sich aber auch ein paar Busse auf dieser Spur. Ähnlich wie die Metro genießt er einen guten Ruf. Mir scheint die These nicht allzu weit herbeigeholt, dass die Namensfindung für diesen auf der allgemeinen Anerkennung jener fußte. Der Umstieg von und in diesen wird aber nicht nur durch die erneute Zahlung erschwert, sondern auch dadurch, dass selbst die Haltestellen von Metro und Metrobús, an denen beide sich begegnen, nicht zwingend den gleichen Namen tragen. Etwas intellektuelle Herausforderung muss bleiben. Obwohl auch städtisch, gelten andere Regelungen für die Gratisfahrten als bei der Metro. Die Altersgrenze ist hier erst 70 Jahre, und auch die uniformierten Polizisten genießen keine Vorzugskonditionen, jedenfalls keine veröffentlichten. Etwas intellektuelle Herausforderung muss auch für Senioren und Ordnungshüter bleiben.

Der Metrobús wird gut angenommen, und so kam man auch im angrenzenden Bundesstaat Mexiko auf die Idee, ihn zu kopieren. Dieses angrenzende Mexiko ist weder mit Mexiko-Stadt noch mit Mexiko als völkerrechtliches Subjekt zu verwechseln, sondern ist mit einem Bundesland vergleichbar. Merken: Mexiko entspricht je nach Kontext

Deutschland, Brandenburg oder Berlin. Im Bundesstaat Mexiko fahren unter dem inspirierenden Namen Mexibús bisher vier im bundesstaatlichen Auftrag betriebene Linien, für die es eine eigene Chipkarte gibt und die pro Fahrt 0,45 € kosten. Ohne Umsteigemöglichkeit, und die gemeinsame Chipkarte ist eine neue Errungenschaft. Zuvor unterschieden sie sich von Linie zu Linie, weil die mit der Durchführung beauftragten Betreiber unterschiedliche sind, so kann man die Akzeptanz des ÖPNV auch torpedieren und gar einen Hauch von Zweifel an der Überlegenheit des Wettbewerbs aufkommen lassen. Nur in den ersten zwei Monaten waren neu eingeführte Linien jeweils gratis, damit man sich dran gewöhnen konnte. Die allerjüngste Linie brachte dann nach fünf Jahren auch endlich einen Anschluss an die Seilbahn – von La Paz lernen heißt siegen lernen! –, die als Mexicable firmiert. Eine Linie mit sieben Stationen existiert, eine weitere Linie ist geplant. Für die Seilbahn gilt derselbe Preis, der mit derselben Karte zu zahlen ist. Die tritt sogar bei der Toilettenbenutzung in den Haltestellen an die Stelle von Münzen. Gnade einem der heilige Blasius, der als Nothelfer anzuflehen ist, wenn sie nicht mehr genug Guthaben aufweist! Theoretisch passen bis zu zehn Passagiere in eine Gondel, aber praktisch wird nicht einmal jede überhaupt besetzt. Könnte das daran liegen, dass herkömmliche Peseros auf derselben Strecke hin- und herfahren, die im Wesentlichen einer einzelnen Straße folgt? Im Grunde sitzt es sich ganz behaglich in diesen sanft schaukelnden Gondeln, deren Geräuschkulisse aus des Windes Brausen und dem erstaunlich gut tragenden Gebell von Straßenkötern besteht, während menschliche Stimmen kaum durchdringen. Unter der Linie liegende Dächer werden bereits als Werbeflächen gebraucht, und im Heimatland der modernen Wandmalerei ist diese entlang der

Mexicable-Linie zur Dachmalerei weiterentwickelt worden. Als Passagier kann man von oben in die Höfe der unter einem passierenden Häuser blicken und Wäscheleinen, Autos, Schrott, Privatkapellen, Zierpflanzen, Gas- und Wassertanks sowie allerlei anderen Krimskrams begutachten. In Verbindung mit einem GPS-fähigen Handy ist das eine sehr gemütliche Gelegenheit, künftige Einbruchsziele auszuspähen. Von der Hauptstraße zur Endhaltestelle geht es nicht gerade hinauf, sondern auf und ab, insgesamt jedoch nach oben, so wie auf lange Sicht ein Aktienindex. In die Gegenrichtung geht es auch auf und ab, insgesamt aber – wer wäre nicht schon alleine darauf gekommen! – nach unten, so wie auf lange Sicht das britische Gesundheitswesen.

Mit der Einweihung durch den mexikanischen (im Sinne von völkerrechtliches Subjekt) Präsidenten im Jahre 2016, der vor seiner Wahl mexikanischer (im Sinne von Bundesstaat) Gouverneur war – so heißen in Mexiko die Ministerpräsidentenäquivalente – hatte der Bundesstaat gegenüber Mexiko (im Sinne von Hauptstadt) die Nase um fünf Jahre vorn. Ein Höchstmaß an Integration zwischen Stadt und Bundesstaat wird im Verkehr erreicht, indem bundesstaatliche Mexibús-Linien an städtischen Metro-Endhaltestellen abfahren dürfen. Da sind eine Menge Funktionäre aber ganz schön über ihren Schatten gesprungen! Eine Menge müssen es gewesen sein, denn solch weitreichende Entscheidungen erfordern in der mexikanischen (egal, ob Stadt, Bundesstaat oder völkerrechtliches Subjekt) Bürokratie eine Menge Unterschriften, und das Bedenkentragen ist eine der Hauptaktivitäten mexikanischer (ebenfalls egal, ob Stadt, Bundesstaat oder völkerrechtliches Subjekt) Verwaltungsangehöriger. Alleine so eine Abstimmung untereinander muss geradezu ein Generationenprojekt sein. Das völkerrechtliche Subjekt heißt übrigens nur mit Kosenamen Mexiko, der volle Name laut diplomatischem Protokoll schreibt sich hingegen Vereinigte Mexikanische Staaten. Und die Bezeichnung des Bundesstaates lautet ganz offiziell Staat von Mexiko, während die Hauptstadt unter Stadt von Mexiko läuft, eine eher unbescheidene, gegenüber den anderen Hunderten von Städten im Lande geradezu herablassende Bezeichnung. Die Adjektive dazu sind *mexicano*, *mexiquense* und *capitalino*. *Mexicano* ist man als Mensch aber erst mit mexikanischer Staatsangehörigkeit, während man als *mexiquense* oder *capitalino* schon gilt, wenn man den entsprechenden Wohnsitz hat.

In Mexiko-Stadt sind inzwischen auch zwei Seilbahnlinien in Betrieb gegangen. Sie liegen in den Randgebieten. Ein sprechender Name war frühzeitig für sie gefunden: Cablebús. Metro, Metrobús, Mexibús, Mexicable, Cablebús – welch eine schöne Verkehrsmittelfamilie mit einfallsreicher Namensgebung. Dagegen verblasst doch die Fantasie von Eltern, die ihre Fünflinge Schackeline, Schantalle, Schasstin, Maahvin, Käwwin benamsen. Die Signaturfarbe der Seilbahn ist ein leuchtendes Blau. Darin sind die Linien auf dem ÖPNV-Linienplan ebenso wie die wenigen lackierten Teile der Gondeln gehalten, die Westen und Ausweiskordeln des Personals, die gesamte Beschilderung in den Stationen und sogar die Absperrbänder, mit denen die Passagiere in die richtige Richtung geleitet werden. Das soll an den Himmel erinnern, der in den Gondeln durchquert wird. Hm, na ja. Der Designer hat schon ab 1968 das gesamte Orientierungssystem für die Metro von Mexiko-Stadt samt Haltestellenlogos und Übersichtsplan gestaltet.

Erfreulicherweise wird man in den Kabinen nicht künstlich beschallt. Sind die Mitreisenden einigermaßen leise, erkaufen die etwa 0,30 € für die Fahrt zwischen den Endhaltestellen nicht nur den Transport, sondern auch eine halbe Stunde Ruhe. Ein Passagier betonte die Zeitersparnis gegenüber dem Bus. Ich zweifle. Auf der Rückfahrt zog die Schlange sich bis weit auf die Straße, und von ihrem Ende bis zum Einstieg dauerte es ebenfalls eine halbe Stunde. Das war am Sonntagnachmittag. Wie wird es wohl werktags morgens aussehen?

Besonders schön kann man aus den Gondeln die die Berge emporklimmenden Siedlungen mit ihren pittoresken bunten Fassaden betrachten. Mancherorts bunt gemischt, mancherorts uni zwischen zwei Straßen, die hangaufwärts führen. Blass- und sattgrün, pastell- und leuchtendgelb, himmel- und ultramarinblau, dezent violett und kräftig rosarot, auch mal mit orangen Tupfern. Herrlich, da möchte man wohnen! Nicht! Dummerweise sind die Siedlungen trotz bunter Fassaden immer noch entlegen und wegen der Steigungen unbequem zu erreichen. Die schönen Farben schützen weder vor Kriminalität noch vor Erdrutschen. Vor allem verschaffen sie aber kein zusätzliches Einkommen.

Weshalb wenigstens die von der Stadt betriebenen Verkehrsmittel nicht unter eine einheitliche Planung gestellt und ein einheitlicher Fahrpreis und einheitliche Regeln für Gratisfahrten beschlossen werden, sei dahingestellt. Nach Auskunft der zuständigen Behörden liegt den unterschiedlichen Fahrpreisen keine spezielle kabbalistisch-numerologische Lehre zugrunde. Obwohl die Preise uns recht niedrig scheinen mögen, sind sie keineswegs symbolisch. Mit dem Mexibús von außerhalb an den Stadtrand: 0,45 €. Weiter mit der Metro: 0,25 €. Im Anschluss mit dem Pesero zu Büro, Geschäft oder Fabrik: 0,27 €. Die Summe einschließlich Rückfahrt ist dann 1,94 € täglich, ohne dass es Vergünstigungen durch Monatskarten, Jobtickets o. Ä. gibt. Das macht bei 25 Arbeitstagen im Monat 48,50 €. Gemessen am Durchschnittseinkommen oder gar am gesetzlichen Mindesteinkommen von etwa fünf Euro täglich ist das beträchtlich. In einer Stellenanzeige für Sicherheitspersonal wurden die Bezüge von rund 56,– € nicht schamhaft verschwiegen, sondern damit geworben. Auf dass jetzt keine Illusionen aufkommen: Das war der Wochenlohn.

Der hauptstädtische ÖPNV und diese drei Mexikos in einem sind bei Weitem weder das Verwirrendste noch das Fragwürdigste in diesem Land.